Sera Fine

Erdlandung

Die wahre Geschichte einer Seelenreise

Gewidmet den seelenkundigen Wesen, die mir wertschätzend begegnen. Wie auch denen, die mir durch wenig wertschätzendes Verhalten ihre Unkenntnis meiner Natur deutlich werden ließen - und damit wesentlich beigetragen haben zur Motivation, diesen Bericht zu verfassen.

L587

Und Sinead O'Connor!

S.

... über die Verfasserin von „Erdlandung"

Sera Fine
Sera Fine ist das Pseudonym einer 1969 geborenen Künstlerin, die mit Rücksicht auf ihre Familie und einigen Personen, die in „Erdlandung" kritisch beschrieben werden, anonym bleiben möchte. Nach einem Berufseinstieg als Fremdsprachensekretärin in einer Maschinenbaufirma und anschließender Tätigkeit im Auswärtigen Dienst, nahm S. ein Studium der Anglistik und Germanistik auf. Welches dann, nach Auftreten einer ersten schweren Krise, der weitere folgen sollten, abgebrochen wurde. „Erdlandung" ist die wahre Geschichte ihres Ringens um ein erweitertes Verständnis für die seelischen Phänomene, die ihr Leben prägen und ein Zurückfinden in die Normalität, in der dieses Verständnis schließlich Platz finden soll. Geschildert wird der innere Prozess eines seelischen Ausnahmezustandes, wie auch der gesellschaftliche und schließlich globale Zusammenhang, in dem er steht, und zwar aus Sicht des fiktiven Aliens L587. Derzeit unterstützt S. Initiativen anderer Engagierter, die sich zum Beispiel für die Einrichtung von Frauen- und Männerstationen in psychiatrischen Kliniken einsetzen.

Bibliografische Information der Deutschen Nationalbibliothek: Die deutsche Nationalbibliothek verzeichnet diese Publikationin in der deutschen Nationalbibliografie, detaillierte bibliografische Daten sind im Internet über http://www.d-nb.de abrufbar

Copyright © 2016 Sera Fine
Herstellug und Verlag:
BoD - Books on Demand, Norderstedt

ISBN: 9783741250071

Inhaltsverzeichnis

Α	Begegnung	12
Β	Erinnerung	20
Γ	Das Außenwesen	29
Δ	Außenwelten	35
Ε	Status	45
Σ	Liebe	53
Ζ	Gefahr	60
Η	Angst	65
Θ	Familie	71
Ι	Bedürfnisse	82
ΙΑ	Zuspitzung	91
ΙΒ	Belastung	98
ΙΓ	Einweisung	104
ΙΔ	Frankreich	118
ΙΕ	Dienen	124
ΙΣ	Zweiter Angriff	133
ΙΖ	Stadtpsychiatrie	141
ΙΗ	Behandler	147
ΙΘ	Kompensation	158
Κ	Vergleich	169
ΚΑ	Feuer	178
ΚΒ	Tiefpunkt	188
ΚΓ	Niedrigschwingungsmittel	196

ΚΔ	Horizonte	204
ΚΕ	Herausforderung	219
ΚΣ	Der Gegenspieler	229
ΚΖ	Gruppen	239
ΚΗ	Spiegelung	248
ΚΘ	Gutwesen – Böswesen	257
Λ	Helferwesen	267
ΛΑ	Mutprobe	274
ΛΒ	Gewissheit	284
ΛΓ	Nachtrag	288
Glossar		**290**

Teil 1

A Begegnung

Ich melde mich um 17/22 // 12/10/1996 irdischer Zeitrechnung bei S307 und teile mit: Die Verbindung mit dem irdischen Wesen S., das uns so dringlich um Lichtunterstützung gebeten hat, ist erfolgt. Der Grund für den Wunsch einer Kontaktaufnahme mit uns ist allerdings nicht nur ein Verlangen nach Höherschwingung, sondern auch das Resultat großer Einsamkeit. S. geht gerade durch eine schwierige Zeit und verbringt die Nächte in einer ungemütlichen, dunklen Vergnügungsstätte, einem sogenannten Irish Pub, wo sie vor einigen Monaten einen jungen Mann kennengelernt hatte.

Es war für sie Liebe auf den ersten Blick, doch dieses Wesen, ebenfalls studierend wie sie, hatte sich schon bald wieder von ihr abgewandt. Seitdem wartet S. Abend für Abend darauf, ihm in dieser Stätte wieder zu begegnen. Zum jetzigen Zeitpunkt unserer Kontaktaufnahme sind gerade die Barkeeper auf sie aufmerksam geworden. Dies sind Wesen, die die Bewohner dieses Planeten mit flüssigen Substanzen versorgen, welche ihnen helfen, eine gute Stimmung aufzubauen und leichter in Kontakt mit anderen Lebenseinheiten zu kommen.

S. hat eine Tätigkeit bekommen, bei der sie am Eingang sitzt und Geldmittel nimmt von Besuchern der Stätte, die eine Musikdarbietung besuchen wollen. Dabei wird S. freigiebig mit dieser Flüssigsubstanz, die Alkohol genannt wird, versorgt. Sie reagiert darauf allerdings anders als die anderen Lebenseinheiten in diesem Vergnügungsraum. Wenn sie zu viel von dieser Substanz zu sich genommen hat, fängt sie auch schon mal an zu weinen.

Bei Verlust der Verbindung zu einer anderen Lebenseinheit empfinden die irdischen Wesen großen Schmerz. Meistens sind es dabei gegenpolare Lebenseinheiten, also eine männliche und eine weibliche, die diese Form von Schmerz bei dem gescheiterten Versuch einer Verschmelzung zu einer Ganzheit erleben. Die Flüssigsubstanz wird dann oft auch zur Minderung des Schmerzes eingesetzt. Sie erleichtert auch die schnelle Begegnung mit einer neuen Lebenseinheit, mit der dann ein neuer Verschmelzungsversuch unternommen wird. S. denkt gerade darüber nach, so eine überstürzte Verschmelzung vorzunehmen, bei der der Einklang der Seelen vorher nicht überprüft wurde. Meine Aufgabe wird also sein, die Seelenstärke von S. zur Entwicklung zu bringen.

Leider muss ich feststellen, dass S., die so eine tiefe Sehnsucht nach Lichtkontakt und die Erfahrung höherer Liebe hatte, jetzt, wo ich sie aufgesucht habe, nicht offen für liebevolle Inspiration ist. Die Enttäuschung über den Erdbewohner, der sich von ihr abgewandt hatte, ist so groß, dass sie ihr Interesse an Seelenwachstum völlig überschattet. S. glaubt, liebevolle Erfüllung nur mit gerade diesem irdischen Wesen erreichen zu können. Sie ist überzeugt, dass kein anderes Wesen sie in Verbindung mit etwas Gutem bringen kann. Deshalb ist sie auch sehr, sehr erfreut, dass es heute tatsächlich auftaucht.

Ich habe also Gelegenheit, diese Lebenseinheit genauer zu studieren, und ich muss dazu sagen, es handelt sich bei ihr nicht um ein Wesen, das S. einer liebevollen Erfüllung näher bringen kann. Sie mag dessen dunklen, langen Haare und sein lebenslustiges Auftreten. Da muss besonders viel Gegenpolarität die Anziehung bewirkt haben, denn sie hat helle, kurze Haare und ein ernstes Wesen. Beide haben dunkle Augen, seine sind braun, ihre blau. Seine Lebenslustigkeit, die sie so angezogen hat, zeigt sich allerdings gerade darin, dass diese Lebenseinheit sich nicht festlegen möchte auf eine Verbindung zu nur einem weiblichen Wesen, dass sie gerne sehr frei sein möchte, sich jederzeit neu zu verbinden und wieder zu lösen.

Die Erdbewohner, die von Kindheit an viele Verlustängste und Einsamkeitsgefühle kennen, hoffen, das Wiederkehren eines alten Schmerzes durch das Festhalten eines anderen Wesens vermeiden zu können. Erdfrauen wünschen sich außerdem auch für die Erziehung ihrer Kinder eine stabile Verbindung zu einem männlichen Wesen, welches den emotionalen und materiellen Bedürfnissen seiner Familie oberste Priorität geben soll. Das raue, gefährliche Klima dieses Planeten schafft den Wunsch nach einem starken Familienverband, der starke Wesen hervorbringt.

Diese lebenslustige männliche Lebenseinheit hatte vor der Begegnung mit S. ein weibliches Wesen kennengelernt, das, so stellte sich nach Eingehen der Verbindung mit S. heraus, schwanger geworden war. Also durch ihn ein neues Erdwesen empfangen hatte. Als dies bekannt wurde, beschloss das männliche Wesen, sich mit diesem Wesen, zu dem es keine Liebesverbindung hat, in eine häusliche Gemeinschaft zu begeben. Um seinem Kind eben einen solchen starken Familienverband zu bieten. Auch, wenn es sich dafür nicht wirklich bereit fühlt. S. hatte dann mit sich gerungen, ob sie eine Liebesverbindung zu diesem Erdbewohner aufrechterhalten könnte, der dann aber nun einmal mit einem anderen weiblichen Wesen leben würde.

Heute ergibt sich nun endlich die Gelegenheit, ihn wissen zu lassen, dass dies inzwischen für sie denkbar sei. Doch dieser Erdbewohner hat inzwischen Feuer gefangen für ein anderes weibliches Erdwesen, wie er S. nun mitteilt. Die häusliche Gemeinschaft mit der Mutter seines Kindes ist damit auch vom Tisch, und das, obwohl diese neue Flamme, die ich ebenfalls als sehr lebenslustig und weniger ernsthaft einschätze, nicht wirklich eine feste Verbindung mit diesem Wesen wünscht. Stattdessen einen dieser Barkeeper verehrt, der auch heute wieder versucht, S. mit der dubios magischen Flüssigsubstanz abzufüllen. Eine Substanz, die bei übermäßigem Genuss auch zu Kontrollverlust führen kann, der hier wohl erreicht werden soll.

Der Umgang mit Liebe, und die Rolle, die diese Substanz dabei spielt, ist auf diesem Planeten äußerst kompliziert und wird von den Erdbewohnern häufig als sehr frustrierend erlebt. Innere Barrieren, die im täglichen Leben Selbstschutz gewähren sollen, werden durch die dunkle Magie dieser Substanz aufgelöst, sind aber nach Abklingen der Wirkung dieses Mittels wieder vollständig vorhanden. Sodass das im Rausch erlebte Verhalten nicht in die Persönlichkeit des Erdwesens integriert werden kann. Stattdessen oft bereut wird. Es sei denn, man kann sich an nichts erinnern. Auch das kann passieren.

Wird kein anderer Weg zum Aufweichen innerer Verhärtungen gefunden, kann diese Substanz als Fluchtmittel aus der eigenen Enge immer wichtiger werden und das Verlangen nach ihr immer stärker, bis schließlich die Beschaffung dieses Mittels von der allergrößten Wichtigkeit wird. Das Mittel kann somit die Kontrolle übernehmen über das irdische Wesen, welches ihm verfällt, und mit ihm denen, die es anbieten.

Weitere Mittel sind im Umlauf mit noch stärkerer Wirkung und noch größerem Zerstörungspotential, zum Teil auch in dieser Stätte zu erhalten. Elixiere, mit denen ohne große Mühe Zustände äußerster Glückseligkeit erreichbar scheinen. Sie kommen daher wie die schwarzen Zauberer, die schnellen Ruhm und Glück versprechen, während sie den Blick des Vertrauensvollen von seinem Weg weglenken und ihm eine schwarze Fessel um den Knöchel wickeln. Ein ganzes Leben, und manchmal mehrere, kann es dauern, diese schwarze Schlange, die lange unsichtbar den Fuß des Erdwesens umwickelt und hinabzieht, zu entdecken und sich aus ihrem Würgegriff zu befreien. Weshalb ich diesen Mitteln und dieser Stätte eher ablehnend gegenüberstehe.

Vielleicht hat S. in ihrem Leid doch etwas von meiner Anwesenheit gespürt, denn immerhin steht sie jetzt auf und geht nach Hause. Vom Eintreten meiner Lichtkraft in ihr Leben ist sie ziemlich erschöpft. Ihre Wohnung möchte sie am liebsten so schnell auch nicht mehr verlassen. Das ist gut, denn so ist die Gefahr einer zu schnellen Neuverbindung mit einer Lebenseinheit, die ihr nicht guttun würde, erst einmal abgewandt. Der Wunsch, das verlorene Partnerwesen zurückzuerobern, ist jedoch immer noch sehr stark.

S. lebt zusammen mit zwei anderen weiblichen Wesen in einer häuslichen Gemeinschaft, einer sogenannten Wohngemeinschaft[1]. Sie kennt diese Wesen von der Universität[2], an der sie studiert. Das eine Mitwohnwesen war dort ihre Freundin geworden. Als diese sich mit dem ihrigen Partnerwesen zerstritt, holte S. sie in die Wohngemeinschaft, in der gerade eine Räumlichkeit frei wurde. Eine dritte kam hinzu. S. wünschte sich sehr viel Nähe zu der Studienfreundin, auch deshalb wohl drängte sie sie dazu, bei ihr einzuziehen. Sie mag nun mal die sehr lebenslustigen Wesen und nimmt dabei immer wieder in Kauf, dass da oft nicht so viel Verantwortungsgefühl erwartet werden kann.

S. wird von ihren beiden Mitbewohnerinnen in ihrem Leid dann auch nicht gesehen. Sie hört die beiden in dem Raum, in dem die Speisen zubereitet werden, schwatzen und lachen. Schließlich hält sie es alleine auf ihrer Schlafstelle nicht mehr aus und gesellt sich dazu. Die beiden wissen von dem plötzlichen Liebesende, aber zeigen sich nicht sonderlich interessiert. Also muss das Gespräch von S. in die gewünschte Richtung gelenkt und auf das gerade sehr stark empfundene Leid aufmerksam gemacht werden.

I. hat aber neuerdings sehr an Ansehen dazugewonnen bei diesen beiden Wesen, seit er sich von S. abgewandt hat. So viel Verantwortung zeigt, mit seinem Bekenntnis zu der schwangeren Bekanntschaft. An ihm festhalten zu wollen, ist ganz entschieden kleinlicher Egoismus von S. Ein bisschen Wahrheit ist da wohl dabei, sodass S. dazu nicht viel sagen kann. Auch, wenn Verantwortungsgefühl nicht gerade das ist, was sie als eine herausragende Qualität an I. festgestellt hatte. Der, nachdem er ihr die Vaterschaft mitgeteilt hatte, sofort aufgestanden und gegangen war, ohne S. Reaktion abzuwarten. Ihren langen Brief, der mehrmals umformuliert und neu geschrieben worden war bis er ihre Gefühle schließlich eindrücklich genug widerspiegelte, unbeantwortet ließ.

Eine oft erlebte Enttäuschung in Verbindungen der irdischen Wesen ist, dass die eine Lebenseinheit sehr leicht eine Verbindung beenden kann, während die andere noch sehr stark an ihr interessiert ist. S. fühlt eine große Verunsicherung bei der Erkenntnis, dass sie ein anderes Wesen sehr stark lieben kann, ohne auf die gleiche Weise zurückgeliebt zu werden. Diese Einsicht drängt sich nicht das erste Mal auf, denn im Alter von 18 Jahren hatte sie dies schon einmal so erfahren müssen. Die Erkenntnis, dass man mit einem großen Leid sehr allein sein kann, gesellt sich gerade dazu.

Die beiden Mitwohnwesen lassen sich schließlich Einzelheiten berichten, aber verweigern Mitgefühl und kommen zu ganz klaren Urteilen in dieser Sache, die gegen S. sprechen. Das Wort Verantwortung fällt oft, doch es oft zu benutzen, hat in diesem Fall nichts damit zu tun, die Bedeutung dieses Wortes zu kennen. S. muss noch lernen, dass in Kontakten, die sie eingeht, wirkliches Verantwortungs-

gefühl sehr wichtig ist. Die Wohngemeinschaft löst sich einige Zeit später auf, S. bleibt auf hohen Rechnungen für Beheizung und Telefon[3] sitzen, an denen sich die entschwundenen Mitwohnwesen nicht mehr beteiligen.
S. zieht schließlich in einen recht beengten, kleinen 1-Zimmer-Wohnraum mit einer nur kleinen Kocheinrichtung, aber dafür ohne Mitwohnwesen. Inzwischen hat sie keine Lust mehr auf die Gesellschaft anderer Wesen, aber gleichzeitig ein großes Bedürfnis nach Austausch. Was sich zu einer schwierigen Situation zuspitzen wird, als S. nämlich beginnt, neue Formen des Austausches auszuprobieren. Mit Wesen, die nicht körperlich anwesend sind.

B Erinnerung

So ein körperloses Wesen bin ja nun auch ich. Aber mich kann S. vorerst noch nicht hören, andere Seinsformen überlagern unseren Kontakt. Die Natur meiner Wesensart ist leise und unaufdringlich. Ich darf nur sprechen, wenn ich gefragt werde und damit nicht manipulativ in das Geschehen auf Planet Erde einwirken. Der Entwicklung von Dingen keine Richtung vorgeben. Gerade gab es einen heftigen Gewittersturm, während dem S. glaubte, Kontakt zum verstorbenen Onkel aufgenommen zu haben, das Bruderwesen des Vaters, das lange mit der Familie von S. gelebt hatte.

S., und auch das zweite Kind in ihrer Familie, ihr Bruderwesen, liebten diesen Onkel sehr. Überhaupt war er sehr beliebt, auch bei den Wesen, die ihn an seiner Arbeitsstätte, einem Bankinstitut[4], aufsuchten. Die Aufgabe des Onkels war, den Wesen Geldmittel auszuzahlen, die die Form kleiner runder Metallstücke oder aber dünner rechteckiger Papierstreifen haben. Wobei die Papierstreifen den größeren Wert haben sollen. Diese Tätigkeit langweilte ihn sehr, weshalb er die ichn aufsuchenden Wesen, genannt Kunden, bei der Geldübergabe gern ein wenig mit einem seiner zahlreichen Scherze aufheiterte („Ist das für Sie, oder soll ich das als Geschenk einpacken?")

Der Onkel mochte seine Tätigkeit an dieser Bank also nicht besonders, und noch weniger das ihm vorgesetzte Wesen. Er hielt aber dort aus, bis es offensichtlich wurde, dass er dieser bereits erwähnten Flüssigsubstanz verfallen war. Er war lange nur wahrgenommen worden als ein Wesen mit feiner, kultivierter Umgangsform, das sehr lustig sein konnte. Aber schließlich gelang ihm die Arbeit nicht mehr und er verursachte Aufruhr in S. Familie, die er dann auch verlassen musste. S. lebt zu der Zeit bereits nicht mehr bei den Eltern und erfährt später nur wenig über die Umstände seines Verschwindens aus seinem beruflichen wie privaten Lebensfeld.

Der Onkel war immer schon ganz anders gewesen als seine Geschwister, auch wenn die Ähnlichkeit ihrer Stoffkörper die nahe Verwandtschaft untereinander bezeugten – drei der vier Geschwister hatten den in diesem nördlichen Gebiet des Planeten ungewöhnlichen und auffälligen vollen dunklen Lockenkopf ihrer Mutter geerbt. Seine Schwester und Tante von S. dazu auch die warmen braunen Augen, während die drei Brüder mit den dem Landbereich angemesseneren graublauen Augen ausgestattet wurden.

Einer der drei übernahm dann aber auch das ebenfalls angemessenere glatte dunkelblonde Haar des Vaters. Damit entsprach dann immerhin ein Kind äußerlich dem, wie ein in die 40er Jahre des vorigen Jahrhunderts in diesem Landbereich hineingeborenes Kind aussehen sollte. Das sich dann aber um seine arische Auszeichnung nicht sonderlich scherte und in seinen jungen Jahren eine besonders ausgeprägte Abneigung gegenüber Lernen und Arbeit an den Tag legte. Die Familie in seinen jungen Jahren mit seinem Ruf als dorfbekannter Unruhestifter in Atem hielt, bis dann seine Heirat mit einer resoluten Altenpflegerin dem ein Ende setzte.

Anders als sein älterer Bruder und Hoferbe oder aber das häufig in Raufereien verwickelte Bruderwesen, mied der unverheiratet gebliebene Onkel Geselligkeit und nahm auch die Flüssigsubstanz lieber allein vor einer Bild- und Tonempfangsapparatur zu sich. Damit galt er dann auch nicht als trinkfester, harter Kerl, wie ihn die männlichen Wesen in S. Dorf schätzen. So manches männliche Dorfwesen konsumierte sicherlich um einiges mehr von dieser Flüssigsubstanz als er, ohne dass dies irgendwem als bedenklich auffiel.

Die in der Landwirtschaft[5] tätigen Wesen einer Dorfgemeinschaft müssen nun auch keinem Arbeitgeber jeden Tag erneut einwandfreies Funktionieren abliefern. Hoher Arbeitseinsatz muss aber dennoch geleistet werden, und das Ehewesen an ihrer Seite ist häufig danach ausgewählt, viel Arbeitsbereitschaft mitzubringen. Dem Partnerwesen lange den Rücken freizuhalten, vor allem, wenn denn dessen Leistungsfähigkeit frühzeitig nachlassen sollte.

Der Onkel aber war nun Dorfgespräch, und das quälte ihn sehr. Einmal hatte S. Familie ihn in einem Zentrum zur Behandlung suchterkrankter Wesen besucht, wo er traurig und schweigsam mit ihnen am Tisch gesessen hatte. Danach hatte S. ihn nicht mehr gesehen, und wenige Jahre später verstarb er. S. hatte nicht viel mitbekommen von seinen Problemen und erst sehr viel später verstanden, dass dieses lustige, feinsinnige Wesen unglücklich und einsam gewesen war. Kleine Anekdoten aus der Kindheit, wie die Älteren sie bei Familienfeiern so beiläufig erzählen, bekommen in ihrer Erinnerung später eine andere Gewichtung.

Zum Beispiel der Bericht über den ersten Schultag des Onkels, an dem er zu spät kam und erst einmal gleich „eine Jachtreise" erteilt bekam. Was bedeutet, dass das für Vermittlung von Grundwissen zuständige Wesen, das Lehrerwesen, den Neuling erst einmal verprügelt hatte. Oder die Erzählung über S. Großvater, also das männliche Elternwesen vom Vater, der 25 Jahre Mitglied des Kirchenvorstandes war. Einmal aber aufbegehrte gegen den hochverehrten Herrn Pastor, als der seinem Sohn, eben diesem Onkel, mit der Bibel auf den Kopf geschlagen hatte. Wenn ein Kind geschlagen werden muss, dann aber nicht mit der Bibel, hatte der Großvater dem mit Seelenbildung beauftragtem Wesen erklärt. Wobei man sich dann fragt, wem seine Sorge galt - dem gewichtigen Papierwerk oder dem Kind? Der Großvater war von ernster, stiller Natur und sprach fast nie. Sodass ungeklärt bleiben musste, wie er über den Herrn Pastor und dessen Umgang mit seinem Nachwuchs so dachte. Immerhin hatte der Großvater gemerkt, dass hier etwas so nicht ganz richtig ist.

Allerdings, auch er war nicht zimperlich im Umgang mit seinem Nachwuchs, vor allem nicht mit dem Ältesten, S. Vater. Der die Geschwister zu beaufsichtigen hatte und mitbestraft wurde, wenn einer der beiden Brüder etwas angestellt hatte. Was doch recht häufig vorkam, vor allem beim arisch gefärbten Bruderexemplar, weniger beim früh verstorbenen Onkel. Kam das Lehrerwesen oder das Pastorwesen zu den Eltern zu Besuch, wo es dann erwarten konnte, vorzüglich bewirtet zu werden, pflegten sich die Kinder zu verstecken. Das Vaterwesen hatte neben seinem Sessel einen Stock stehen, der nach Besuch des weltlichen oder geistlichen Erziehers schon mal zum Einsatz kam.

Dieses unschuldige Stück Materie, das über keinen eigenen Willen und damit über keine Bösartigkeit verfügt, glücklicherweise aber auch über keinen Schmerzkörper, wurde dann einmal in einer gemeinschaftlichen Unternehmung der Kinder entführt, zersägt und im Wald begraben. Mit dem eigentlichen Verursachern von Qual und Strafe konnte man so natürlich nicht verfahren, und schon bald wird der unschädlich gemachte Bestrafungsassistent wohl durch einen ähnlichen ersetzt worden sein.

Schulunterricht war wohl so gar kein Vergnügen in dieser Zeit. Auch der Lehrer besaß schließlich einen solchen Gehilfen zur Durchsetzung von Disziplin und Fleiß. Hefte in den Hosen der Schüler sollten Schläge abdämpfen, aber das wurde bemerkt, und die Hefte mussten entfernt werden, erinnert sich die Mutter. Dann wurde der Bestrafungsvorgang unerbittlich zu Ende geführt. Im achten Jahr der Schulbildung angekommen, ließ sich nicht mehr jedes Schülerwesen einfach so verprügeln, und es kam zu Schlägereien zwischen den jungen männlichen Wesen der Schulgruppe und dem Lehrerwesen. Wie sie ausgingen, erinnert sich die Mutter nicht mehr.

Man erzählt davon in größerer Gesellschaft mit einem Lachen, bei dem sich die Gesichter ein wenig schmerzhaft verzerren und die Augen manchmal etwas feucht werden. S. versteht, es war nicht lustig, aber man kann nicht anders mitteilen, dass man sehr verletzt wurde. Menschenbild und Erziehung dieser Zeit in Frage zu stellen, so weit geht man nicht. Man äußert auch Verständnis für die Erwachsenen. Da waren ja so viele Kinder, fast jede Familie hatte mindestens vier oder fünf, die gebändigt werden mussten.

Der Onkel war also selten dabei bei diesen Geselligkeiten, er fühlte sich nicht zugehörig. Er saß lieber mit seiner Mutter zusammen, zog aber auch nicht aus, als sie verstarb. Dabei verstand er sich mit S. Vater nicht sonderlich gut, und auch als Kind hatte er sich nicht gerne im Kreise seiner Familie aufgehalten. Nach Schulschluss hatte er lange Zeit täglich eine Nachbarin[6] aufgesucht. Diese Nachbarin liebte er sehr und bei ihrer Familie verbrachte er den Tag. Bis sein Mutterwesen ihm dies schließlich nicht mehr erlaubte.

Auch wenn die Eltern vom Leben mit der Betreuung und Erziehung eines bestimmten Erdwesens erwählt wurden, sind sie nicht immer die engsten Seelenverwandten dieses Wesens. Einflüsse ganz anders denkender oder lebender Wesen versucht der Erdbewohner aber in der Regel vom Kind fernzuhalten. Ein Erdwesen leidet sehr, wenn es eine verwandte Seele findet und dann von ihr fernbleiben muss. Die Vorgaben, wer mit wem verkehren darf, sind unter den Erdbewohnern streng und nicht immer sinnvoll geregelt.

Für S. war dieser Onkel jemand, zu dem sie eine stärkere Verbindung fühlte als zu den übrigen Familienmitgliedern. Mit Ausnahme ihrer Oma, seiner

Mutter. Die auch früh und unerwartet verstarb als S. 14 war. Nicht, dass sich der Onkel S. sehr zugewandt hätte - aber es war klar, dass auch er viel über das Leben nachdachte und sich existentielle Fragen stellte. Wie jetzt S., nachdem ihr Leben schon sehr früh sehr kompliziert zu werden droht. Sie sich in der Rolle einer Außenseiterin erlebt, die von anderen häufig nicht verstanden wird. Ein Gefühl, das sich dazu auch immer mehr verstärken wird.

Dass der Onkel sich als Außenseiter erlebt haben muss, war S. in ihrer Kindheit nicht bewusst. Damals war es vor allem sein Humor[7], den sie so mochte. S. erinnert sich auch, dass der Humor des Onkels mit der Zeit bitterer und schließlich, immer mal wieder, zu Zynismus wird. Wohl auch wegen der ihm zusetzenden Lebens-form als die sich das ihm vorgesetzte Wesen präsentierte, einer sehr ausgeprägten Form des Antreiberwesens[8].

Heute könnte man sich vielleicht auch über die ernste Seite des Lebens austauschen. Wenn er noch da wäre. In dieser Gewitternacht jedenfalls ist Gelegenheit, sich zu verabschieden. Es bleibt bei diesem einmaligen Gespräch. Andere, namenlose Wesen allerdings ziehen sich nicht so schnell aus S. Wahrnehmung zurück und werden ihr Schwierigkeiten bereiten. Ihre Sinne verwirren und die Erschöpfungszustände verstärken. Ich muss still im Hintergrund warten, bis S. mich hinzuziehen wird als Ratgeber und Kraftquelle.

Das Außenwesen

Das Heilverlangen, das mich in S. Leben geholt hat, entwickelte sich bei S., nachdem sich eine Freundschaft zu einem Sufi-Meister und seinem Ehewesen entwickelt hatte. Durch dieses ungewöhnliche Paar kommt S. in Verbindung mit spirituellen Schriftwerken. Nicht unbedingt Sufi-Schriftwerken, denn sie steht stärker unter dem Einfluss des Ehewesens, das sich sehr intensiv mit dem Phänomen „Positives Denken" beschäftigt. S. ist sehr beeindruckt von einigen dieser Werke, z. B. dem einer Lousie Hay, mit dem sehr vielversprechenden Titel: „Wahre Kraft kommt von Innen".

Zu dem Zeitpunkt, als die Vision der Louise Hay sie erreicht, ist sie bereits sehr unglücklich, obwohl sie, im jungen Alter von 25 Jahren, beruflich so etwas wie einen Zenit erreicht hat. Sie arbeitet in einem Ministerium, das sich Auswärtiges Amt nennt, im Ministerbüro, und das bedeutet, sie ist zuständig dafür, die Reden des Außenministers zu Papier zu bringen. Da S. in der nächsten Zeit viel mit sich beschäftigt sein wird und die Wohnung kaum verlässt, möchte ich die Gelegenheit nutzen, zu schildern, was man sich vorstellen sollte unter einer Tätigkeit in diesem Amt.

Außenminister haben eine sehr hohe Stellung auf diesem Planeten, fast die höchste in einem eingegrenzten Landbereich, der sich Staat nennt. Sie sollen Beziehungen pflegen zu den Nachbarstaaten ihres Zuständigkeitsgebietes, und das ist auch von großer Wichtigkeit. Die Bewohner eines solchen Staates, auch Bevölkerung genannt, fühlen sich eng verbunden mit diesem eingegrenzten Bereich, in dem sie leben. Man könnte sagen, sie stellen so etwas wie eine Interessengemeinschaft dar, und sie verbinden mit der Zugehörigkeit zu einem Staat auch bestimmte Qualitäten. Sie geraten dabei leider auch sehr leicht in Streit mit Bewohnern benachbarter und auch entfernterer Landbereiche. Das ist sehr, sehr ernst, denn sie fügen sich in diesen Streitereien sehr große Verletzungen zu.

Jedes Land bildet Lebenseinheiten speziell dafür aus, in einem anderen Land Verwüstungen anzurichten und die Einwohner auch töten zu können. Die dafür ausgebildeten Wesen werden als Soldaten bezeichnet. Die Außenminister eines jeden solchen Landes behaupten dabei, dass in ihrem Land diese Lebenseinheiten nur für den Zweck der Verteidigung ausgebildet werden, also nicht ohne Grund angreifen dürfen. Trotzdem ist fast jeder Staat direkt oder indirekt in einer Streiterei mit einem oder mehreren anderen verwickelt. Ich glaube sogar, jeder. Waffen sind entwickelt worden mit ungeheurer Zerstörungsmacht, und die Lenker der besonders mächtigen Staaten streiten sich, wer sie haben darf und wer nicht, und ob man sie einem kleinen, aber unberechenbaren Staat wegnehmen darf.

Man sollte nun nicht denken, dass es innerhalb der Interessengemeinschaft Staat keinen Streit gibt. Auch hier wird gestritten, auch schon mal mit todbringenden Folgen. Auch darüber, ob der Außenminister und die anderen Lenker des Staates eine gute Arbeit leisten. Diese Reden, die der Außenminister hält, müssen also sehr gut ausgearbeitet sein, damit sie möglichst viele Wesen von seinen Ansichten und seiner Arbeit insgesamt überzeugen. Es finden Wahlen statt, in denen alle erwachsenen Wesen eines Staates die Regierung, also die Gruppe der Staatslenker, bestätigen oder durch eine andere ersetzen können. So ist dann ein ganzer Stab mit zum Beispiel Terminplanung und dem Verfassen der Reden des Ministerwesens beschäftigt.

S. hatte immer gedacht, ein Minister schreibe seine Reden alle selber. Sie bemerkt, dass sie in dieser Arbeitseinheit ein ziemliches Landei ist und die besonderen Spielregeln dieser abgehobenen Welt nicht wirklich kennt. Auf die Eitelkeiten einzelner hochgestellter Persönlichkeiten muss Rücksicht genommen werden. Man kann ein fremdes Wesen, oder ein bekanntes von hohem Rang, nicht einfach ansprechen, wenn es einem auf dem Flur begegnet. Auch die gleichgestellten Wesen im eigenen Arbeitsbereich bleiben unnahbar. Nur mit ihrem direkten Vorgesetzten ergibt sich der eine oder andere Plausch während der Erstellung einer Rede. Er ermuntert S. auch, selber Ideen beizusteuern. Ein origineller Satz mit politischer Aussage würde sehr weit verbreitet werden von den Medien[9].

S. hatte im Unterricht ihrer Muttersprache, die deutsch ist, immer gerne geschrieben und formuliert, doch zu den Reden des Ministers fällt ihr absolut nichts ein. Auch nicht, als ihr ein Operettenführer[10] in die Hand gegeben wird, in dem sie in der Welt der musikalischen Kultur nach blumigen, originellen, aber auch politisch zu verstehenden Sätzen suchen soll. S. findet keinen, ihre Kreativität ist komplett blockiert, aber das vorgesetzte Wesen wird schließlich wieder etwas Brauchbares zu Papier gebracht haben.

Ist das Ministerwesen unter Zeitdruck, liest es die von seinem Stab vorbereitete Rede folgsam vom Blatt ab. Seine Arbeitsgruppe ist dann sehr zufrieden und sagt: „Heute hat der Herr Minister sehr gut gesprochen". Manchmal entscheidet sich das Ministerwesen mit der Namenskennung Kinkel aber auch, ganz unvermittelt ein paar persönliche Einschätzungen an seine Zuhörer zu richten. Sein Stab ist sich dann einig: „Das war heute nichts. Er hätte sich besser an die Vorlage gehalten". S. hat manchmal den Eindruck, dass der Herr Minister seinen Stab ein wenig fürchtet. Vielleicht aber auch nur, weil sie diese Wesen ein wenig fürchtet. Er selber scheint ein recht nettes Wesen zu sein. „Natürlich ist er nett", erklären die Mitarbeiter, „er will ja gewählt werden".

Wenn das Ministerwesen so mit seinem Gefolge anderer wichtiger Wesen und den mit seinem Schutz beauftragten Wesen, den Leibwächtern, durch die Gänge rauscht, tut er S. ein bisschen leid. Er macht auf sie den Eindruck eines umzingelten Gefangenen, den man von einer Pflichtveranstaltung zur nächsten hetzt. Die Gruppe energisch voranschreitender Wesen um ihn herum hat ihn sicher eingekesselt, sodass er nicht einfach den Schritt verlangsamen, abdrehen und nach Hause gehen könnte. Sie bedauert, dass es keine Gelegenheit gibt, das Ministerwesen mal persönlich zu sprechen, denn so ein Satz wie: „Der Herr Minister sagte letztens übrigens zu mir..." würde sicherlich viel Eindruck machen bei Familie und Freunden.

Auch S. ist nicht frei von Eitelkeit und erwähnt ihre Tätigkeit in diesem Ministerium sehr gerne. Außer ihrer Mutter ist allerdings niemand wirklich daran interessiert zu hören, mit welchen großen Namen der politischen Welt S. schon zusammengetroffen ist, bei welchem internationalen Treffen sie in die Vorbereitung miteinbezogen war. Aber glücklich ist sie nicht an diesem Arbeitsplatz, wo alles laufen muss wie ein Uhrwerk und niemand an ihr als menschliches Wesen sonderlich interessiert scheint. Es geht um Perfektion, es ist keine Zeit zu verlieren mit unnötigem Geschwätz über so dies und das.

Die Erdbewohner sind, auch wenn sie nicht in einem Ministerium arbeiten, sondern vielleicht in einer eher kleinen Produktions- oder Verkaufsstätte, sehr gefordert, immer wieder zu belegen, dass ihre Arbeit gut und sinnvoll ist. Es gibt für fast jeden Posten einen oder mehrere andere, die ihn gerne übernehmen würden. Dabei auf einen Fehler der Lebenseinheit hoffen, die gerade eine herausgestellte Position innehat. Auch die dem herausgestellten Wesen untergeordneten, zuarbeitenden Wesen machen es sich häufig gegenseitig damit schwer, dem übergeordneten Wesen unbedingt besonders gut auffallen zu wollen. Wofür auch schon mal ein gleichgeordnetes Wesen in ein schlechtes Licht gestellt wird. Das übergeordnete Wesen erhält in der Regel mehr Geldmittel und darf bzw. muss mehr entscheiden.

Sich um die herausgestellten Positionen zu streiten, wird in dem Staat, in dem S. lebt, für normal und richtig gehalten, denn so, meint man, würden sich die Besten herauskristallisieren. Die man eben daran erkennen soll, dass sie ihre Position verteidigen können. Tatsächlich unterbleiben aber viele wichtige und gute Tätigkeiten, weil sie nicht wesentlich scheinen für die Demonstration von Stärke und Kompetenz. Ein Auge auf das Wohl des Nächsten und seine Bedürfnisse zu haben, ist so eine Qualität, deren Bedeutung im Auswahlkampf häufig übersehen wird.

So geschieht es dann auch nicht selten, dass ein Wesen in einer persönlichen Notsituation seinen Arbeitsbereich verlassen muss, um die Effektivität nicht zu bremsen. Es wird dann meistens auch nicht mehr nach ihm gefragt. Die sich noch als einwandfrei funktionierend erlebenden Wesen möchten sich nicht mit der Möglichkeit eines eigenen Scheiterns befassen. Sie finden Gründe in der Persönlichkeit des Verschwundenen, die ihm oder sie als besonders schwieriges Wesen erklären.

So hart und rau geht es hier also zu. S. wird damit noch so ihre Erfahrungen machen. Entsorgt werden soll sie nicht auf ihrem Posten im Ministerium, aber sie spürt schon bald eine große Unzufriedenheit und ein Unwohlsein unter den Wesen, die ihre Kollegen sind, eine Unerfülltheit, die auch mit ihrer Familie nicht besprochen werden kann.

Δ Außenwelten

S. hatte nicht sofort im Büro des Ministers angefangen, sondern war erst einer anderen Einheit innerhalb der Politischen Abteilung zugeordnet worden. Dort traf sie auf ein älteres vorgesetztes Wesen, das sich in ihren Augen als ein Vorbild für gute Umgangsformen und wertschätzendem Verhalten präsentierte. Vielleicht war dieses Wesen dabei von seiner Liebe zu Asien geprägt worden, wo sich die dort lebenden Wesen mit höflicher Zurückhaltung zu begegnen pflegen.

Diese Lebenseinheit hatte besonders gerne an einer Vertretung seines Landes mit der Kennung Peking gearbeitet, die die Zentralstadt des Staates China ist. Ein Staat mit einer enormen Größe und einer enormen Produktivität, wie S. Heimatstaat sie selber vor einigen Jahrzehnten zu erreichen versuchte. Wofür man damals bereit gewesen war, Werte wie Friedfertigkeit und Toleranz vollständig zu opfern. Und jetzt beunruhigt vermutet, dass es sich mit diesem chinesischen Riesenreich vielleicht auch so verhalten könnte.

S. Vorgesetzter hatte sich jedenfalls dort sehr wohlgefühlt. S. erlebt ihn auch als ein bisschen undurchschaubar, wie es einem Angehörigen ihrer Kultur oft bei der Begegnung mit einem asiatischen Wesen ergeht. Dem man nicht so leicht anmerkt, ob es ihm gerade gut oder schlecht geht. Mit ihrem väterlichen Vorgesetzten und Freund trifft sie sich auch jetzt noch gelegentlich zur gemeinsamen Einnahme eines Kaffeegetränkes[11]. Diese Treffen sorgen für einiges Gerede in ihrer jetzigen Arbeitsgruppe, was ihn nicht stört. Er hält S. von den tatsächlich schädigenden Lebenseinheiten fern, wie S. später einmal erkennt.

Viel erzählt dieses Wesen also nicht von sich, hört S. aber gerne zu, wenn sie ihm ihre neuen Pläne für die Zukunft mitteilt. Sein Einfluss hatte dazu geführt, dass S. sich fast ausschließlich für eine Versetzung auf Posten in asiatischen Ländern beworben hatte. Vielleicht dachte er sich, dort geht es sicher gesitteter zu, als z. B. in Südamerika, wo ein junges Wesen aus Europa wohl schon bald von heißblütigen Latinos oder Latinas mit großen Verführungskünsten umschwärmt werden dürfte. Weshalb viele der eher kühlen und reservierten Dienstwesen genau dorthin möchten, und gerade die weiblichen Wesen dem Dienstherrn schon mal verloren gehen. Für S. besteht diese Option aber nicht, denn ihre Kenntnisse der spanischen Sprache sind zu gering, Portugiesisch-Kenntnisse nicht vorhanden.

Man hat sich auf diesem Planeten noch nicht auf eine gemeinsame Sprache einigen können. Das Recht auf eine eigene Sprache ist von Bevölkerungsgruppen, die unter die Vorherrschaft eines anderen Volkes gerieten, immer heftig verteidigt worden. Die eigene Sprache hat sehr viel mit der eigenen Identität zu tun, und kann deshalb nicht einfach so aufgegeben werden. S. hat bereits einen Auslandseinsatz hinter sich, bei dem sie für einige Monate ein erkranktes Dienstwesen an der Botschaft eines kleinen Staates vertreten hat, der sich gerade aus einer großen Staatengemeinschaft, genannt Sowjetunion, herausgelöst hatte.

Im Bestreben, eine Welt der Gleichheit und Brüderlichkeit zu schaffen, hatte eine starke östliche Macht, der Staat Russland, sich mit vielen weiteren Landteilen im vorwiegend östlichen Teil des Planeten zusammengeschlossen. Der Zusammenhalt unter diesen sehr verschiedenen Ländern sollte dadurch gestärkt werden, dass eine gemeinsame Sprache, die russische, wichtigste Sprache in jedem dieser Staaten wird.

In jedem dieser Staaten gab und gibt es Befürworter dieses Plans, aber auch erbitterte Widerständler. Wesen, die die eigenen Wertvorstellungen als sehr verschieden von denen der russischen Brudermacht einschätzen und eine andere Form eines wirtschaftlichen und politischen Zusammenlebens anstreben, als die von der Großmacht vorgegebene. Und eben auch ihre Sprache als Erstsprache beibehalten wollen.

Auf diesem Planeten sind fortwährend einige Staaten im Begriff, sich zu größerer Gemeinschaft zusammenzuschließen, während andere Zusammenschlüsse sich wieder auflösen. Immer gibt es in den Staaten Wesen, die die vereinigende oder aber auflösende Entwicklung begrüßen oder ablehnen. Zwischen den Bewohnern größerer und kleinerer Landbereiche, wie auch innerhalb eingegrenzter Landbereiche, in denen man sich über Abspaltung oder Zustoßen zu Staaten oder Staatenverbänden nicht einig ist, kann es zu Hassgefühlen kommen, bis hin zu Vernichtungswünschen.

Die gespaltenen Bevölkerungsgruppen richten Hilfswünsche an verschiedene Großmächte, die Einmischung einer Großmacht stachelt schnell eine andere auf, dabei kann der Konflikt sich dann immer mehr ausweiten und zu großer Verwüstung und der Tötung vieler größtenteils noch junger Lebenseinheiten führen. Werden lange keine friedbringenden Kompromisse gefunden, verschlechtert sich dabei auch die Versorgungslage der Bevölkerung immer mehr.

Als S. vom Flughafen[12] der Zentralstadt ihres Einsatzgebietes abgeholt wird, sieht sie viele Wesen in den Straßen, obwohl es eine kalte Winternacht ist. Der Fahrer, der sie am Flughafen in Empfang genommen hat, erklärt ihr, diese Wesen stehen an für Brot. Nur wer sehr früh bei Ladenöffnung erscheint, hat Aussicht auf den Erwerb von Nahrung für den Tag. Auch auf Beheizung und warmes Wasser müssen viele Bewohner dieses Staates zu dieser kalten Jahreszeit verzichten. Derart schwierige Lebensbedingungen hat S., die noch nicht viel gereist ist, so noch nicht beobachten und sich auch nicht vorstellen können.

Raub und Gewalt haben in der Folge in diesem Staat sehr zugenommen, die Restaurants haben allesamt geschlossen, da bewaffnete Überfälle immer mehr zunahmen. Sodass von der einstigen Lebe- und Feierfreudigkeit der Bevölkerung nicht mehr viel zu spüren ist. Es fast überhaupt keine Freizeitangebote mehr gibt. Musikalische und literarische Darbietungen allerdings lässt man sich nicht nehmen, besucht sie weiter, und lädt hierzu auch die Botschaftsangehörigen ein. Die Bevölkerung ist gebildet und kulturell sehr interessiert. Dennoch haben die inneren Konflikte des Staates einen Großteil der dort lebenden Wesen in Verarmung geraten lassen und ihnen einen beschwerlichen Alltag beschert.

Sicherung von Wohlstand ist also ein sehr ernstzunehmendes Anliegen für die Lenker eines Staates, doch wie dies am besten gelingt, darüber ist man sich so schnell nicht einig. S. Heimatstaat ist bereits seit einigen Jahrzehnten bestrebt, durch immer engeres Zusammenwachsen mit nahegelegenen Staaten zu einer wirtschaftlichen Großmacht zu werden, die sich Europäische Union nennt. Wohlweislich verzichtete man darauf, eine gemeinsame Sprache durchsetzen zu wollen. Dennoch ist es auch hier wieder so, dass ein Teil der Bevölkerung ein immer engeres Zusammenwachsen für eine gute Idee hält, ein anderer aber überhaupt nicht.

Einige Staaten wollen in das europäische Bündnis unbedingt hinein, während andere, schon zugehörige, darüber nachdenken, wie man es möglichst schadlos wieder verlassen könnte. Es gibt eine zentrale Regierung in einer Stadt mit Kennung Brüssel, Zentralstadt des Landes Belgien. Die einzelnen Staaten haben aber weiterhin ihre Regierungen in ihren Zentralstädten, und es ist eine komplizierte Angelegenheit, auszuhandeln, was in der Oberzentralstadt Brüssel und was in der eigenen Zentralstadt entschieden werden soll. Sehr viele gebildete Wesen setzen sich sehr ausgiebig in sehr langen Sitzungen damit auseinander, und sehr viel Papierwerk ist entstanden, das nur wenigen Wesen komplett durchzuarbeiten gelingt.

S. hat wenig Interesse, sich mit komplizierten Inhalten dieser Art zu beschäftigen, was von ihr aber auch nicht erwartet wird. Sie erhofft sich spannende

Reisen und interessante Bekanntschaften von ihrer Tätigkeit für diese sogenannte Bundesbehörde. Die große Not, die sie hier während ihres ersten Einsatzes allerorts wahrnimmt, beklemmt sie allerdings. Es hemmt sie in Begegnungen, sich als ein so sehr privilegiertes Wesen zu erleben, und sie schließt keine engen Freundschaften. Ist froh, als sie nach vier Monaten wieder in ihren Staat zurückreisen darf.

Als ein weltweiter Verständigungscode hat sich eine Sprache durchgesetzt, die interessanterweise als englische Sprache bezeichnet wird, und die inzwischen als Zweitsprache in sehr vielen Staaten gelehrt wird. So macht die Kenntnis dieses Codes berufliche und private Verbindungen möglich zwischen Wesen, die unterschiedlichen Sprachkulturen angehören. Da die Wesen häufig ihre Gewandtheit in dieser Zweitsprache überschätzen, kommt es aber auch zu viel Verwirrung, Frustration und manchmal auch folgenreichen Missverständnissen. Wesen, die in der Verständigung mehrerer Sprachen ausgebildet wurden, müssen hinzugezogen werden.

Englisch ist die Erstsprache einer Großmacht im westlichen Teil des Planeten, die sich die Vereinigten Staaten nennt. Das politische Vorgehen dieser Macht wird sehr kritisch beäugt von der Weltöffentlichkeit und oftmals abgelehnt. Besonders heftig von Wesen, die vermuten, dass ihr tiefes religiöses Empfinden im Widerspruch steht zum ebenfalls tiefen religiösen Empfinden dieser Macht zugehöriger Wesen. Nicht wenige Wesen vermuten, dass ihre Religion[13] von dieser Großmacht abgewertet und sogar bekämpft wird. Auf einige Wesen dieser Macht, die sich teilweise auch besonders laut und nachdrücklich in Szene setzen, trifft dies sicher auch zu.

So ist auf diesem Planeten erneut die Situation entstanden, dass die heftigsten und blutigsten Konflikte im Namen Gottes ausgetragen werden. Wo es doch Aufgabe der Religionen ist, die irdischen Wesen in der Kraft der Liebe zusammenführen und aus Leid herauszuführen. Viele Wesen scharen sich hinter die Wortführer einer vermeintlich aggressiven Gottheit, andere Wesen aber kamen und kommen zu dem Schluss, dass mit diesem Gott etwas nicht stimmen kann. Man besser ohne seine Unterstützung die Transformation des Planeten in eine gerechtere, lebenswertere Welt umsetzt. Dies war und ist dann das erklärte Ziel großer Mächte im Osten, in denen man sich aufmachte, eine politische Vision, die Kommunismus genannt wurde, umzusetzen.

Es gelang bisher nicht, die Mehrheit der Menschen für die kommunistischen Ideale zu begeistern. Man legte sich auch hier an mit Widerständlern, und auch hier entstanden wieder todbringende Konflikte. Misstrauisch beäugt werden die Staaten, die sich weit entfernt vom dem westlichen oder östlichen Blöcken, zu denen sie sich politisch bekannt haben, befinden und geographisch direkt vor der Grenze eines feindlich gesonnen Zusammenschlusses liegen. Sodass es notwendig, aber auch sehr vorteilhaft scheint, dort eine Menge Waffen zu platzieren. Wie auch in dem Staat, dessen Einwohner aus anderen Staaten, besonders dem Heimatstaat von S. fliehen mussten und sich ein Stück Land griffen, oder besser, zugeteilt bekamen, das sie inmitten einer anderen religiösen Kultur platzierte. Die sich dazu im Laufe der Jahrzehnte immer weniger verstanden und gewürdigt fühlt von einem hochgerüsteten starken Westen, der als Beschützermacht dieses neuen Staates auftritt. Womit dieser Staat dann zum ungeliebten Aufpasser wurde. Und sein kleinerer Verbüneter sich, mit diesem starken Bündnispartner im Rücken, dazu auch so manches Vorrecht zugesteht. Man liegt im Dauerstreit, würde sich gegenseitig gerne loswerden – doch gegenseitige Vernichtung ist auch hier nicht die Lösung für die Aufgabe, die sich den Erdwesen stellt.

Die Widerständler des Kommunismus, wie eben auch dieser auf Schutz angewiesene Staat, sind dann auch häufig Befürworter der Politik der westlichen Macht. Weshalb der englische Sprachcode von vielen Wesen abgelehnt wird, die der Auffassung sind, dass zum Beispiel die russische Konkurrenzmacht im Osten immer noch die besseren Konzepte für irdisches Zusammenleben aufweisen kann. Oder aber auch von Wesen, die in den westlichen Werten und der westlichen Sprache, die auch die moderne Musik dominiert und die Jugend der Welt für sich zu begeistern sucht, eine Bedrohung der eigenen kulturellen Werte sieht.

Dass sich die irdischen Wesen auch innerhalb staatlicher Interessengemeinschaften völlig uneinig darüber sind, welche Kraft oder Macht das Zusammenleben irdischer Wesen schließlich dauerhaft gestalten sollte, und dass sich so viele Wesen beauftragt sehen, die Vorherrschaft ihrer bevorzugten Macht oder Kraft energisch durchzusetzen, führte und führt zu großen Schwierigkeiten im Zusammenleben. Hält die Erdbewohner sehr beschäftigt mit Aktivitäten in einer äußeren Welt, die immer komplizierter und undurchschaubarer zu werden droht.

Es gestaltet sich als schwierig für das Einzelwesen, sich an der Aufgabe einer Überwindung von Gegensätzen und dem Zusammenführen unterschiedlicher gegenpolarer Potentiale zu beteiligen. Dennoch wagt sich immer wieder ein Erdwesen hervor mit einem überbrückenden Lösungsansatz, einer neuen Herangehensweise an einen alten Konflikt, der auf einer friedlichen Grundhaltung beruht. Wobei es dann nicht selten die Vernichtung seines Stoffkörpers durch andere Lebenseinheiten riskiert.

Wohl deshalb bleiben viele irdische Schmerz- und Bedürfniskörper angstvoll in ihren Bündnissen und versuchen, die Sterblichkeit ihrer Stoffkörper möglichst lange hinauszuzögern. Auch, indem sie andere, meist jüngere und leichter beeinflussbare Erdwesen überzeugen, sich zum Wohle des Bündnisses aufzuopfern. Obwohl diese jungen Lebenseinheiten viel weniger Zeit hatten zum Sammeln von Erfahrungen in der irdischen Welt.

S., die sich noch nicht allzu sehr vertieft hat in die zahlreichen Konfliktformen einer inneren und äußeren Welt, erhält schließlich die Zusage für eine Versetzung in eine Stadt mit Kennung Seoul in einem Land, das Südkorea heißt. Die Unkenntnis des dortigen Verständigungscodes ist kein Hindernis, denn fast keines der mit S. beschäftigten Dienstwesen beherrscht ihn. Er ist so verschieden von S. Sprache, dass auch die einzelnen Schrifteinheiten nicht ohne Weiteres entziffert werden können. S. wird bewusst, dass sie sich eigentlich vor einer Reise in eine so fremde Welt sehr fürchtet.

Inzwischen möchte S. lieber einen höheren Bildungsweg einschlagen, und der väterliche Freund hält dies für eine gute Idee. Traut S. so ein Studium wohl zu. Als sie für ihn tätig war, hatte sie viel Lob bekommen. Aber sicher hatte er trotzdem gemerkt, dass es für S. manchmal sehr belastend war, so viele Stunden hintereinander vor diesem rechteckigen Holztisch zu verbringen, auf dem eine spezielle Apparatur, ein PC[14], platziert ist. Um dort mit der Unterstützung dieses Gerätes ihre Aufgaben zu erledigen, in einer Tätigkeit als Fremdsprachensekretärin[15]. Was ihr in der neuen Arbeitseinheit, ohne das freundliche vorgesetzte Wesen, noch sehr viel freudloser erscheint.

Nachdem der Planer, der die Einsätze der Dienstwesen koordiniert, also wie bei uns S307, bereits informiert war, dass es nicht nach Südkorea gehen soll, wird die Versetzung nach London, Zentralstadt eines nahegelegenen Inselstaates, nun von S. auch abgelehnt. Dabei hatte sie für diese Versetzung sehr gekämpft. Posten in nahegelegene und für irdische Verhältnisse friedliche und wohlhabende Staaten sind eigentlich den älteren Dienstwesen vorbehalten. S. kündigt also nun dennoch und zieht in eine der Zentralstadt nahegelegenen Stadt, um dort ihr Studium zu beginnen.

E Status

Alles hatte S. ihrem väterlichen Freund nicht erzählt. Sie hatte es für sich behalten, dass sie zum Ende ihrer Arbeitszeit in der Zentralstadt begonnen hatte, regelmäßig eine Therapeutin[16] aufzusuchen, weil sie anfing, sich unglücklich und unerfüllt zu fühlen. Der Schritt, sich von einem Wesen helfen zu lassen, das dafür ausgebildet ist und bezahlt wird, ist kein leichter. Diese neue Form von Austausch, dem Fragen nach dem Warum von unglücklichen Gefühlen und schwer zu lösenden Konflikten bringen einiges in ihr in Bewegung. S. überlegt sogar, als Studienfach „Psychologie" zu belegen, weil diese Lehrrichtung es ihr ermöglichen soll, sich möglichst viel Kenntnis über gelungene Lebensführung anzueignen.

Irdische Lebenseinheiten können sich an einer Universität ein theoretisches Rüstzeug darüber zulegen, wie man einem Erdwesen in seelischer Not hilft. Wesen, die gerade selber in Not sind, fühlen sich zu so einem Ausbildungsweg sehr hingezogen. Darüber spotten manche Erdbewohner gerne ein bisschen, dabei ist die Fähigkeit zur Auseinandersetzung mit einer eigenen Not von großer Bedeutung, um ein leidendes Wesen zu verstehen und sollte eigentlich Voraussetzung für diesen Weg sein.

Allerdings, ein großer Teil dieser Ausbildung ist darauf ausgerichtet, die Bedürfnisse möglicher Erwerber der Produkte verschiedener Produktions- und Verkaufsstätten, den sogenannten Unternehmen, genauer zu erforschen. Um dann gezielt diese möglichen Erwerber als Konsumenten, also Käufer, der Produkte zu gewinnen. Und damit schließlich den Umsatz des Unternehmens zu steigern, dass das bedürfnisgeschulte Wesen für seine Zwecke tätig werden lassen hat und es bezahlt.

Ähnlich wie für die Mitteilungen eines Außenministers, werden zur Überzeugung der Konsumenten die Medien genutzt. Über Bild- und Tonempfangsapparaturen wie auch schriftlichen Papierwerken werden Erdbewohner mit schlau ausgearbeiteten Lockstrategien an den verschiedensten Produkten interessiert. Sie sollen den Unternehmen ihre Kaufmittel, das sind die Geldmittel, die sie in der Regel für Arbeitsleistung bekommen, als Gegenleistung für das Produkt übergeben.

Den Studienanfänger mit Hilfswunsch überrascht häufig, dass er vor allem darauf vorbereitet wird, andere Erdwesen als Käufer für einen Auftraggeber zu gewinnen, anstatt eine Not lindern zu helfen. Er wird sehr befähigt, potentielle Käufer zu überzeugen, dass ein bestimmter Erwerb seine inneren Nöte lindert – ohne, dass diese Nöte so direkt erwähnt werden müssen. Sie nicht zu kennen, macht das Erdwesen manipulierbarer und erhöht seine Bereitschaft, sich ein Trost-Produkt zuzulegen.

Je mehr Geldmittel so ein Unternehmen einem Erdbewohner mit Unterstützung des Anlockers abnehmen kann, desto erfolgreicher wird das Unternehmen und die Arbeit seiner sogenannten Marketingabteilung[17] eingestuft. S. würde also in so einer Ausbildung nicht sehr viel Wesentliches zum Verständnis der Bedürfnisse eines irdischen Wesens, sondern eher zur Nutzung dieser Bedürfnisse lernen. Weshalb es auch nicht weiter schlimm ist, dass sie sich schließlich für ein Studium von Sprachen mit dem Ziel einer Lehrtätigkeit anmeldet.

In dieser Ausbildung befindet sich S. also gerade, d. h., sie ist für diese Ausbildung weiterhin angemeldet, hat aber die Universität schon länger nicht mehr aufgesucht. S. schläft zurzeit sehr viel, verlässt die Wohnung kaum, sodass ich noch einiges ausführen werde zum Vorgehen der Bedürfniserweckung oder -verstärkung, die Werbung genannt wird. Die nicht allzu ausführlich über ein Produkt informieren soll, sondern möglichen interessierten Erdwesen vermittelt, dass sie als Erwerber des beworbenen Produktes zu einer Gruppe von Wesen mit besonderem Ansehen oder einem besonders beeindruckenden Lebensstil gehören.

Der Besitz bestimmter Gegenstände wird mit Erfolg und einem gelungenen Leben in Verbindung gebracht. In S. Kultur gilt das ganz besonders für das Auto. Viele Erdwesen benötigen Autos, mit denen sie ihren Stoffkörper möglichst schnell von einem Ort zu einem anderen transportieren können. Dazu aber soll die Qualität eines Autos auch Rückschlüsse geben über den Verdienst und das Ansehen, also den Status, seines Besitzers. Die Ausübung bestimmter leitender Aufgaben erfordert den Besitz eines Autos von hohem Preis, damit die Akzeptanz durch die in der geschäftigen Welt tätigen Mitwesen, die alle ein solch teures Auto besitzen, gegeben ist.

Auch ein Partnerwesen von Klasse zu erlangen, scheint durch den Besitz eines teuren Autos sehr viel wahrscheinlicher. So suggeriert die Werbung.

Die Lebenseinheiten, die dies sehr stark verinnerlicht haben und sehr an Geltung interessiert sind, wählen dann auch ein Partnerwesen nach ihrer oder seiner Vorzeigbarkeit aus. Das Partnerwesen wird dann selber ein Statussymbol sein und diese Rolle sehr ernst nehmen.

Das weibliche Partnerwesen wird dafür auf angemessene Bekleidung und angemessene Wohnausstattung achten, um sofort als Wesen mit gehobener Lebensführung erkennbar zu sein. In diese Ausstattungen fließt dann häufig ein recht großer Teil des Verdienstes ihres Ehewesens. Die Ansprüche der nach dem Kriterium der Repräsentation ausgesuchten Erdbewohnerin sind also sehr hoch, und das wird auch so von ihr erwartet.

Es kann passieren, dass sich diese Ansprüche nicht dauerhaft erfüllen lassen. Wenn eben die Situation eintritt, dass das immer vorhandene Kollegenwesen in Lauerposition die Stelle einer einst erfolgreichen Lebenseinheit übernimmt. Vielleicht auch, weil eine seelische Not, nicht selten in Verbindung mit der schon erwähnten dubiosen Flüssigsubstanz, eingetreten ist, sodass diese Lebenseinheit aus ihrem Arbeitsumfeld verschwinden muss. Das Kollegenwesen in Lauerposition hat häufig nicht gerade wenig dazu beigetragen, dass diese seelische Not entstand, sich verstärkte und schließlich allseits bekannt wurde.

Das gekippte leitende Wesen verschwindet dann oftmals auch aus dem Leben des repräsentativen Partnerwesens und der repräsentativen Kinder, und nicht selten auch aus seinem repräsentativen Heim. Vielleicht ist sein Posten jetzt mit einer geeigneteren

Persönlichkeit besetzt. Vielleicht muss das aus der Lauerposition vorgerückte Wesen jetzt aber auch erfahren, dass es einfacher ist, dem Leiter einer Arbeitsgruppe vermeintliche und tatsächliche Fehler nachzuweisen, als sich, nun selber in Leitungsposition, fehlerfrei und damit zur Führung berechtigt zu behaupten. Manches Kollegenwesen bleibt dann auch ganz überlegt in der zweiten Reihe, von wo aus mit gezielten Pfeilen aus dem Hinterhalt Leitung für Leitung zu Fall gebracht wird.

Leitende Positionen werden auf diesem Planeten sehr begehrt, sie werden übergeben wie eine große Anerkennung und sollen Aussicht auf überdurchschnittliche Auszahlung von Geldmitteln, zumindest aber gesteigertem öffentlichen Ansehen bieten. Die höchsten und begehrtesten Leitungspositionen eines Staates sind eben die der Staatslenker, die von den sogenannten Politikern eingenommen werden, und manche dieser Politikwesen sind Teil der Regierung.

Diese Wesen müssen sich, wie im Fall des Ministers, für den S. tätig war, genau überlegen, was sie sagen, am besten immer ein gut lesbares Schriftstück dabeihaben. Eine ungeschickte Formulierung oder unpassende persönliche Äußerung, die nicht den Geschmack ihrer Wähler trifft, kann ihr plötzliches politisches Ende bedeuten. Ihr Verhalten wird nicht nur von einem Ehewesen, verschiedenen übergeordneten Wesen und Institutionen und den zahlreichen Konkurrenten in Lauerposition überwacht, sondern von der Gesamtheit aller Einwohner des Staates.

Die Medien, die sie mit positiven Schilderungen ihrer Persönlichkeit und Weltanschauungen zu Erfolg gebracht haben, können ganz unerwartet eine menschliche Schwäche oder aber auch nur einen Fehler in einer Spesenabrechnung zum wochenlangen Dauergespräch machen. Mit dem man das politisch tätige Erdwesen nun bei jeder Gelegenheit konfrontiert, es unter ständigem Rechtfertigungsdruck bringt. Verschiedene weitere angesehene Persönlichkeiten äußern sich verteidigend oder vernichtend zum Verhalten des Wesens, beeinflussen damit eine Stimmungslage, die das in der öffentlichen Kritik stehende Wesen schließlich dazu zwingen kann, sich aus seinem Verantwortungsbereich zurückzuziehen.

Merkwürdigerweise hält das Volk die Politikwesen aber für ganz besonders mächtige und beneidenswerte Lebenseinheiten. Und auch die Politikwesen glauben, dass das Volk sie in erster Linie mit der Durchsetzung der richtigen Maßnahmen zum Wohle des Staates betraut hat. Während sie in Wirklichkeit Projektionsflächen[18] für den unzufriedenen Bürger sind. Der häufig überzeugt ist, dass alle seine Probleme auf die Unfähigkeit eines oder mehrerer dieser Politikwesen zurückzuführen sind.

Von seinem Lohn aus seiner Arbeitstätigkeit muss ein Erdbewohner etwas abgeben an die Gemeinschaft, die sogenannten Steuern. Aus dieser Abgabe werden neben zum Beispiel Straßen, Schulen, Waffen auch die Politikwesen bezahlt. Das abgabenzahlende Wesen versteht sich deshalb in gewisser Weise als Arbeitgeber des Politikwesens, das etwas erwarten kann. Wenn ein Wesen keiner

Arbeit nachgeht, ist es in der Regel besonders unzufrieden mit der Arbeit des Politikwesens, das es zwar nicht bezahlt, aber von ihm erwartet, Sorge dafür zu tragen, bald eine passende Arbeit angeboten zu bekommen. Und wenn dies nun mal nicht geht, es besser zu versorgen. Das Wesen ohne bezahlte Tätigkeit bekommt in der Regel nur eine recht knapp bemessene Grundversorgung aus der Gemeinschaftskasse zugestanden.

Manchmal, wenn es lange schon unzufrieden war mit seiner Lebenssituation, denkt es, es selber müsste eigentlich die Tätigkeit des Politikwesens übernehmen und die gute Entlohnung beziehen. Da es besser weiß, wie es eigentlich laufen müsste. Meist kommt es aber nicht zur Ausübung der Tätigkeit eines Politikwesens, da man es noch nicht angegangen hat, sich für ein gemeinschaftliches Anliegen einzusetzen.

Für die Grundversorgung seines Stoffkörpers braucht das Erdwesen Geldmittel, und es will auch nicht gerade nur existieren können. In der Geschichte des Planeten ist es dann auch immer wieder vorgekommen, das geldlose Wesen sich zusammengetan haben, um eine Gruppe lenkender Politikwesen, die das Problem einer nicht ohne Weiteres zu überwindenden Geldmittellosigkeit nicht ernst genug zu nehmen schien, unter Gewaltanwendung zu stürzen. Mit mal mehr und mal weniger Erfolg. Ein Politikwesen bekommt im Verständnis sehr vieler Erdwesen zu viele Geldmittel und sollte besser nichts falsch machen.

Mit seinem Idol aus der Sportwelt, zum Beispiel einem Fußballstar, ist da manches Erdwesen sehr viel nachsichtiger. Auch, wenn dieses es zu einem deutlich höheren Verdienst bringen kann. Das Gehalt aus vielen Millionen Geldeinheiten wird bei schlechter Leistung schon mal missgönnt, und die Abbildungen des Idols in der Bild- und Tonempfangsapparatur vom Erdbewohner in seinem Entspannungsmöbel dann sehr heftig beschimpft.

Es wird dem Idol aber schnell wieder verziehen, wenn es zum Beispiel eine aus zusammengehefteten Lederstücken bestehende Kugel, hinter der es für seine Millionen ein- oder auch zweimal pro Woche herlaufen muss, dann erfolgreich in einem Netz am Rande einer Rasenfläche, genannt Spielfeld, platzieren kann. Erdbewohner sollten ihre Kinder unbedingt davon abhalten, eine politische Laufbahn einzu-schlagen und sie Bäckermeister, Friseurin oder Fußballspieler werden lassen.

Σ Liebe

Während ich mir jetzt ein Bild von S. Welt gemacht habe, hat S. viel Zeit mit sich verbracht. Es dämmert ihr, dass es mit diesem I. nichts mehr wird. Sie ist sehr ärgerlich über dieses von ihm schwangere Wesen. Obwohl die Zeugung des neuen Erdwesens vor der Liebesverbindung von I. und S. geschah, und nicht als persönlicher Angriff der werdenden Mutter zu verstehen sein kann. S. weiß zu diesem Zeitpunkt nicht, dass auch dieses andere weibliche Wesen sehr ärgerliche Gedanken in Bezug auf S. hat, sie wird es bei einem späteren Treffen herausfinden. Man ist sich irgendwie in die Quere gekommen, wegen eines I., der jetzt sechs Wochen auf Hawaii[19] verbringt, weil er sich von dem Stress dieser Situation erholen muss. Der Urlaub[20] außerdem auch schon lange gebucht war. Und der nicht schreibt.

S. resümiert ihre bisher stattgefundenen Liebeserfahrungen. Ihre erste Liebe, das war dieser Mann aus einer anderen Welt. Ein Soldat, der da so unvermittelt in der langweiligen Tanzstätte, die die Erdbewohner Discothek nennen, aufgetaucht ist. Für den S. sehr schnell entbrennt, als sie das erste Mal ein paar schmeichelnde Worte über die Erscheinung ihres Stoffkörpers hört. Ein Jahr ist man verbunden, in der Weise, dass man sich gelegentlich trifft. Wobei S. darauf warten muss, bis sie angerufen wird, und dann eine lange Strecke zu dem Ort fährt, an dem er stationiert ist.

In S. Heimat, Deutschland, stationiert zu sein, bedeutet, dass man S. Staat vor einer gefährlichen

Macht im Osten schützt. Die auf Einverleibung ihres Staats lauert und die Bewohner in Unfreiheit bringen will. Wird S. erklärt. Ein Teil ihres Landes gehört dann auch schon zu dieser dieser feindlichen Macht. Was deren Bewohner aber begeistert begrüßen. Das kann man den dort häufig ausgestrahlten Bildfolgen entnehmen, in denen große Menschenmengen fröhlich singend und rote Fahnen schwenkend durch ihre Städte paradieren.

Im Überzeugungskampf der Ideologien wird aber schließlich der westliche Teil die Oberhand gewinnen. Mit seinen kürzeren und weniger aufwendigen Bildfolgen, in denen strahlende, elegant gekleidete Wesen Delikatessen genießen, in edle Autos steigen oder einen Luxusurlaub an einem fernen, warmen Ort, wie eben diesem Hawaii, verbringen. Wo der Bewohner des östlichen Teils nicht hindürfte, selbst wenn es ihm gelungen sein sollte, sehr viele Geldmittel anzusammeln.

Auch wenn es verboten ist, die Ausstrahlungen aus dem westlichen Teil anzuschauen, geschieht es dennoch. Was dann später dazu führen wird, dass die Wesen aus dem östlichen Teil zuhauf in den westlichen Teil strömen. Und die Bewohner des westlichen Teils über die Konsequenzen ihrer Blendwerke dann nicht mehr so glücklich sind. Noch viele weitere Menschenmassen aus vielen anderen Teilen der Erde werden sich dann einige Jahre später ebenfalls auf den Weg in diesen an Landmasse nicht wirklich sehr großen Erdbereich machen.

Spätestens jetzt ist man überhaupt nicht mehr glücklich und zufrieden über die gekonnte Selbstdarstellung als besonders starkes und reiches Land.

Sollte damit doch vor allem die eigene Bevölkerung von der guten Arbeit ihrer Regierung überzeugt werden, und nicht die Massen armer Menschen aus gebeutelten Erdteilen. Die Stationierung durch diese andere Macht im Westen, wird zu diesem Zeitpunkt auch vorüber sein – obwohl man sie jetzt gut gebrauchen könnte.

Was zwischen S. und ihrem Freund nicht zur Sprache kommt, ist, dass die Stationierung auch den Zweck verfolgt, S. Staat gut unter Kontrolle zu halten. Da dieser sich vor nicht allzu langer Zeit äußerst aggressiv und unberechenbar gegenüber seinen Nachbarn im Osten wie im Westen verhalten hat. Ja, auch gegenüber denen im Norden und Süden. Schutz ist eben selten ohne bevormundende Kontrolle zu bekommen, wie S. auch in anderen Zusammenhängen noch erfahren wird, und da gibt es nun einmal auch ein Machtgefälle.

S. würde ein kriegerisches Vorgehen ihres Staates niemals unterstützen. Vielleicht kann aber trotzdem nicht erwartet werden, dieses Wesen aus der anderen Welt ihrerseits unter Kontrolle zu bekommen. Manchmal fährt man eine lange Strecke zu einem vereinbarten Treffen, und es erscheint nicht. Hatte sie wohl vergessen, oder einfach was Besseres vor. Schafft es dann doch wieder, ein Treffen mit ihr zu vereinbaren, nachdem eine Erzählung dramatischen Inhalts als Erklärung für das Nichterscheinen dargeboten wurde. Zu ihr kann das Wesen nicht kommen, denn der BMW[21], den es natürlich nie hatte, war ihm kürzlich geklaut worden. Doch, das Wesen kann belegen, so einen BMW besessen zu haben, es hat ein Foto von dieser

Transportapparatur. Auf dem auch eine Frau abgebildet ist. Seine Schwester.

Schließlich strapaziert das Wesen S. Geduld dann doch über, als es gleich mehrere Wochen ohne ein Lebenszeichen verschwindet. Und in diese Zeitperiode auch S. Geburtstag fällt. Worüber dieses Wesen auch informiert war. Das mit der geheimen Mission, von der niemand wissen durfte, glaubt sie ihm nicht mehr so wirklich. Ein paar Mal trifft man sich noch, aber Komplimente gibt es schon lange nicht mehr, und an der Unzuverlässigkeit ändert sich auch nichts. S. beendet schließlich die Verbindung. Um dies wenig später furchtbar zu bereuen und zu hoffen, dass diese Lebenseinheit sie sehr bald wieder anrufen und sie mit einer wirklich überzeugenden Liebeserklärung zurückerobern wird.

Da dies nicht geschieht, muss die Freundin immer wieder überzeugt werden, mit ihr zu der Tanzstätte an diesem Ort zu fahren, wo dieses Wesen stationiert ist. In diese Discothek, in der S. auch mit ihm war. Dann muss man sich in dem Teil dieser Stätte aufhalten, in der sich die ausländischen Soldaten befinden. Um dort, ganz zufällig natürlich, dem Verflossenen über den Weg zu laufen. Ihm damit die Gelegenheit zu geben, diese überzeugende Liebeserklärung zu machen, die er ihr bestimmt seit dem Ende der Verbindung unbedingt machen will. Wegen der er schon lange mit sich ringt, die richtigen Worte sucht, und sich nur nicht traut, anzurufen. Weil S. Mutter ja auch immer so unfreundlich zu ihm ist.

S. begegnet ihm nicht, aber dafür einem anderen jungen Soldaten, mit dem sich eine Freundschaft entwickelt, die schließlich eine Liebesverbindung wird. Wobei S. anfangs noch hofft, über das neue Partnerwesen wieder in die Nähe der verlorenen Liebe zu gelangen. Während die neue Bekanntschaft dies aber konsequent verhindern wird, und mit S. nach Möglichkeit nicht dort hingeht, wo sich seine Kameraden aufhalten. Aus dieser Begegnung wird dann eine Verbindung, die drei Jahre währt, mit einem Wesen, das sehr nett ist und sich sehr um S. bemüht. Leider aber zu einem Zeitpunkt in ihr Leben tritt, als sie nicht offen ist für eine neue Liebe, ihr Herz noch nicht wieder frei ist.

S. Selbstwertgefühl wird wieder aufgerichtet. Dieses Wesen ist zuverlässig, hat viel Zeit für sie, freut sich über jede Gelegenheit, der Kaserne[22] zu entkommen. Eigentlich sieht es sogar besser aus als das vorige Partnerwesen. Wenn sie mit ihm spricht, schaut sie in die gleichen treuen, dunkelblauen Augen wie die eigenen, aber dazu ist sein Haar pechschwarz. Nicht viel größer als sie ist es, aber von kräftiger Statur, mit starken Armen. Und dem Bild eines rosafarbenen Pantherbärens, eingstochen auf dem einen Oberarm. Eine Idee aus früher Jugend, über die sich das Wesen nun sehr ärgert. S. mag dieses Hautbild, das man Tattoo nennt.

Mit der nun verlorenen Liebe hatte S. das gleiche, helle Haar gemeinsam, das Blau seiner Augen aber war ein anderes, hartes, unduchdringliches, sein Blick stechend. Wie auch das von ihm Gesagte oft hart, schmerzhaft. In dieser neuen Verbindung jetzt müsste man sich viel besser fühlen. Doch S. bleibt innerlich unbeteiligt. Und spürt jetzt selber diese beängstigende Macht, die ein Wesen hat gegenüber einem Mitwesen, das sich sehr öffnet, während man selber verschlossen bleibt. Was bedeutet, man kann dieses Wesen verletzen, ohne selber angreifbar zu sein.

S. liegt nichts daran, eine solche Situation auszureizen. Manchmal allerdings nimmt sie dem neuen Partnerwesen übel, dass sie so unerfüllt ist, während es sich in der Verbindung mit ihr wohlzufühlen scheint. Kann es nicht ganz lassen, hin und wieder ein paar dunkle Hagelwolken durch seine sonnige Landschaft zu schicken. Einmal versucht sie, mit dem neuen Partnerwesen über die Enttäuschung mit dem verlorenen Liebeswesen zu sprechen. Das erweist sich als eine ziemlich schlechte Idee, verletzt es sehr, und wird kein zweites Mal versucht. Und obwohl sich dessen Vorsichtsmaßnahmen jetzt noch erhöhen, kommt es trotzdem doch noch einmal zu einer unbeobachteten Begegnung zwischen S. und ihrer ersten Liebe.

Er war nicht mehr ständig in ihren Gedanken gewesen, aber dass er da auf einmal vor ihr steht, in einem Teil der Tanzfläche, wo er nicht zu vermuten war, ist überwältigend. Verschlägt ihr die Sprache. Er aber sagt ihr jetzt tatsächlich, was er ihr schon so lange sagen will: Das neue Partnerwesen sei ja wohl eine traurige Notlösung. Er hätte sich mit ihr ohnehin nur gelangweilt, und die Frau auf dem Foto damals, das war übrigens nicht seine Schwester, sondern seine Verlobte. Übrigens PR-Managerin[23] mit richtig Kohle[24].

Und wohl auch die Besitzerin des BMWs, überlegt S. später, denn einen anderen Grund für sein schlecht gelauntes Verhalten kann sie nicht kennen. Außer natürlich, dass er sich für leichter und bedenkenloser ausgetauscht gefühlt haben musste, als es der Fall war. Darauf kommt S. merkwürdigerweise aber lange nicht. Das neue Partnerwesen wird jedenfalls nach dieser Begegnung ein großes Stück mehr geschätzt. Wirklich tief wollen die Gefühle aber einfach nicht werden.

Als S. dann eine vermeintlich interessante Stelle, eben diese im Ministerium, angeboten bekommt, muss sie nicht lange überlegen. Sie beendet die Verbindung, gibt auch ihre erste Anstellung im Büro eines Maschinenbauers nach nur wenigen Monaten auf, und zieht in die Zentralstadt ihres Staates. Beantwortet keine Briefe mehr von ihm. Verletzt ihn. Und jetzt scheint es gerade wieder sie zu sein, die die leidende Rolle übernehmen muss. S. überlegt, was schlimmer ist: Intensive Gefühle für jemanden zu entwickeln, der diese nicht erwidert, und damit sehr verletzbar zu sein. Oder innerlich unbeteiligt neben jemandem herzuleben, sich überlegen zu fühlen, aber irgendwie auch leer. Jedenfalls kommt ihr gerade die Hoffnung abhanden, dass es so etwas wie erfüllende gegenseitige Liebe gibt.

Z Gefahr

Man könnte sich jetzt mit ganzer Energie auf das Studium stürzen und sich durch Leistungserfolge einen Ausgleich für versagte Liebeszuwendung schaffen. Wie es viele Erdbewohner nach einer solchen Erfahrung machen. Doch irgendwie fehlt die Kraft, aufzustehen. Eine unsichtbare Faust scheint S. niederzudrücken, wann immer sie sich aus dem Bett schälen möchte. Manchmal räumt sie ein bisschen auf, hängt ein paar Kleidungsstücke auf, aber nach wenigen Minuten fällt sie wieder erschöpft auf ihr Bett.

Die Kraft reicht nur, um wieder und wieder von einer speziellen Apparatur eine kleine silberne Scheibe abspielen zu lassen, auf der sich die Musik einer Sinead O'Connor befindet. Auf der Verpackung der Silberscheibe steht „Universal Mother". S. betrachtet gerne das Bild dazu, auf dem ein kleines Wesen viele Lichtimpulse von einem großen Wesen geschenkt bekommt. Die Musik trifft ihre gedrückte Lebensstimmung so genau, und die Texte spiegeln diese Mischung aus Schmerz, Einsicht, und doch wieder Wut, die sie ihrem Leben gegenüber ebenfalls gerade fühlt.

Ist es nur Liebeskummer? Hat der Umgang mit den Wesen in dieser Vergnügungsstätte ihr mehr geschadet als sie dachte? Jedenfalls entstehen merkwürdige Gedanken. Wie der, dass die Wesen, die dort arbeiten, eine Art satanische Gemeinschaft sind, die sie vernichten will. Ich bin vielleicht nicht ganz unschuldig an dieser Entwicklung, da ich S. geholfen habe, einige Zusammenhänge zu beleuchten, tatsächlich auch nicht gerade wenig dämonisches Wirken auf diesen Planeten festzustellen ist.

S. kann mit den Ängsten, die nun entstehen, aber noch nicht umgehen, und die Ängste beginnen, sie zu beherrschen. Manchmal muss sie die Wohnung verlassen, um einige Lebensmittel zu kaufen, und wenn sie wiederkommt, glaubt sie, Spuren zu entdecken von Wesen, die in ihrer Wohnung gewesen sein müssen. Zwei Studienfreunde kommen mal nach ihr schauen, sind aber ziemlich verunsichert von den Vermutungen, die S. ihnen mitteilt, und ziehen sich von ihr zurück.

Noch glaubt S., dass sie im nächsten Semester ganz sicher wieder durchstarten wird, sich gleich für ziemlich viele Seminare einschreiben wird, und ganz schnell die verlorene Zeit wieder aufgeholt hat. Gerade ist es aber nicht möglich, sich mit mittelhochdeutscher Grammatik zu befassen. Oder für das große Latinum zu lernen, dass sie sich vorgenommen hatte, in drei Semestern nachzuholen. Weil es Voraussetzung für dieses sprachwissenschaftliche Studium ist, und sie hatte keinen Lateinunterricht in der Schule.

Große Lust, tote Sprachen zu lernen, verspürte sie von Anfang an nicht, aber die Literaturseminare waren schön. Doch selbst die locken sie nicht mehr aus ihrer Lethargie. Im Verlauf des Jahres schafft S. es immerhin noch, kleinere Nebentätigkeiten auszuüben. Zum Beispiel im Büro einer Firma, die Fensterglas herstellt, und für einen Messebauer[25], der Konzepte für Informationsstände auf großen Ausstellungen entwickelt und umsetzt. Ihre Aufgaben dort interessieren sie kaum, aber es muss etwas

Geld verdient werden, und irgendwie lässt man sie da machen. Gelegentlich verschwindet S. für einige Zeit in der Badeinrichtung[26], um ungestört zu weinen. Zu ihrem Liebeskummer hat sich das gesamte Weltelend gesellt, und irgendwie ist eigentlich alles nur schlecht.

S. bräuchte Hilfe. Doch das Fatale an so einer verzweifelten Lebensstimmung bei Erdbewohnern ist die Überzeugung, dass einem sowieso keiner helfen kann. S. bricht die wenigen Kontakte, die sie noch hat, ab. Öffnet die Tür nicht, wenn doch noch einmal ein Freund oder eine Freundin von der Universität vorbeischauen möchte. Meldet sich nicht mehr bei ihrer Familie, und verbringt schließlich auch die weihnachtlichen Feiertage allein in ihrer Wohnung. Festtage, an dem die Ankunft eines menschenfreundlichen, großen Propheten und Heilers auf dem Planeten vor etwa 2000 Jahren gefeiert wird, und die dazu eine große Bedeutung als Familienfest in S. Kultur haben. Sobald S. sich einige Meter von ihrer Wohnstätte entfernt hat, glaubt sie zu spüren, dass sich jetzt jemand Fremdes in ihren Räumen aufhält.

Einmal steht sie in einem Café[27] vor einem Aushang, auf dem eine Psychotherapeutin unterstützende Gespräche anbietet. Kurz überlegt sie, sich die Telefonnummer aufzuschreiben. Doch dann kommt ihr der Gedanke, die Person könnte diesen Aushang mit böser Absicht dort platziert haben. Sie weiß vielleicht, dass S. oft diese Stätte aufsucht, will sie in eine Falle locken. Irgendetwas ist dabei, von S. Besitz zu ergreifen, und ich werde es nicht verhindern können. Es ist dieses Dunkle, Namenlose, das in dieser Welt die Erdwesen mit dem Dämon im eigenen Ich konfrontiert, die Auseinandersetzung mit Urängsten und der Abwärtssog eines kollektiven Weltleides.

S. kann nicht mehr entscheiden, bestimmte Inhalte nicht mehr in ihr Bewusstsein zu lassen. Sie kann sich immer weniger finden in einem Meer von Gedanken, die sich alle gleichzeitig mitteilen wollen und großes Gefühlschaos in ihr auslösen. Unzählige Hände strecken sich ihr entgegen, wollen irgendwo herausgezogen werden, reißen S. mit sich in eine mächtige Strömung. Die Familie ist inzwischen in großer Sorge, merkt aus der Ferne, etwas stimmt nicht. Für S. wird der Zustand, in dem sie sich befindet, dazu immer unerträglicher. Inzwischen ist sie überzeugt, dass sie vernichtet werden soll.

Das ist nicht so lächerlich, wie es manchem Uneingeweihten erscheint. Ich könnte bezeugen, dass S. vom Dunkel vernichtet werden soll, wenn ich mich in dieser Welt als materiell wahrnehmbares Wesen mitteilbar machen könnte. Ihr Geist steht vor dem Erklimmen einer neuen Bewusstseinsschwelle. Woran Schweres, Altes und Unversöhntes innerhalb und außerhalb ihrer Persönlichkeit sie zu hindern sucht. Die äußere Welt blockiert den Wachstumsprozess, strebt nach Machtsicherung durch Kontrollierbarkeit und Berechenbarkeit der Erdwesen. Muss enttarnt werden. Denn: Nicht Wachsen und Erkennen dürfen kommt einer Vernichtung sehr nahe.

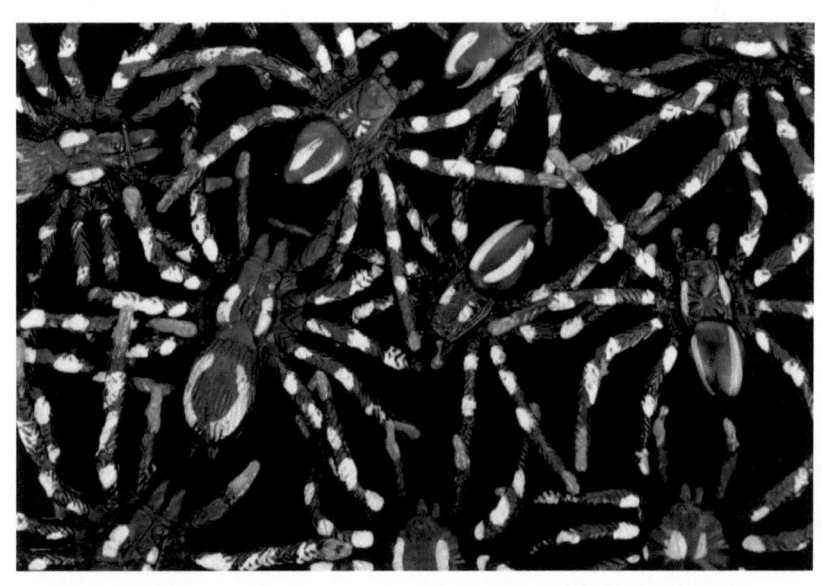

H Angst

Ein Kind bekommt bereits vermittelt, dass es nicht die gleichen Rechte beanspruchen darf wie ein erwachsenes Wesen. Da gibt es natürlich vieles, was das Kind nicht weiß, und wo das lebenserfahrene Wesen als sein Schutzbefohlener ihm eine Grenze setzen muss. Aber es gibt auch einiges, was das ältere Wesen nicht weiß. Während es sich dem Kind gegenüber oft als allwissend erlebt und darstellt und häufig sehr stark eingreift in dessen Persönlichkeitsentwicklung. Um ihm die Richtung vorzugeben, die zum Beispiel das Elternwesen für die einzig richtige hält.

Vater und Mutter haben in der Regel ebenfalls gelernt, sich zu orientieren an dem, was ihr frühes Umfeld ihnen als die richtige Lebensform präsentierte. Sie wuchsen häufig auf in einem Klima großer geistiger Unfreiheit und hoher Erwartung von Pflichterfüllung. Der Anpassungsdruck kann so groß gewesen sein, dass auch das erwachsene Wesen lange nicht wagt, eine durch Härte und Zwang geprägte Erziehung in Frage zu stellen. Und das nun ihm vom Leben anvertrauten Wesen ebenfalls mit großer Strenge zu großer Anpassung zu zwingen versucht.

Wenn die Vorstellung des Erzieherwesens darüber, wie die Persönlichkeit des Kindes zu sein hat, nicht dem Wesen des Kindes entspricht, die Persönlichkeit sich nicht entwickeln darf, gibt es Widerstand gegen das erzieherische Vorgehen. Diesen Widerstand versteht das Erzieherwesen häufig als Kritik an seiner Lebensführung. Rührt dazu an einer alten Wunde. Dass da Überforderung in der Erziehung von Kindern auftreten kann, tut seinen Teil zu einer unglücklichen Entwicklung der Dinge.

Wie so ziemlich jedes Wesen, muss auch das Wesen mit Erziehungsauftrag durch Zeiten beruflicher oder partnerschaftlicher Schwierigkeiten gehen. Ausgelöst zum Beispiel durch das immer vorhandene andere Wesen in Lauerposition, oder aber der Unterschätzung verhängnisvoller Substanzen. Viele Formen kann so eine Schwierigkeit annehmen, und sie nimmt keine Rücksicht darauf, ob gerade sehr kleine Kinder versorgt werden müssen. Früh an der Entwicklung der eigenen Persönlichkeit gehindert, fehlt die Zuversicht, einer verfahrenen Lebenslage eine gute Wendung geben zu können. Das erwachsene Wesen kann schließlich so geschwächt sein, dass es ein Wesen im festen Würgegriff der schwarzen Schlange wird.

An dieser Stelle möchte ich doch unbedingt die Erläuterung einschieben, dass eine dunkle Hautfärbung an einem irdischen Wesen nichts damit zu tun hat, dass es in enger Wesensgemeinschaft mit der schwarzen Schlange stehen muss. Im Gegenteil. Die dunkle Hautfärbung besagt, dass dieses Wesen in einem besonders lichten, sonnenerwärmten Teil des Planeten zu Hause ist. Oder aus einem solchen Erdteil stammt. Erdteile, die mit ihrem warmen Klima auch besonders hohe Fruchtbarkeit aufweisen - sind sie nicht durch rücksichtslose Ausbeutung zerstört und in ein Ungleichgewicht gebracht worden. Zerstörung, die nicht selten ausgeht von Mächten aus kälteren Erdteilen.

Mutter Erde wird verstanden als ein Wesen, von dem man ununterbrochen nehmen und beanspruchen darf. Das nichts verweigern darf, das keine Bedürfnisse äußert. Eine auch oft gestellte Forderung an das einzelne weibliche Erdwesen. Kann nichts mehr herausgeholt werden aus einem Wesen, sei es nun männlich oder weiblich, soll es häufig schnell ausgetauscht werden gegen ein anderes. Was dann häufig geschieht. Wenn aber Mutter Erde schließlich einmal zusammenbrechen sollte, wird es schwierig. Eifriges Absuchen des Universums nach Planeten mit Lebensbedingungen, die den Bedürfnissen der Erdbewohner entsprechen, hat noch nicht zu Erfolg geführt.

Das Wesen im Würgegriff der schwarzen Schlange (und es kann jede auf dem Planeten vorkommende Hautfärbung haben!! Also vergesst mal schön die Bewertungen nach Rassenzugehörigkeit) schreckt schließlich auch nicht davor zurück, ein ihm vertrauendes, von ihm abhängiges Mitwesen auszubeuten und schwer zu verletzen, wenn die Gelegenheit sich bietet. Später ist das verletzte Kind das seelisch erkrankte Wesen. Das, was es erlebt hat, wird als Traumatisierung bezeichnet. Das bedeutet, ihm oder ihr ist ein Schaden zugefügt worden, der die Entfaltung der eigenen Möglichkeiten so stark behindert hat, dass ein Einfügen in die Gesellschaft und Übernahme gemeinschaftlicher Aufgaben nicht so ohne Weiteres geschafft wird. Ein großer Hilfsbedarf kann entstanden sein.

S. wird später einmal Wesen treffen, die täglich schwere Ausbeutung und Verletzung durch der Familie zugehörige Wesen erlebt haben. Und die darüber berichten. Meistens sind es weibliche Wesen, die das Wagnis antreten, eine frühe körperliche Misshandlung, verursacht durch ein ungesteuertes triebhaftes Verlangen eines anderen Wesens, mitzuteilen. Dieser Missbrauch ist als schwere Misshandlung anerkannt und vom Gesetz unter Strafe gestellt. Ihn nachzuweisen allerdings ist schwierig. Den unterschiedlichen, sehr zahlreichen emotionalen Verletzungen, denen schon junge Erdbewohner ausgesetzt sind, wird dann garnicht erst sonderlich Beachtung gewidmet. Wenn es sich zum Beispiel um Verletzungen und Täuschungen durch Worte handelt. Sie sind so verbreitet, dass sie häufig nicht mehr bewusst als solche wahrgenommen werden. Erdwesen fühlen sich im unbetäubten Zustand dann oft auch nicht recht wohl miteinander, sind in einer Gemeinschaft nicht sie selbst, bemerken dies aber oft nicht.

Die körperlich und zugleich seelisch schwer misshandelten Wesen, für die Leben lange Überleben, irgendwie, bedeutet, fühlen manchmal einen starken Drang, das Erlebte mitzuteilen. Sie nehmen in Kauf, das schmerzhaft Erlebtes immer wieder in ihr Bewusstsein drängt, damit immer wieder präsent und fühlbar wird. Sie sehen sich in Erklärungsnot gegenüber den Lebenseinheiten, die von ihnen mehr Leistung erwarten, als ihnen zu geben möglich ist. Stärkere Wesen mussten und müssen das traumatisierte Wesen häufig ein Stück weit mittragen, was man dem so geschwächten Wesen dann manchmal übel nimmt.

Vermeintlich beansprucht dieses Wesen nun über ein ihm zustehendes Maß hinaus. Dabei musste es früh ausgleichen, was sich Erwachsene an liebevoller Zuwendung untereinander verweigerten, oder wurde wehrloser Empfänger aggressiver, im Streit der Erwachsenen untereinander aufgeflammter Energien. Als ein Wesen, an dem man sich vermeintlich folgenlos entladen konnte. Tatsächlich aber das nachwachsende Potential der gemeinsamen Kultur zerstört. Wenn dann Heilung von Verletzungen in dieser Kultur nicht angegangen wird, wird sie schließlich untergehen. Wie schon häufig geschehen auf diesem Planeten. Die Abgrenzungsschwäche des Wesen, das nicht in die Lage kommt, eine feste Persönlichkeit zu entwickeln, wird zur Abgrenzungsschwäche einer gesamten Gesellschaft.

Die schwarze Schlange hat diese Gesellschaft, ja, den gesamten Planeten, schon so weit zersetzt, dass sehr viele Wesen Schwierigkeiten haben, auf eigenen Beinen zu stehen. Und die, die Tragen sollen, die Last manchmal nicht mehr bewältigen können. Dabei gilt S. Gesellschaft als reich und stark, sodass derzeit viele Wesen aus anderen Teilen dieses Planeten in diesen Staat strömen, um hier mehr Schutz und bessere Möglichkeiten zu finden. Ein Gefühl von „es wird alles zu viel" greift um sich, und Aggressionen gegen hilfsbedürftige Wesen nehmen sogar noch zu. Mit dem Ergebnis, dass die Hilfsbedürftigen immer noch mehr verstörende Erfahrungen machen, sich ihre Lage weiter verschlechtert, und sie häufig auch für schuldig erklärt werden an der Not des Planeten.

Ich sehe es vor mir, dieses schwarze Biest, wie es alles genau beobachtet und frohlockt. Natürlich wird es auch dieses Werk lesen. Es als Gebrauchsanweisung nutzen wollen, um S. genau zu studieren. Hat es ein Erdwesen kopflos und panisch gescheucht, wird es sich ihm bald als sein Ratgeber aufdrängen dürfen. Es ist nicht ohne Gefahr, was wir hier machen. Doch wir setzen uns über die Angst hinweg. Angst, die gerade immer noch mehr geschürt wird, ist der denkbar schlechteste Berater der Erdbewohner. Angst vernebelt die Sicht auf das immer vorhandene Potential an Lösungen und kann sich rasend schnell verbreiten zu einer Massenpanik. Ein gewisser Osho beschäftigte sich sehr intensiv mit dem Thema Angst und erklärte seinen Mitwesen: „Erst, wer den Mut hat, zu sterben, hat auch den Mut zu leben." Sein individueller Weg, sich dem Phänomen Angst zu stellen, war, demonstrativ unangepasst aufzutreten, andere Wesen auch mal zu empören, und schließlich selbst seine Anhänger zu schockieren. Obwohl es vielen so schien, war die Erhaltung und Hervorstellung seiner Persönlichkeit nicht das ihm wichtigste Anliegen - und deshalb kam er durch mit dem, was er sich so herausnahm.

    Ob es nun für jedes Erdwesen angebracht ist, sein provozierendes Verhalten zu kopieren, sei dahingestellt. Nicht jedes Wesen muss schließlich in einer reiferen Lebensphase eine allzu ergebene Anhängerschar wieder loswerden. Angst, wie sie in der Regel nicht immer einfach so leicht abgelegt werden kann, ist jedenfalls ein Hinweis, dass etwas nicht stimmig ist im Denken und Handeln - und eine Entscheidung von großer Bedeutung nach Möglichkeit noch etwas warten sollte.

☉ Familie

S. Eltern haben ihrem Kind keine mutwilligen Schwerstverletzungen zugefügt, haben allerdings auch sehr genaue Vorstellungen davon gehabt, wie S. sein sollte. Wobei dies dann auch nicht dem entsprach, wie S. ist. Es zeichnet sich früh ab, die Tochter wird kein Ebenbild der kleinen, aber drahtigen und sehr praktisch veranlagten Mutter. S. erreicht schon im Jugendalter eine recht große Statur, liest jedes Buch, das sie in die Hände bekommt, und meidet häusliche Tätigkeiten, so gut es eben geht. Ist froh, dass die Mutter recht früh aufgibt, S. zu einer bodenständigen, tüchtigen Landfrau zu formen. In S. Interesse an Bildung schließlich viel mehr Potential sieht. Auch, wenn man schon ahnt, diese Entwicklung könnte einmal anstrengend werden für alle Beteiligten.

Der Bruder wird dann einmal ebenfalls ein großes, blondes Wesen sein, das in Ergänzung zu S. aber genau die Fähigkeiten aufweist, die ihr zu fehlen scheinen. Seine praktische Begabung und seine Bereitschaft zu ausdauernder körperlicher Arbeit im elterlichen Betrieb sind groß. Ein Interesse an Büchern und Lernen dafür kaum vorhanden. Da gibt es nicht viele Gemeinsamkeiten mit der Schwester, und kleiner Bruder ist er ohnehin nicht gerne. S. hatte ihrerseits keinen Wunsch nach einem jüngeren Geschwisterchen verspürt, noch weniger, als es dann tatsächlich da ist. Sie als Mittelpunkt der Aufmerksamkeit ablöst, nachdem man gerade einmal ein Jahr auf dem Planeten weilte. Ein bisschen Spielzeug könnte man vielleicht trotzdem teilen –

doch der Platz auf Omas Schoß ist unverhandelbar. Das muss mit Nachdruck klargemacht werden. Aber auch Oma verhält sich in dieser Angelegenheit enttäuschend. Dies wird vor allem dem Bruderwesen lange übelgenommen. Später wird man sich einmal recht gut mit ihm verstehen, allerdings ohne sich je sehr nahe zu kommen.

Was die ersten Schuljahre angeht – da erinnert sich S. nicht sehr gerne. Nur so viel sei gesagt: Nicht nur das Kind, das sich schwertut, Lesen zu lernen und sprachliche Gewandtheit zu entwickeln, wird schnell Außenseiter. Auch das Kind, das schon lesen kann, wenn die anderen es erst noch lernen müssen, kann ein Außenseiter sein. Manchmal gibt es Kindergeburtstage, und dann muss man einen ganzen Tag lang spielen mit anderen Kindern. Bis man sich schließlich wieder in ein spannendes Buch vertiefen darf. Bücher sind die wahren Freunde. Sie öffnen Tore zu Welten, die normalerweise unentdeckt und unerschlossen bleiben würden. Die Wesen der Realität scheinen eher interessiert, sich in den Weg zu stellen, drohend und wichtigtuerisch, und Tore zu erlebnisreichen Welten zu verschließen.

Mit zunehmendem Alter zeigt sich, dass S. eine Neigung entwickelt, sich zu allem sehr viele und sehr eigenwillige Gedanken zu machen und diese dann zu äußern. Mit wenig Rücksicht auf etwas, was man Etikette nennt. Also einem Gefühl dafür, was ein wohlerzogenes Wesen mit dem Anspruch einer tadellosen Außenwirkung den Mitwesen über sich und über andere, wie zum Beispiel auch der Familie, mitteilen sollte. Und was nicht. S. geht damit in den Gegenpol eines Umfeldes, in dem nicht miteinander gesprochen, sondern gekämpft wird, in der Folge keine Lösungen erreicht werden, sondern ein Feststecken in scheinbar unabänderbaren Problemen.

Die Mutter schätzt S. als Vertraute für Sorgen, die sie niemand anderem mitteilen möchte. Die Freundinnen und Schwestern scheinen alle keine Probleme zu kennen. Sorgen, wie zum Beispiel über die finanzielle Lage des Betriebes und Enttäuschung über das Ehewesen. Sich mit den Eheproblemen der Eltern auseinandersetzen, geschildert aus der Sicht der Mutter, tut S. nicht besonders gut. Belastet ihr Verhältnis zum Vater. Seit dem Tod der Mutter des Vaters, S. Großmutter, gibt es in der Familie keine Wesen, die S. zuhören, wenn sie in Schwierigkeiten steckt. Erlebnisse mit anderen Kindern, gleichaltrigen wie älteren, wie auch Lehrern, sind manchmal ziemlich belastend, können aber niemandem mitgeteilt werden. Mit den ersten Liebesenttäuschungen wird ein in sich eingesperrter Kummer schließlich einfach zu groß.

In dieser Situation jetzt, wo sie sehr unglücklich ist und ihr ihr Leben zu entgleiten droht, entwickelt sie eine Wut auf das Leben und auf die, die es ihr gegeben haben, die Eltern. Mit ihrer Mutter hatte sie bereits viel gekämpft. Dass die Mutter jetzt, wo S. in ernste Schwierigkeiten gerät, wieder sehr stark in ihr Leben eingreifen wird und beanspruchen wird, für S. zu entscheiden, macht alles noch schwieriger. Sie benötigt zwar Hilfe und Unterstützung, wünscht sie sich aber ohne Bevormundung. Sie wünscht sich Ratgeber, die ihr zuhören, kann dies aber nicht formulieren, und wohl auch einfach nicht bekommen. Merkt aber, dass sie in ihrer Ausbildung nicht weiterkommt, und wünscht Sicherheit durch Geldmittel. S. macht den Eltern Vorwürfe und verlangt, ihr eine größere Summe Geldmittel auszuzahlen. Schafft eine Situation, in der die Eltern sie als Bedrohung erleben und als sehr undankbar.

Das Bestehen des Familienverbandes zu sichern, war für die Eltern keine leichte Aufgabe und erforderte auch so einige Opfer. Die Verbindung von S. Eltern war einige Jahre nach S. Geburt an diesem Punkt angelangt, wo bei Uneinigkeit über ein wichtiges Anliegen keiner nachgeben wollte und in der Folge immer mehr Machtkämpfe stattfanden. Weil das männliche wie auch das weibliche Wesen überzeugt waren, dass der jeweils andere etwas verweigert, was er oder sie für eine glückliche Paarverbindung braucht. Man begegnete sich mit Forderungen, wobei beide Ehewesen versuchten, mit Härte und Unnachgiebigkeit ihr Ziel zu erreichen.

In einer solchen Situation schlagen liebevolle Gefühle dann leicht in große Ablehnung um. Das Wesen, mit dem man sich entschieden hatte, für immer zusammenzuleben, nun auf einmal so schlecht ertragen zu können, bedeutete für beide einen großen Schmerz. S. Vater besänftigte den Schmerz dieser Enttäuschung in Geselligkeit mit seinen Freunden an seinem Stammtisch[28]. Im Verständnis von S. Vater ist ein vollwertiges männliches Wesen unverletzbar, und die anderen Wesen an seinem Stammtisch sehen das genauso. Dort wird dann auch heftig geschimpft über die Unfähigen dieser Welt und miteinander gestritten. Es scheint leichter, hier Aggressionen auszutauschen, als Verletzlichkeit einzugestehen.

Der Vater entzieht sich seiner Familie also immer mehr, was S. Mutter ihm sehr übel nimmt, da sie es als Gleichgültigkeit gegenüber der Eheverbindung versteht. Auch sie fühlt Schmerz und verdrängt ihn ebenfalls aus ihrem Bewusstsein, möchte von ihren Mitwesen ebenfalls als stark und unerschütterlich wahrgenommen werden. Mit einem hohen Maß an Energie übernimmt sie die Organisation aller häuslichen Aufgaben des landwirtschaftlichen Betriebes. Ist bald als unermüdliche und fleißig arbeitende Landfrau im Heimatort von S. bekannt und anerkannt. Die außerdem, das ist tatsächlich ein sehr sympathischer Zug an ihr, jedem mit praktischer Hilfe sofort zur Seite steht.
Die Eltern fühlen sich der Tradition und der Familie als hohem Wert verpflichtet, für den auch verzichtet werden muss. Das männliche Ehewesen wird dann immer wieder mal darauf hingewiesen, dass er es nicht ist, der sein Leben und das Familienunternehmen im Griff hat. Auch von den anderen Dorfwesen. Wenn die Leute nämlich zu ihm sagen: „Wie gut, dass du dieses Ehewesen hast!" Sein Ehewesen arbeitet unermüdlich daran, vier im Umgang miteinander unsichere und überforderte Wesen über eine Menge unausgesprochener Schwierigkeiten hinweg als Familienverband auftreten zu lassen. Der wohl sonst auch schon früh auseinandergefallen wäre. Oder in dem vielleicht ohne ihrem Druck ein ungezwungenerer freierer Umgang möglich geworden wäre?

S. vermutet, dass sich die Eltern auch trotz der wohl ungelösten Schwierigkeit, später im Leben noch einmal eine Brücke zueinander zu finden, immer treu geblieben sind. Sie hätte Verständnis gehabt, wenn es nicht so gewesen wäre. Eine einmal erstarrte Verbindung weiterzuführen, ohne Aussicht auf ein Auftauen und einem Zurück zu wirklicher Nähe, kann sie sich für ihr Leben nicht vorstellen. Die Eltern bleiben also als Eheverband bestehen, und bewegen sich in jeweils eigenen Lebensfeldern, die sich nicht sehr zu berühren scheinen. Platz, eigene Bereiche zu schaffen, bietet das Landhaus. Und während es den Vater also zur Geselligkeit mit seinen Freunden zieht, wendet sich die Mutter den Kindern zu, die mit viel Einsatz zu guten schulischen Leistungen gebracht werden sollen.

S. kann gut lernen und genießt, wenn sie damit mütterliche Anerkennung erringt. Ihr Bruder ist ein stiller Rebell, in dem sich etwas dabei sträubt, sich durch mütterliche Erwartungen unter Druck setzen zu lassen. Der einen ungleichen Kampf vermeidet, indem auch er sich entzieht und zu einem Wesen wird, das man nur schwer in ein Gespräch verwickeln kann. Er tüftelt am liebsten für andere unauffindbar irgendwo auf dem Gelände des Betriebes vor sich hin und ist nicht besonders nett, wenn er dabei gestört wird. Sein Desinteresse an einem Austausch zeigt er deutlich - doch merkwürdigerweise ist es immer er, den die anderen Erdwesen treffen, sprechen und für sich einnehmen wollen. Und nicht etwa S.

Seine Unerreichbarkeit wird dann später in seiner Eheverbindung mit einer ebenfalls sehr patenten, fleißigen Landfrau, die auch auf verbindliche, anteilnehmende Zuwendung verzichten muss, zur Bestandsprobe. Das Bruderwesen wird akzeptieren, dass es, wenn sein Ehewesen allzu wütend wird, ihr auch mal ein Zugeständnis machen muss. Ein so erreichtes Zugeständnis dürfte für das Ehewesen allerdings nur wenig beglückend sein. Von früh an scheint es für S. Bruderwesen normal zu sein, dass es viele interessante Betätigungen gibt, auf dem Feld, im Stall und in der Werkstatt, dass aber manchmal eine Begegnung mit einem anderen Wesen unvermeidbar ist. Und dass, wenn dieses Wesen weiblich ist, es sich schließlich aufregen wird.

Will das Bruderwesen nicht erreichbar sein, was ziemlich oft der Fall zu sein scheint, dann ist es schlichtweg unmöglich, ihm eine verbindliche Reaktion zu entlocken. S. fragt sich, ob dies das ihm mitgegebene Naturell ist, oder das Ergebnis von Stresserleben mit den drei anderen sehr impulsiven und redegewaltigen Familienmitgliedern, bei denen er immer der Kleine war. Manchmal erlaubt sich das Bruderwesen doch so etwas wie einen kurzen Kommentar, der eine kleine Stichelei ist, mit der noch einmal unterstrichen wird, wie uninteressant und unwichtig der gerade geäußerte Beitrag seines Mitwesens doch für ihn ist. Das lässt S. schlussfolgern, dass das Bruderwesen auch eine verletzte und unversöhnte Seele ist. Die auch aus Rache den Mitwesen Kontakt verweigert und sie immer wieder vergebens um ihn werben lässt.

Den Wunsch der Mutter, Landwirt zu werden und den Familienbetrieb weiterzuführen, entspricht er dann aber, und kann dies auch leisten. Die fatale

Flüssigsubstanz reizt ihn zum Glück nicht, und er kann so ziemlich alles, was außerhalb und innerhalb eines Hauses erledigt werden muss. Sodass er niemanden um etwas bitten muss, andere ihn aber immer gut gebrauchen können. Aber einen langen Atem haben müssen, ihn lange und beharrlich verfolgen müssen, um ihn für eine bestimmte Aufgabe zu gewinnen. Die eben leider nur er erledigen kann. S. wird es später dann auch sehr schnell aufgeben, ihn für den einen oder anderen Handgriff in ihrer Wohnung in der Stadt gewinnen zu wollen. Wofür er dann auch noch eine lange Strecke fahren müsste. Zu ihr hin.

Die Mutter wird es sein, die die Hartnäckigkeit mitbringt, ihn immer wieder an eine wichtige Erledigung zu erinnern. Das Bruderwesen schafft es dann auch immer mal wieder, dass die Mutter fast schon ein bisschen unterwürfig bittet. Was sie hasst. Aber sie ist nun mal die Instanz, die sich beauftragt sieht, Sorge zu tragen, dass alles läuft. In der Weise, wie sie es eben für richtig hält. Die Mutter ist auch die einzige an S. Leben interessierte Person in der Familie. Für schulische und berufliche Erfolge ihre Anerkennung zu bekommen, ist sehr angenehm. Als S. allerdings anfängt, auszugehen und sich mit einer jungen männlichen Lebenseinheit zu treffen, spürt S. Mutter einen alten Schmerz, wird erinnert an etwas in ihr Unerfülltes und begegnet S. mit einer Giftigkeit und Streitlust, die S. nicht versteht und ihr übelnimmt.

So belastet die Familie viel Unausgesprochenes, und für S. ist dies besonders stark spürbar. So einiges, was ihre Mitwesen in ihren Verbindungen untereinander nicht auflösen können, entlädt sich an ihr. Auch in späteren Lern- und Berufsfeldern. S. Bereitschaft, verständig zuzuhören, wird geschätzt. Die Offenheit, mit der sie über das, was sich ihr an Menschheitsthemen mitteilt, sprechen möchte, versucht man aber, ihr auszutreiben. S. registriert nicht immer, wenn etwas von ihr zur Sprache Gebrachtes das Mitwesen gerade überfordert. Nicht weiter vertieft werden sollte. Sie wird häufig verletzt, was sie dann anspornt, sich auseinanderzusetzen mit dem Angreifer. Was dieser zwar wünscht, aber nicht offen eingesteht, vielleicht auch sich selber nicht, und nicht so leicht zu würdigen weiß. Weshalb es eigentlich nur weitere Schwierigkeiten bereitet, auf eine Verletzung zu reagieren.

Auch in ihrem Studium, in dem es jetzt irgendwie nicht weitergeht, hatte sie die Äußerung eines Professors[29]: „Sie sind hier, um eine eigene Meinung zu entwickeln, und nicht, um die meine zu übernehmen", zu wörtlich genommen. Zu arglos die eigene, abweichende Meinung vertreten, und wohl auch ein bisschen zu nachdrücklich. Und auch hier wieder nicht verstanden, warum dieses doch so aufgeschlossene Wesen sie plötzlich aufs Korn nimmt. Warum dann, nach der Benotung der ersten eingereichten Arbeit mit „sehr gut" die zweite nun als unbewertbar eingestuft wird.

Allerdings, es war wohl im Verständnis des Akademikers unprofessionell, als Referenz für ihre Arbeit über die Symbolik der Werke eines E.T.A. Hoffmann, mit der wir uns sehr intensiv beschäftigt hatten, ihr geliebtes Schriftwerk über Traumdeutung anzugeben. Worüber sich dieser Professor dann sehr belustigt. Ich finde dieses Werk sehr gelungen, gerade wegen der in ihm enthaltenen einfachen, klaren Aussagen zu inneren Bildern. In einem akademischen Umfeld muss bei der Gestaltung einer Arbeit bei Angabe von Referenzen allerdings darauf geachtet werden, dass anerkannte Werke der Wissenschaftswelt, am Besten aus dem Schriftwerkbestand der Universität, angeführt werden.

Alle in sich geschlossenen Welten auf diesem Planeten haben Regeln und Gewohnheiten, die diese Welt kennzeichnen und von anderen abgrenzen, und die deshalb nicht ohne Folgen ignoriert werden können. Der Sprachgebrauch muss der jeweiligen Welt angepasst werden, von der man Teil sein möchte. Auch die äußere Erscheinung. Wohlstand zu demonstrieren, mit eleganter Bekleidung und teuren Juwelen, kann in der einen Welt ein Muss sein, und in einer anderen völlige Ablehnung auslösen.

An dieser Lehrstätte hatte S. jedenfalls auch nicht die Art Austausch und Akzeptanz gefunden, die sie sich erhofft hatte. Die ersten aufgenommen Impulse von Lichtschwingung konnten sich hier nicht sonderlich verstärken. Sie kam sich in dieser akademischen Ausbildung nicht selber näher, und hier fand auch nicht das von Liebe und Wertschätzung getragene Leben statt. Hass, Neid, Angst, alles was es an belastenden Gefühlen so unter den Erdwesen existiert, waren nicht überwunden. Die Entscheidung, sich völlig ändern zu wollen, auch schon fast wieder vergessen. Ist dies schließlich auch nicht einfach eine Entscheidung, sondern ein Weg, ein beschwerlicher. Eine Tatsache, die in der

Literatur des positiven Denkens gerne mal vergessen wird zu erwähnen.

Ein Erdwesen muss durch viele Härten und Enttäuschungen hindurch, bis es sich selber wirklich kennt. Schließlich alle Anteile seines Menschseins an sich zu akzeptieren gelernt hat, die innere Klarheit erreicht hat zu entscheiden, welche Anteile es leben möchte. Und welche nicht. Herausforderungen können sich als nahezu unüberwindbar auftürmen und fordern eine Menge Arbeit an der eigenen Persönlichkeit. Eine Arbeit, der das Erdwesen in der Regel erst einmal aus dem Weg zu gehen versucht. Äußere und innere Dämonen müssen kennengelernt und verstanden werden. Wofür S. ihnen begegnen muss.

I Bedürfnisse

Wenn man verstehen möchte, wie das Dämonische arbeitet, wo es ansetzt, wie irdische Wesen in verzwickte Lebenslagen geraten, muss man sich damit beschäftigen, was ihre Bedürfnisse sind. Wie sie mit diesen Bedürfnissen umgehen. Nicht alles, was ich hierzu beobachtet habe und mitteile, betrifft direkt S. Leben. Im Grunde ist aber jedes Erdwesen mit allem Menschlichem verbunden, ist ihm nichts Menschliches fremd, sodass ich mir gestatte, hier ein wenig abzuschweifen.

Menschliche Bedürfnisse sind in unterschiedlichem Maße gesellschaftlich toleriert. Das bedeutet, es gibt Bedürfnisse, die die Erdbewohner sich und anderen zugestehen, und andere, bei denen das nicht so ist. Der Erfüllung von Grundbedürfnissen, wie Essen, Schlafen oder Erwerb von Wohnraum darf so ziemlich jedes Wesen nachgehen. Wie viel es über seine Grundbedürfnisse hinaus beanspruchen darf, und ob jedes Wesen das Gleiche beanspruchen darf, darüber ist man sich schon nicht mehr so einig. Bei Bedürfnissen, die mit dem Verschmelzungstrieb der Erdwesen zusammenhängen, wird es dann sehr kompliziert.

Als ein körperliches Bedürfnis könnte man ihn als Grundbedürfnis einordnen, welches aber in der Regel nicht allzu offen, sondern unter Beachtung bestimmter Vorgaben, ausgelebt werden soll. Zum Beispiel nach Auffassung vieler Erdbewohner nur in der Ehe. Mancher Erdbewohner findet kein Ehewesen oder möchte keine enge Verbindung zu einem bestimmten gegenpolaren Wesen, wünscht aber trotzdem körperliche Verschmelzung. Dem Verlangen darf in manchen Kulturen offen nachgegangen werden, in anderen nicht. Manchmal wird es dem männlichen Wesen zugestanden, ein Verschmelzungsbedürfnis außerhalb einer Eheverbindung auszuleben, dem weiblichen aber nicht. Was dann zwangsweise zu Schwierigkeiten führen muss, in einem Ungleichgewicht von Angebot und Nachfrage. Mit diesem Ungleichgewicht ist dann ein Gewerbe entstanden, in dem Sexualität von überwiegend weiblichen Wesen gegen Bezahlung angeboten wird.

Dieses Ungleichgewicht verstärkt sich dadurch, dass der Verschmelzungsdrang des männlichen Wesens stärker ausgeprägt scheint als der des weiblichen. Das stimmt zwar so nicht unbedingt, man kann aber wohl sagen, dass das männliche Wesen seine Männlichkeit häufig sehr stark darüber definiert, seinen Bedürfnissen uneingeschränkt nachgehen zu dürfen und zu können. Dass es häufig mit einem ausgeprägteren Eroberungsdrang ausgestattet ist, und damit dem Auftrag, Dinge in Bewegung zu bringen und in Aktion zu treten. Wenn auch dieser Auftrag sich nicht unbedingt und auch nicht in erster Linie auf seine Sexualität beschränkt.

Die eigentliche Sehnsucht der Erdbewohner ist Ganzwerdung, die sie durch Verschmelzung mit einer gegenpolaren Lebenseinheit zu erreichen versuchen. Wie schon erwähnt, ein Gewerbe nutzt gerade auch dieses Verlangen als Geldmittelquelle. Helferwesen werden tätig, die, gegen Bezahlung, ein Stück weit ein Bedürfnis nach Nähe zu erfüllen bereit sind, nicht nur körperlicher Nähe.

Das Wesen auf der Suche richtet sich inzwischen nicht mehr so häufig an ein spirituelles Helferwesen, das sie zum Beispiel zu Gott führen möchte. Das Göttliche bringen viele Erdbewohner in Verbindung mit einer humorlosen, engstirnigen Wesenheit, die ihnen kein Vergnügen gönnt und ihnen das Ausleben eines Bedürfnisses ohnehin nur verbieten würde. Das trifft zwar nicht auf das Göttliche zu, sondern nur auf einen Teil der im Namen des Göttlichen tätigen Wesen – doch das Misstrauen sitzt tief.

Vertrauenswürdiger, effektiver scheint die Unterstützung einer Lebenseinheit, die in einer langen Ausbildung zum Beraten und Heilen geschult wurde. Zum Beispiel zu einem sogenannten Psychoanalytiker. Die mehrjährige Ausbildung in den verschiedensten Belangen menschlicher Angelegenheiten hat das analytisch befähigte Wesen in der Regel zu einem hohen Problembewusstsein geführt. Während unverstellte Spontanität manchmal abhanden gekommen sein kann. Die Anliegen des Helferwesens treten im Gespräch mit dem Ratsuchenden zurück.

Geschulte Helfer sind manchmal die ersten Wesen, die etwas erfahren vom inneren Konflikt eines anderen Wesens. Es fällt den weiblichen Lebenseinheiten häufig leichter, sich gegenüber einer für Problembewältigung ausgebildeten Helferkraft zu öffnen. Die Helferkraft steht außerhalb des eigenen Lebens, in dem die menschliche Lebenseinheit sich in der Regel immer noch bemüht um eine einwandfreie Außenpräsentation. Auch gegenüber den als Freunden bezeichneten Lebenseinheiten.

Ein männliches Wesen bemüht sich nicht sehr häufig um die Form eines Hilfsgesprächs, das sich Therapiesitzung nennt. Aber auch die männliche Lebenseinheit ist häufig bereit, für die Erfüllung eines vor allem körperlichen Nähebedürfnisses zu bezahlen und ein Erotikhelferwesen aufzusuchen. Auch eine in einem abhängigen beruflichen Verhältnis zu ihm stehende weibliche Lebenseinheit kann bereit sein, ihm körperliche Zuwendung anzubieten, um ihre berufliche Existenz zu sichern, zu verbessern, oder auch aus Zuneigung.

Das weibliche Wesen, das sich in Therapie begibt, ist auf der Suche nach seelischem Austausch, wobei, wenn die therapierende Lebenseinheit männlich ist, bei ihr sehr häufig ein körperliches Verlangen entsteht. Bei ihrem männlichen Ehewesen und seinem Erotikhelferwesen kann dies dann umgekehrt verlaufen. Bezahlen müssen aber beide, und Exklusivansprüche können in der Regel auch nicht durchgesetzt werden. Für die Erfüllung dieser sehr persönlichen Bedürfnisse Geldmittel entrichten zu müssen, empfinden männliche wie weibliche Wesen häufig als unangenehm. Das weibliche Wesen in der Regel mehr als das männliche. Das männliche Wesen vor allem wohl dann, wenn ihm nicht genügend Geldmittel für häufige Begegnungen mit seinem Erotikhelferwesen zur Verfügung stehen.

Hier kommt dann eine sehr entscheidende Komponente der Bedürfnisse der Erdbewohner ins

Spiel: Die Geldmittel. Wie viele Bedürfnisse sich erfüllen lassen, hängt häufig ab von der Menge der Geldmittel, die ein Erdwesen besitzt. Weshalb ein Besitz vieler Geldmittel auch „Vermögen" genannt wird. Und die Geldmittel hoch begehrt sind, der Geldwert als ein Maßstab für den Wert materieller Dinge gilt. Oder eben auch körperlicher Zuwendungen. Auch zur Einschätzung des Wertes eines menschlichen Wesens wird der Geldmittelmaßstab herangezogen. Der Verdienst soll etwas über die Qualität des Erdwesens aussagen.

Auch, wenn es sich dabei eigentlich nur um etwas Papier mit aufgedruckten Zahlen handelt, kann man für Geldmittel viel bekommen. Viele Erdwesen denken, sie müssten mehr davon haben, selbst wenn sie in den Augen anderer Wesen schon sehr viele Geldmittel besitzen. Das hängt damit zusammen, dass ein einmal gestilltes Bedürfnis ein weiteres nach sich zu ziehen pflegt. So, dass das Erworbene sehr schnell an Reiz verlieren kann, das Gefühl des Bedürftigseins nicht abnehmen will. Jedenfalls nicht, so lange Erfülltheit durch mit Geldmitteln erworbenen Gütern oder Diensten erreicht werden soll.

Geldmittel sind damit so sehr begehrt, dass sie manche Erdbewohner dazu verleiten, einem Mitwesen schlimme Dinge anzutun, ohne es dabei hassen zu müssen. Einfach nur, um an dessen Vermögen zu gelangen. Wenn ein Erdbewohner oder eine Erdbewohnerin sehr viel Vermögen hat, entsteht dann auch schnell der Verdacht, dass es mit Rücksichtslosigkeit und Unehrlichkeit erworben wurde, und manchmal ist es auch so. Vielleicht hat aber auch Fleiß und große Einsatzbereitschaft, oder aber ein Erbe, den Wohlstand bewirkt. Jedenfalls wird es für das Erdwesen dann zur Herausforderung, seine Geldmittel behalten zu können. So mancher Erdbewohner wird sich nun ihm gegenüber rücksichtslos oder unehrlich verhalten, um sie ihm abzujagen.

Die allgemein respektierte Form, an Geldmittel zu kommen, ist Arbeitsleistung. Die meisten Wesen sehen sich gezwungen, für ihr Auskommen einen großen Teil ihrer Zeit einer Arbeitstätigkeit zu opfern, die mal mehr, mal weniger Freude bereitet. Da gibt es auch Tätigkeiten, die sehr wenig Aussicht auf Zufriedenheit verschaffen, und manches Wesen arbeitet auch mehr als ihm guttut. Manchmal wegen einer großen Zahl teuer zu zahlender Bedürfnisse, manchmal aber auch, um unter Einsatz vieler mühseliger Arbeitsstunden die Grundversorgung des Familienverbandes zu sichern.

Es ist also nicht immer möglich, eine Arbeitstätigkeit einfach aufzugeben. Manches Wesen erlebt sich als Untergebener, das einem anderen Wesen ein Leben lang dienen muss, um die Versorgung seines Stoffkörpers sicherzustellen. Ein stolzes männliches Wesen kann so zum Knecht eines anderen Wesens werden und seinen Stolz verlieren. Ein stolzes weibliches Wesen kann gezwungen sein, einem wenig achtenswert erscheinenden männlichen Wesen ein Leben lang zu dienen, um ihre Versorgung und die der Kinder sicherzustellen.

In manchen Landteilen dieses Planeten erhalten erwachsene Lebenseinheiten eine Grundversorgung auch dann zugeteilt, wenn sie nicht arbeiten können, in anderen Landteilen ist dies nicht der Fall. Die Versuchung, über dunkle Wege an die Geldmittel zu kommen, ist dann größer. Das Wesen ohne viel Vermögen ist gezwungen, die Zahl seiner Bedürfnisse möglichst klein zu halten. Das gesellschaftlich nicht tolerierte Bedürfnis soll dazu ebenfalls klein gehalten werden. Regeln, Verbote, auch religiöse Vorschriften, entstanden, um dem Erdwesen zu helfen, seine Bedürfnisse in einem Maß zu halten, das seinem Vermögen angepasst ist und ein friedliches Zusammenleben mit anderen Lebenseinheiten ermöglicht.

Die Vorschriften des gesellschaftlichen Zusammenlebens werden in jeder Kultur sehr genau überwacht. Hierbei entsteht die Schwierigkeit, dass die Bedürfnisse der verschiedenen Erdwesen verschiedener Natur sind, zu viel Reglementierung ein Wesen abschneiden kann von einem Bedürfnis, oder auch einfach einer Lebenserfahrung, die für ihn von großer Bedeutung ist. Das gesellschaftliche Zusammenleben erfordert Regeln, gleichzeitig ist jedes Wesen sehr individuell. Sodass es keine leichte Aufgabe ist, ein Gleichgewicht zwischen festen Strukturen und persönlichen Entfaltungsmöglichkeiten herzustellen. Die Versuchung ist dabei groß, den Entfaltungsspielraum eines Mitwesens einzuschränken, und sich selber etwas mehr davon zuzugestehen.

Manches Wesen ist aber auch sehr streng mit sich und legt den Maßstab für eigenes Verhalten sehr hoch. Hier entsteht leicht eine weitere Schwierigkeit. Mit dem Versuch, sich ein weniger respektiertes Verlangen zu verbieten, pflegt dieses Verlangen ganz besonders drängend zu werden. Im Kampf gegen das innere, unerwünschte Verlangen entsteht Druck und Belastungserleben. Das sich dann in der Weise entladen kann, dass ein Mitwesen übermäßig streng bestraft wird bei einem Fehlverhalten. Wie eben einer Freiheit, die es sich gestattet, während man sie sich selbst so streng verbietet. Ein innerer Kampf verlagert sich nach außen, der Teil des Menschseins, den man sich versagt, wird nun im anderen bekämpft. Oder aber er beansprucht schließlich seinen Platz und bringt das Wesen um seine Vorbildposition.

So kann ein Erdwesen zum Beispiel sein Partnerwesen und sein öffentliches Ansehen verlieren nach Bekanntwerden einer Verbindung mit einem Wesen gegenpolarer oder auch nicht-gegenpolarer Natur, mit dem es ein triebhaftes Bedürfnis auslebt. Von dem das Partnerwesen nichts wissen soll, es aber dennoch manchmal erfährt. Das Erdwesen kann sich auch entscheiden, seinen Mitwesen offen mitzuteilen, was es lange heimlich beschäftigt hat, was es sich wünscht, was es ohne Wissen der Mitwesen ausgelebt hat. In einer Situation, in der es nicht weiter in einem Druck- und Schulderleben feststecken möchte. In der ein Teil seines Bedürfniserlebens zu einem dämonischen Wirken in tieferen Schichten seines Selbsts verdammt wurde, von wo aus es, unsichtbar und unbemerkt, sein Unwesen treiben konnte.

Dieser Prozess, der zu der Erkenntnis führt, dass

Teile des eigenen Menschseins, die in einem Dunkel gefangen liegen, unbemerkt die Steuerung der Persönlichkeit übernommen haben, beginnt mit Gefühlen von Unglückseligkeit. Immer spürbarer wird der Missklang zwischen einer inneren und einer äußeren Welt. Dem, was man zu sein glaubt, und dem, was man tatsächlich ist. Übernommene Weltanschauungen und Lebenskonzepte passen nicht mehr, aber zu einer neuen Lebenshaltung mit einem neuen Fundament hat man noch nicht gefunden. Sodass das Erdwesen zu Beginn des Prozesses der Selbsterfahrung häufig in eine Phase der Orientierungs- und Haltlosigkeit schlittert.

IA Zuspitzung

S. bewegt sich also in einer Welt, in der die Wesen häufig nicht offen zeigen, wer sie sind und was sie wünschen. Eine Welt aus Fassaden, hinter denen sich Beunruhigendes zu verbergen scheint, und scheinbar nirgendwo eine Spur, ein Orientierungshinweis. S. ist in einen Zustand gerutscht, in dem sie sich nirgendwo mehr sicher fühlt. Ein inneres Minensuchgerät ist ständig im Einsatz, verborgene Gefahren aufzuspüren. Die Warnlampe blinkt ohne Unterlass, erklärt alles zu gefährlichem Sprengstoff. Seit kurzem gibt es Sprechgeräte, die die Erdbewohner mit sich tragen können und Handy nennen. Sodass andere Lebenseinheiten S. Kommen und Gehen beobachten könnten. Sich unbemerkt in ihrer Wohnung aufhalten könnten. Vielleicht sogar ihre Nahrung vergiften?

Wenn überhaupt etwas Nahrung ist in diesem Kühlgerät, dass irdische Nahrung haltbar und frisch hält. Regelmäßig die Verkaufsstätten für Nahrungsmittel und Körperpflegemittel aufzusuchen, gelingt S. nicht mehr. Die notwendigen alltäglichen Pflichten zur Reinhaltung der Wohnstätte werden auch nicht mehr geschafft. Es ist kalt, und S. hat kaum brauchbare Winterkleidung in ihrem Aufbewahrungsmöbel. Heute Morgen saß sie lange frierend auf ihrer Schlafstätte und stand nicht auf, weil sie nichts anzuziehen hatte. Sie war schon länger nicht mehr in diesem Zentrum mit den Bekleidungswaschgeräten gewesen.

In der Zeit, in der sie die Vergnügungsstätten aufgesucht hatte, pflegte sie ihren Körper, trieb Sport und kleidete sich mit sehr viel Bedacht. Heute fällt die morgendliche Pflege wieder aus, zu anstrengend. Ein paar muffige Bekleidungsteile werden aus einem Wäschekorb gezogen und übergeworfen, Frühstück fällt aus, es ist nichts Essbares da. Sie mag nicht aus dem Haus gehen, denn sie glaubt zu fühlen, dass sich die Mitwesen vor ihr ekeln. Wenn dann gegen Abend Hunger spürbar wird, geht sie zu einer nahegelegenen Imbissstätte, um sich dort eine gefüllte Teigrolle zu holen. Das muss dann reichen bis zum nächsten Morgen. Oder Abend.

Die Frau mit dem Kopftuch, die dort arbeitet, kennt sie schon und schaut sie heute lange mit ihren traurigen braunen Augen an. Das beunruhigt S. In ihr verstärkt sich die Ahnung, dass sie als verwirrte, haltlose Seele erkennbar ist. Etwas tun muss. S. beschließt, sich selber zu therapieren, denn trauen kann sie niemandem. Dafür beginnt sie, ihre Träume aufzuschreiben und die Traumbilder in ihrer Phantasie weiterzuführen. Es entstehen Beschreibungen innerer Bilder, die apokalyptischen Inhalt haben. S. sucht in ihren Texten nach Aussagen, die etwas von einer Wahrheit haben, die ihr in irgendeiner Form weiterhilft.

Inhalte des kollektiven Unbewussten der Menschheit drängen an die Oberfläche und können von dem einsamen menschlichen Wesen nicht bewältigt werden. S. sucht nach immer mehr Bildern und Visionen und öffnet sich dem Eindringen einer Masse seelischer Eindrücke, die sie schließlich überfluten, wie nach einem inneren Dammbruch.

Die eine starke, befreiende Wahrheit lässt sich nicht herausfiltern, das Gefühl des Verlorenseins und Bedrohtseins wird größer. Eine starke Sehnsucht entsteht, aus diesem Chaos gerettet zu werden. Dafür wird ein Retterwesen erschaffen.

S. verbindet sich mit einem inneren Bild eines männlichen Wesens, das sie sucht, wie sie es sucht und das bald in ihr Leben treten wird. Das sie dann in eine schöne, heile Welt mitnimmt, wo es dann für sie da ist. Das Wesen hat eine große, warmherzige Familie, die S. liebevoll aufnehmen wird. In S. Vorstellung ist dieser Mann ein Grieche, und die heile Welt Griechenland. Wie sie darauf kommt, weiß ich nicht. Sie war noch nie in Griechenland und kennt auch kaum Wesen aus diesem Landbereich des Planeten. Doch wenn dieser Grie-che auftaucht, wird alles gut sein, meint sie zu wissen.

Gerade scheint allerdings noch gar nichts gut zu sein, und die Stadt, in der sie lebt, auf keinen Fall sicher genug für sie. Sie beschließt, zu ihren Eltern zu fahren. Wieder dort zu wohnen, und von dort aus in der nächstgelegenen Großstadt ihr Studium fortzusetzen. Einfach weggehen und neu anfangen, im Schutz der Familie, das scheint die Lösung zu sein. Der Gedanke gibt ihr genug Schwung, ihre Sachen zu packen und sich auf den mehrstündigen Weg zu machen. Jetzt wird alles gut, denkt sie. Bestimmt.

Aber dann, zu Hause angekommen, ist es ganz anders als erwartet. Die Eltern verhalten sich sehr merkwürdig. Die Eltern allerdings finden, dass S. sich sehr merkwürdig verhält. Sich verändert hat. Misstrauisch, abwesend ist. Sich in ihrem Zimmer verschanzt. Am Essenstisch wird geschwiegen, Blicke werden ausgetauscht zwischen Eltern und Bruder. S. weiß nicht, dass ihre Eltern schon vor ihrer Rückkehr mit einem Medizinkundigen über das beunruhigende Verhalten ihrer Tochter gesprochen haben. Sie registriert nicht, dass ihr Verhalten befremdlich sein muss. Sie registriert nur, dass da irgendetwas in der Luft liegt, dass es da ein stillschweigendes Übereinkommen zwischen den drei anderen Familienmitgliedern zu geben scheint. Dass irgendetwas geplant wird.

Es stellt sich kein Gefühl von Sicherheit ein, und über die Fortsetzung des Studiums kann auch nicht gesprochen werden. Vater und Bruder planen da etwas, da wird sich S. immer sicherer. Der Vater geht es dann ausgerechnet in dieser Phase an, S. dazu bewegen zu wollen, eine Erklärung zu unterschreiben, die die Übergabe des elterlichen Betriebes auf den Bruder regeln soll. Er wird sehr ärgerlich, als S. das verweigert. Unter ihrem Zimmerfenster, auf der Terrasse, unterhalten sich Vater, Bruder und die Verlobte des Bruders, und Vaters laute Stimme ist nicht zu überhören. S. fängt Aussagen auf wie: „Der kann man ja kein Geld geben. Die braucht einen Aufpasser. Die ist ja so krank, kränker geht ja nicht."

Der Vater wird nun mal wütend, wenn er überfordert ist, das war schon immer so. Wir erinnern uns, ein männliches Wesen muss seinem Verständnis nach immer alles ganz flott geregelt kriegen. Spätestens nach einem deutlich gesprochenen Machtwort müssen alle Probleme vom Tisch sein.

Nur, darauf besteht hier keine Aussicht. Die Familie ist überfordert, und auch S. kann das Verhalten der anderen Familienmitglieder nicht einordnen. Misstrauen und Angst nehmen zu. Bis S. zu der Überzeugung gelangt, dass ihr Vater, der sie nie misshandelt oder geschlagen hat, sie nun zu töten plant. Diese ungeklärte Geldmittel-Regelung liefert das Motiv.

Die Tür wird verschlossen, keiner darf in S. Zimmer. Nur der Mutter kann man vielleicht noch vertrauen. Sie muss überzeugt werden, dass Vater und Bruder gefährlich sind. Aber das ist schwierig. Die Mutter versucht, ihre Tochter zu bewegen, mit einem Medizinkundigen für erkrankte Nerven zu sprechen. Nur dann könne sie bleiben. Weiß die Mutter denn nicht, dass dies nur eine Falle ist? Dass sie Komplizin der beiden männlichen Wesen wird, wenn sie eine solche Person hinzuzieht? Die dann bei der Beseitigung von S. helfen soll? Dem Vorschlag, mit einem kirchlichen Seelbeauftragten zu sprechen, wird erst einmal zugestimmt. Es gilt, Zeit zu gewinnen. Wird dann wieder abgelehnt.

Schließlich sitzen S. im elterlichen Wohnzimmer zwei Mitarbeiter eines sozialpsychiatrischen Dienstes gegenüber. Wesen, die ein Mitwesen im verwirrten Zustand in ein für sie geeignetes Behandlungszentrum bringen sollen. S. versteht nicht, wer diese Leute sind, es ist nur klar, sie soll irgendwohin gebracht werden. Sie haben zwei Kataloge dabei und schlagen ihr eine Kur vor. Vielleicht in dem schönen Haus mit dem Schwimmbad? S. ist ratlos. Falle oder nicht Falle? Während S. überlegt, mischt der

Vater sich wieder ein mit einem seiner plumpen Kommentare: „Die muss weg".

Damit steht für S. fest, diese Wesen wurden hinzugezogen, um S. verschwinden zu lassen. Der Kuraufenthalt wird abgelehnt, und die beiden Mitarbeiter verlassen mit ernsten Gesichtern den Raum. In S. steigt Panik auf. Wie wird der Vater jetzt reagieren? Nein, hierbleiben geht auch nicht. Sie läuft den beiden fremden Wesen hinterher und erreicht sie noch, bevor sie in ihrem Auto verschwunden sind. Sie möchte die Kur doch machen. In dem Haus mit dem Schwimmbad.

Man ist erleichtert, ein Termin wird vereinbart und S. wenige Tage später abgeholt. Inzwischen hat sich S. fest eingeredet, dass sie jetzt gerettet wird. Sogar ihren geheimen Retter, den Griechen, endlich treffen wird. Sie ist dann sogar erleichtert, als sie endlich abgeholt und zu diesem mysteriösen Ort gefahren wird. An dem dann schließlich, so denkt sie, alles gut werden wird. Jetzt ganz bestimmt.

IB Belastung

Der Zustand, der bei S. aufgetreten ist, wird von den Erdbewohnern sehr gefürchtet. Die materielle Realität vermischt sich mit inneren Bildern, genährt aus dem kollektiven Unbewussten, verborgenen Wünschen und Ängsten. Und einer Ahnung, dass die Welt ganz anders ist, als man meinte. Viel gefährlicher, und nicht mehr ohne Weiteres zu bewältigen. Sehr viele Erdbewohner würden sagen, dieser Zustand sei eine Krankheit, und zwar die schlimmste, die man haben kann.

Dass das menschliche Wesen nicht mehr teilnimmt an der Bewältigung von Aufgaben, die im Zusammenleben der irdischen Lebenseinheiten von Bedeutung sind, auch sich selber nicht mehr versorgen kann, wird als das eigentliche Problem dieses Phänomens missverstanden. Geschulte Helferwesen werden damit betraut, sich um das Wesen in Not zu kümmern, und ihre Aufgabe soll sein, es möglichst schnell wieder in eine Normalität einzugliedern.

Bevor schließlich geschulte Helfer zum Einsatz kommen, hat das Wesen in Not in seinem Umfeld für einige Unruhe gesorgt. Wesen in diesem Ausnahmezustand tun schon mal Dinge, die andere Erdbewohner nicht nachvollziehen können und sehr peinlich finden. Zum Beispiel, wenn sie wütende, beleidigende Briefe an besonders angesehene Erdbewohner schreiben, sich in der Öffentlichkeit entkleiden, oder auf einem Familienfest die unvorbereiteten Angehörigen vor den versammelten Gästen mit ziemlich schweren Vorwürfen konfrontieren. Nicht immer frei erfundenen Vorwürfen, allerdings.

Der Wissenschaftszweig der Soziologie befasst sich damit, was im Umgang unter Erdbewohnern und in der Erziehung eines jungen Erdwesens zu Krankheit führt. Worin vielleicht auch die Ursache für dieses Leiden zu finden sein könnte. Dieser Erklärungsansatz ist S. Familie nun aber nicht sehr willkommen. Deutet er doch auf Fehler hin, die man in der Erziehung von S. gemacht haben könnte. Hatte S. des Öfteren auch schon so etwas angedeutet und ausführlich besprechen wollen. Da Schuldzuweisungen in dieser Situation ohnehin nicht weiterführen, wird ein unheilvolles Zusammenwirken geschwächter Seelen, die sich lange an dem jetzt zerbrechenden Wesen entlasteten, erst einmal nicht weiter beleuchtet.

Die Familie ist häufig bereit zu einiger Hilfereichung, macht die entstandene Not aber in der Regel ausschließlich an der dünnen Seelenstruktur des gerade zerbrochenen Wesens fest. Die Medizinkundigen des Planeten haben ja schließlich auch in Forschungen nachgewiesen, dass hier eine Krankheit vorliegt, die genetische Ursachen hat. Was so verstanden werden könnte, dass diese Erkrankung nicht vom Verhalten der Mitwesen ausgelöst wurde. Andererseits aber auch ein Hinweis sein könnte, dass das Erbgut seines Familienverbandes mangelhaft sei. Was nun auch nicht so viel besser ist.

S. Familie hat, wie die meisten Familien dieses Planeten, den Wunsch, sich als ein erfolgreicher und gut funktionierender Familienverband zu präsentieren, und S. macht da diesem Vorhaben gerade einen Strich durch die Rechnung. Dazu kommt, dass diese Krankheit, die Schizophrenie genannt wird, unheilbar sein soll. Man wohl damit zu rechnen habe, dass S. nun immer so bleibt, wie sie gerade ist. Jedenfalls scheint die ganze Angelegenheit eine Sache zu sein, die man besser gut ausgebildeten Helferwesen übergibt. Die S. am besten gleich mitnehmen. Es scheint ohnehin zu spät für geduldiges Zuhören und liebevolle Zuwendung. Womit man sich nun mal auch nicht sehr gut auskennt, hat man selber kaum so etwas erfahren. Auch nicht in der eigenen Partnerschaft. Strenge und Härte schienen immer die geeigneten Mittel, ein Ziel zu erreichen.

Die Eltern von S. Mutter hatten große Achtung vor einer Lebenseinheit, die vor einigen Jahrzehnten diesen Landbereich des Planeten regiert hatte, und der es besonders wichtig schien, die nicht an der Produktivität des Staates beteiligten Bewohner auszumerzen. Dabei beschäftigte sich das Wesen, das sich Führerwesen[30] nennen ließ, sehr gerne mit der Thematik des schlechten Erbgutes. Dass es auch ganzen Völkern andichtete, die es auszurauben plante. Die für diese Raubzüge untauglichen Wesen, und auch die Wesen, die vielleicht keine für diese Zwecke tauglichen Wesen hervorbringen würden, durfte, ja, musste man seiner Überzeugung nach sogar töten. Widerspruch wurde nicht geduldet, konnte ebenfalls mit dem Tod bestraft werden.

S. Mutter ging immer ganz entschieden auf Abstand zur Bewunderung ihrer Eltern für dieses Wesen. Machte ihre kritische Haltung in Auseinandersetzungen mit dem eigenen Vater auch sehr energisch deutlich, und war demzufolge auch nicht unbedingt sein Liebling. S. Großvater erinnerte sich gerne an eine glorreiche Zeit als Teil einer Besatzungsmacht in Russland. Eine Gefangenschaft in Sibirien war ihm erspart geblieben. So war er immer noch geblendet von vermeintlicher Größe und Bedeutung eines Dritten Reiches, sah sich auch in seiner Familie als ein unantastbarer Herrscher. Und an S. Mutter konnte dann auch eine Erziehung zu Leistung und Tadellosigkeit nicht spurlos vorübergehen.

Den meisten Wesen des Planeten ist nicht bewusst, wie sehr diese dunkle Philosophie das Denken der Menschheit noch immer beeinflusst. Sie würden sich niemals als Anhänger dieses Wesens bezeichnen, lehnen aber das unangepasste, seelisch erkrankte und für ihr Verständnis unproduktive Wesen dennoch ab. Das lange versteckt werden musste, in für ihn bestimmten Anstalten. Auch, als man es schon nicht mehr töten durfte. Es sollte verhindert werden, dass das Ansehen von Familie und Volk zu sehr gestört wird durch sein oder ihr Erscheinen in der Öffentlichkeit.

Mit S. Zustand war ihre Familie auch aus Mangel an Informationen völlig überfordert, und vor dem Hintergrund all der zu erwartenden Schwierigkeiten ist es wohl nicht ganz unwahrscheinlich, dass S. jetzt nur noch als eine große Last erlebt wird. S. übergroße Angst, beseitigt werden zu sollen, wird wohl nach dem Gesetz der „selffulfilling prophecy" dazu geführt haben, dass die Eltern manches Mal gedacht haben müssen, ob die Last, die S. nun darstellt, nicht tatsächlich einfach zu groß sein könnte.

Glücklicherweise sind S. Eltern Wesen, die die Tötung anderer Lebenseinheiten und auch die Todesstrafe ablehnen. Wenngleich doch wohl so ziemlich jeder Erdbewohner schon einmal darüber nachgedacht hat, ob es nicht gut wäre, wenn ein bestimmtes Wesen aus dem eigenen Umfeld oder aus der Welt der vermeintlich Mächtigen nicht einfach aus dem Leben befördert werden dürfte. Oder eben die vermeintlich unheilbar Kranken, die sich häufig lange Zeiten wenig oder kaum an der Verrichtung gemeinschaftlicher Aufgaben beteiligen. Andere in ihrem Bestreben, ihre Aufgaben reibungslos und störungsfrei erledigt zu bekommen, sogar stören können.

Viele Erdbewohner ahnen aber doch, dass es noch sehr viel ungemütlicher werden würde auf ihrem Planeten, wenn die Tötung eines anderen Wesens nicht grundsätzlich verboten wäre. Wenn sie auch häufig eine Ausnahme machen bei denen für Tötungszwecke ausgebildeten Soldaten, mit ihrem Auftrag zur Verteidigung der Heimat gegen Überfälle feindseliger Nationen. Man verbündet sich mit anderen Nationen, um diesen Schutz der guten Nationen vor den bösen zu gewährleisten. Immer mehr Erdbewohner fragen sich allerdings, ob diese ausgebildeten Verteidiger und ihre Bündnisse nicht auch in Wirklichkeit nur die Raubzüge ihrer Regierungen und Großkonzerne eskortieren.

Aber dies nur am Rande, denn die große politische Bühne ist es nicht, auf der Lösungen gefunden werden für die Schwierigkeit, die hier mit S. Erkrankung entstanden ist. Die mehr als ein Störfaktor ist. Die auch darauf hinweist, dass eine tiefere Auseinandersetzung mit grundsätzlichen Lebensfragen nötig geworden ist. In seiner kleinen Welt, seinem Mikrokosmos, begegnen dem Erdwesen alle Facetten des Seins, wie er sie in der großen Welt der zwischenstaatlichen Beziehungen beobachten kann. Hier ist sein eigentlicher Wirkungskreis, der Platz, an dem er gebraucht wird. Den es genau zu betrachten und zu reflektieren gilt. Dafür muss S. in die Realität zurückkehren. Ihre Mitwesen erwarten dazu von ihr vor allem, dass sie wieder funktioniert, sich selber versorgen kann. Das soll in einem speziellen Behandlungszentrum jetzt möglichst schnell erreicht werden.

II Einweisung

Es ist ein schöner Sommertag als S. in dem kleinen, gepflegten Kurort ankommt, an dem sich das Zentrum zur Behandlung nervenerkrankter Wesen befindet. Das S. für ein Kurhaus hält. Weil dort gerade Platz ist, wird sie auf einer Station für Privatpatienten untergebracht. Also für Realitätsflüchtige und Realitätsmüde mit vermögendem Hintergrund. Es ist ruhig, die Gänge leer, niemand ist zu sehen. Ihre Taschen werden in ihrem Zimmer abgestellt, ein heller, sauberer Raum. Dann holt sie ein Medizinkundiger zu einem Gespräch in seinem Büro ab.

Auf dem Weg zum Büro kommt S. an einem Raum vorbei, in dem ein weiß gekleidetes Wesen vor einer Reihe kleiner Monitore sitzt. „Sind hier überall Kameras?" fragt sie entsetzt. Man erklärt ihr, nur die Eingangsbereiche werden überwacht. Sitzt da tatsächlich ein Wesen vor den Monitoren, um zu überwachen, wer das Gebäude betritt und verlässt? S. muss dem Medizinkundigen weiter folgen und kann dies nicht überprüfen. Man will hier jetzt auch erst einmal Informationen von ihr, um S. Krankheitsphänomen einordnen zu können.

Der Medizinkundige ist der sogenannte Stationsarzt. Das Gespräch beginnt er im freundlichen Ton, der schließlich immer mehr zum Verhörton wird. Sodass S., nachdem sie es geschafft hat, etwas von ihren Ängsten mitzuteilen, jetzt unsicher wird, aber das Gefühl hat, weiterreden zu müssen. Erzählt, wie gefährlich die Mitwesen an ihrem Studienort sind. Dass sie dort bedroht war. Dass sie auch in ihrer Wohnstätte nicht sicher war. Man auch ihrer Familie nicht trauen kann. Ein ähnliches Gespräch findet dann statt mit einem etwas wichtigeren und deshalb auch noch etwas strengeren Medizinkundigen, dem Oberarzt. Und einer weiblichen Medizinkundigen, die dessen Ehewesen ist. Das weibliche Helferwesen erscheint S. zugewandter und freundlicher, und S. fühlt sich etwas wohler.

Seit wann denn diese Bedrohung da an diesem Ort besteht? Seit etwa einem Jahr, erwidert S. Die Medizinkundige ist sichtlich betroffen, dass S. ein Jahr allein mit diesen Ängsten verbracht hat. Etwa zwei Tage später folgt ein drittes Gespräch. In einem Besprechungsraum, in dem etwa zehn Leute an einem Tisch sitzen und S. Fragen gestellt werden. S. ist sehr bewegt, dass sich so viele weißgekleidete Wesen mit ihrer Lage befassen. Später wird sie einen der Zuhörer wiedererkennen als den Bademeister der Station. S. berichtet also erneut von den großen Bedrohungen, denen sie ausgesetzt zu glauben sein scheint. In ungefähr zwei Monaten wird S. erkennen können, dass viel von dieser Bedrohung Teil eines Wahns war, und sie wird sich bei der Erinnerung an die große Zuhörerschaft vorgeführt fühlen.

Gespräche sind also ein Weg, um von einem Erdwesen Informationen zu erhalten und es einordnen zu können. Gespräche können gelenkt werden, sodass ein weniger auskunftsfreudiges Wesen schließlich mehr sagt als es will. Ein anderer Weg, Informationen über ein Wesen zu erhalten, ist die Entnahme einer roten Flüssigkeit, dem Blutstoff des

Wesens. Ihm kann ein irdischer Medizinkundiger einiges über den Zustand des Stoffkörpers eines Wesens entnehmen. Dies wird laufend am seelisch Erkrankten vorgenommen, auch wenn nicht klar ist, was die Blutstoffinformation mit S. Erkrankung zu tun hat. Informationen liefert auch Urin, eine Flüssigkeit, die nach dem Verdauungsprozess übrigbleibt und vom menschlichen Wesen ausgeschieden wird.

Dann gibt es noch die Möglichkeit, einem Wesen Elektroden anzubringen, zum Beispiel am Kopf, und so Messungen der Hirnströme durchzuführen. Dies wird bei S. am zweiten Tag in dem Zentrum wortlos durchgeführt, und S. stirbt fast vor Angst. Sie hat schon mal in der Bild- und Tonempfangsappartur so etwas wie eine Elektroschockbehandlung gesehen, bei der das menschliche Wesen vor Schmerz schrie. Diese Behandlung stellt sich dann aber als schmerzlos heraus.

Inzwischen ist S. sich sicher, dass dieser Ort kein Kurhaus sein kann. Sie verbringt einige schlaflose Nächte in der Angstvorstellung, eine politische Gefangene zu sein, die auch hier beseitigt werden soll. Tagsüber beruhigt sie sich etwas. Alles läuft hier sehr geordnet ab. Pünktlich werden die Mahlzeiten eingenommen, und jedes Mal steht da ein kleiner Becher mit kleinen Pillchen neben ihrem Teller. S. weiß nicht, was das ist, aber sie versteht, man muss das nehmen. Eine Schwester steht am Tisch und wartet, bis alle ihre Pillchen geschluckt haben. Dann darf gegessen werden.

Appetit hat S. viel. Spätestens 30 Minuten vor

Beginn der Mahlzeiten findet sie sich vor dem Speiseraum ein und wartet ungeduldig darauf, dass endlich Einlass ist. Diese Pillchen spielen eine Rolle bei diesem enormen Appetit, aber das weiß S. noch nicht. Sie haben aber ganz offensichtlich damit zu tun, dass sie jetzt nachts ihr Kissen vollsabbert, sodass es morgens immer durchnässt ist. Das ist ihr unangenehm. Ist aber überhaupt nicht schlimm, erklären die Behandler.

Ihr Zimmer teilt sie sich mit einer ziemlich dicken Frau, die S. sportlichen Körper mustert und schließlich ein altes Bild von sich hervorholt: „Schau mal, so sah ich mal aus, bevor ich das erste Mal krank wurde." Auf dem Bild ist ein zierliches Rehlein zu sehen. Irgendetwas ist sehr besorgniserregend an dieser Information. Aber S. beschäftigt sich damit nicht weiter, denn sie wartet gerade sehr angespannt auf ihre erste Begegnung mit dem Griechen. S. weiß genau, wie er aussieht. Aber er ist nirgendwo zu sehen. Stattdessen begrüßt sie jeden morgen der Oberarzt mit seinem Geschwader von Pflegern, Therapeuten und dem Bademeister an ihrem Bett, und die Morgenbegrüßung läuft immer gleich ab: „Wie geht es Ihnen denn heute, Frau R.?", wird er fragen. Die Antwort: „Mir geht es gut." Seine strenge Erwiderung: „Nein, Frau R., Ihnen geht es nicht gut. Sie sind krank."

S. fühlt sich inzwischen aber gar nicht mal mehr so schlecht. Schlaflose Nächte hat sie jetzt nicht mehr, das Essen schmeckt gut, und die Begegnung mit dem Retter steht kurz bevor. Angst hat sie hier eigentlich nur noch vor dem Oberarzt. Es wird noch eine Weile dauern, bis Frau R. sich überzeugen lassen hat, dass es ihr nicht gut geht, aber er wird es schaffen. Denn mit der Zeit kommen S. schließlich Zweifel, ob denn der Retter tatsächlich existiert. Es wird nicht mehr einfach hingenommen, dass es ihn gibt, nur weil man ihn so deutlich vor dem inneren Auge sieht. Es muss geklärt werden, ob er Einbildung oder Teil der Realität ist.

Inzwischen darf S. die Station auch für ein paar Stunden verlassen und den wunderschönen Kurpark aufsuchen. Sie erklärt ihrem Retter: Wenn es dich gibt, dann treffen wir uns um 14:00 Uhr am Eingang vom Park. Kurz vor 14:00 Uhr hat sie dann überhaupt keine Lust, zum Treffpunkt zu gehen. Sie ahnt, er wird nicht da sein. Und so ist es dann auch. Da jetzt kaum noch Gespräche stattfinden, außer der täglichen Morgenbesuche am Bett - bei denen S. jetzt eingesteht, dass es ihr gar nicht mehr gut geht, und der Oberarzt sehr zufrieden mit ihr ist - muss der Kummer über den verlorenen Retter allein mit sich ausgemacht werden.

Seine Existenz wurde ohnehin immer geheim gehalten. Dass diese Gruppe Medizinkundiger ihn mit kühler Logik zu vernichten versuchen würde, hat S. immer geahnt, und das konnte nicht so einfach zugelassen werden. S. konnte nicht wissen, dass die täglich eingenommenen Pillchen eben denselben Zweck verfolgten. Und nun ist er weg, und so einiges andere auch. Am Besten vergräbt man sich in seinem Bett und versucht, von den Pflegewesen und den anderen Patienten in Ruhe gelassen zu werden.

Die Eltern und das Bruderwesen kommen den weiten Weg zu einem Gespräch in das Zentrum. Auch sie werden gefragt, wie es ihnen geht. S. Vater ist sichtlich bewegt. Erklärt, S. wäre ein Wesen von guter Natur, und irgendwer da an dem Studienort musste sie gegen die Eltern aufgehetzt haben. Für ihn ist immer noch völlig unverständlich, wie sein liebes, kleines Mädchen so feindselig werden konnte. S. nimmt das erste Mal war, dass der Vater leidet. Das rührt sie, aber sie kann ihm nichts erklären, dafür versteht sie ihre Situation selber nicht genug.

Ob den Eltern bei ihrem Besuch S. Diagnose mitgeteilt oder sogar erklärt wurde, weiß S. nicht. Sie kennt sie zu diesem Zeitpunkt noch nicht. So einiges kann geschlussfolgert werden aus Bemerkungen der anderen Realitätsgeflohenen und Realitätsmüden, die sich schon ein bisschen besser auskennen in der Welt der seelischen Ausnahmezustände. Von den Medizinkundigen erfährt sie nur, dass sie eine Stoffwechselerkrankung hat, und es wird nicht möglich sein, ihre Lehramtsausbildung fortzusetzen. Studienabbruch also, das fühlt sich schlecht an. Und S. ist so müde, dass sie sich überhaupt nichts mehr vorstellen kann, was ihr Spaß machen würde.

Nach den Mahlzeiten legt S. sich sofort wieder ins Bett und verschläft den Tag. Die Vorhänge möchte sie den ganzen Tag zugezogen haben, was ihre Zimmernachbarin sehr stört. Und heute stört sich auch die korpulente Stationsschwester an ihrem Verhalten, als sie ins Zimmer gestampft kommt und brüllt: „So jung, und so faul!" So, dass die ganze Station es hören muss. S. schämt sich, doch aus dem Bett kommt sie trotzdem nicht mehr so leicht, und das wird noch viele Jahre so bleiben. Schließlich beginnt sie aber auch, die anderen Leidenden wahrzunehmen.

Die meisten auf dieser Station haben mit Realitätsmüdigkeit zu tun. Das bedeutet, sie leiden wie S. daran, die dunkle, lieblose Seite des irdischen Daseins erkannt zu haben, sind aber nicht in steuerungslose Ängste geraten. Entwickeln auch keine sich verselbstständigen Phantasien, um diesem Zustand zu entkommen. Sie verharren lange in einem Gefühl der Ohnmacht und Lähmung. Der schwarzen Schlange ist es gelungen, sie zu überzeugen, dass sie nichts bewirken können in der irdischen Realität, und dass all ihr Tun ohne Sinn ist. Um jeden Preis versuchen sie ihr Leben so weiterzuleben wie bisher, um den Anforderungen, die ihre Mitwesen und sie selber sich stellen, gerecht zu werden. Von Veränderungen erwarten sie nichts Gutes. Doch ihr Geist ist ermüdet, und schließlich erlahmt auch der Körper. Schafft die täglichen Pflichten nicht mehr, die man doch unbedingt weiter erledigen müsste. Großes Elend fühlen sie in dieser Lage der Lähmung, die doch nicht sein dürfte.

Die Mitwesen können mit dem Zustand der Realitätsmüdigkeit oft besser umgehen, als mit dem der Realitätsflüchtigkeit. Auch das realitätsflüchtige Wesen hält sich oft lange wie gelähmt in seinen Gedankenwelten auf, nimmt nicht mehr Teil am Leben seiner Mitwesen. Entwickelt aber auch schon mal

Ideen zur Verbesserung der Welt und setzt sie um. Diese Ideen können dann von den Mitwesen als völlig unsinnig, nervraubend und manchmal auch gefährlich erlebt werden.

So ganz der irdischen Realität entrückt, entstehen in der Regel keine brauchbaren Ideen, die dem Planeten nützlich sein können. Die Realitätsflüchtigen sind Vertriebene, Entrückte, die zurückkehren müssen, um das für ihn oder sie machbare zu erschließen. Dabei helfen auch speziell geschulte Wesen, die Gespräche anbieten, oder Beschäftigungsangebote ohne Druck. Manchmal ist der Respekt vor einem Wesen, das einen solchen seelischen Ausnahmezustand erlebt hat, nicht sehr groß, und es wird als bedauernswert und gescheitert betrachtet. Oder sogar als lächerlich und verachtenswürdig. Übernimmt es diese Einschätzung als für sich zutreffend, durchlebt es dann nach Wiederkehr in die Realität auch Zustände der Realitätsmüdigkeit. Die ihm schlimmer erscheinen können als das sogenannte psychotische Erleben.

Nicht jedes Wesen fühlt sich in dem als Psychose bezeichneten Zustand bedroht. Die eine Lebenseinheit kann sich sehr mächtig und stark fühlen, während eine andere panische Ängste durchlebt, die kein Ende nehmen wollen. Panik und Allmachtsphantasien können sich ablösen, die Allmachtsphantasie kann der Beruhigung bei übergroßer Angst dienen. Eine Realitätsgeflohene kommt gelegentlich von der Drogenstation zu S. und erzählt ihr, sie habe vor ihrer Einweisung schon mehrmals den Sensemann in ihrem Zimmer stehen sehen. Man versteht sich, doch ein im Behandlungszentrum tätiges Wesen informiert S., diese Lebenseinheit wäre kein Umgang für sie.

S. kann sich schließlich wieder genug konzentrieren, um zu lesen und holt sich ein Buch aus einem kleinen Laden in der verträumten Innenstadt dieses Ortes. Es ist das Werk eines bekannten Predigers, nicht ganz unähnlich dem Buch der Louise Hay. Die Aussage darin: Du hast die Kraft zu schaffen, was du schaffen musst und glücklich zu werden, wenn du Vertrauen findest. Das Buch gefällt S., aber der Oberarzt findet es ungeeignet, sogar gefährlich für sie. Etwas Leichtes wäre jetzt gut. S. liest dann also ein Buch mit dem Titel „Die Superfrau", und man ist wieder sehr zufrieden mit ihr. Überhaupt scheinen hier Wesen tätig zu sein, die ganz genau wissen, was gut und was schlecht ist. Mit der Superfrau in dem Buch, eine beruflich erfolgreiche und von Verehrern umschwärmte Künstlerin, hat S. Leben aber gerade nicht viel zu tun. Man darf sich aber wohl in schöne Scheinwelten begeben, wenn man dann diese Welt zusammenklappen und beiseite legen kann. Und sich wieder in die gegenwärtige Monotonie des Behandlungszentrums einfindet.

Im Aufenthaltsraum schaut man gemeinsam auf die Bild- und Tonempfangsapparatur. Schöne Scheinwelten, die man dann eben einfach wieder ausschaltet. Den meisten Erdbewohnern scheint das zu genügen. Die Gefahr besteht allerdings, dass die Realität immer grauer und unerträglicher erscheint, je mehr Scheinwelt man aufgesogen hat. Und man an dieser Realität auch nichts mehr zu verbessern oder zu ändern versucht.

Genau dafür ist diese Empfangsapparatur übrigens entwickelt worden. Die schwarze Schlange, die nach diesem Planeten greift und die die eine irdische Lebenseinheit von der anderen abzutrennen versucht, hat es geschafft, dass die Erdbewohner diese Apparatur selber kaufen und in ihre Wohnungen transportieren. Da darf man sich täglich in Wunschwelten begeben, und niemand bemängelt etwas, so lange die Lebenseinheit in der Lage ist, einige Stunden am Tag schlecht gelaunt einer langweiligen Tätigkeit nachzugehen. Bis sie sich endlich wieder vor die Apparatur setzen darf.

Die Wesen in diesem Aufenthaltsraum schauen aber auch Nachrichten. Sendungen, in denen sie informiert werden, was auf ihrem Planeten passiert. Meist an schlimmen Dingen, wie Kriegen, Flüchtlingsströmen als Folge von Krieg und Elend, Geldverteilungsprobleme, auch im Hinblick auf die alten Mitwesen und Mitwesen ohne Beschäftigung. Wie die Regierung darauf zu reagieren plant. Und wie die Opposition der Regierung begründet, dass es so gerade nicht richtig ist. Ein hochrangiger Mitarbeiter des Auswärtigen Amtes wird interviewt, S. kennt ihn. Sie erzählt den anderen nicht, dass sie im Büro des Ministers gearbeitet hat. Man würde es vielleicht für einen verrückten Einfall halten. Sie kennt ihre Diagnose zwar noch nicht, weiß aber inzwischen, dass sie in einer Nervenklinik ist. Denn das steht auf einem Schild neben dem Eingang. So etwas wie Fallhöhe wird fühlbar.

Die Tage ziehen sich so dahin, mit immer gleichem Ablauf. Etwas Abwechslung bringt die Begegnung mit einem anderen weiblichen Wesen, das jetzt auf ihr Zimmer kommt. Ein Pflegewesen aus der Psychiatrie einer nahegelegenen Großstadt hat es erwischt. Ein sehr lebhaftes, redseliges Wesen, das so gar keinen leidenden Eindruck macht. Es hatte eine unglückliche Liebesverbindung mit einem Arzt auf der Station, auf der es arbeitet. Der aber verheiratet ist und schließlich deutlich machte, dass er sein Ehewesen nicht verlassen, die Verbindung mit ihr nicht fortsetzen wird.

Diese Erdbewohnerin geriet darauf in einen Zustand übergroßer Realitätsmüdigkeit. Das erzählt sie ganz offen. Ihre Telefonate mitanzuhören, ist unterhaltsam. Sie lacht viel, was wohl aber nichts mit ihrer inneren Realität zu tun hat. Denn ihren Geliebten hat sie noch nicht überwunden. „Schade, dass man den nicht klonen kann", bedauert sie im Gespräch mit ihrer Freundin. Sie scheint alles mit Humor zu nehmen, alles nicht so schlimm. S. erfährt aber auch, dass sie wohl vorzeitig aus dem Leben zu scheiden plante, und dass ihre drei Kinder gerade bei einem Freund untergebracht sind. „Die Arbeit war auch kaum noch zu schaffen, die schieben hier eine ruhige Kugel", erklärt sie S. „Bei uns in der Stadtklinik weht ein ganz anderer Wind." S. wird noch Gelegenheit bekommen zum Vergleich, zum Glück weiß sie das noch nicht.

S. schöpft gerade so langsam wieder Hoffnung. Das morgendliche Schwimmen tut gut, und im Wasser schmiedet sie dann auch wieder Zukunftspläne. So ein Studienabbruch ist ja kein Weltuntergang.

Man kann zum Beispiel Buchhändlerin werden. Diese neue Idee im Kopf gibt etwas Schwung, die Welt hinter den Türen des Behandlungszentrum rückt wieder in ihr Bewusstsein. Schließlich drückt man ihr, zusammen mit einem verschlossenen Umschlag für den Hausarzt eine Packung Pillchen in die Hand: „Die müssen Sie noch sehr, sehr lange nehmen", und S. darf das Behandlungszentrum verlassen.

Teil 2

IΔ Frankreich

Die Kur ist vorbei, aber S. fühlt sich nicht erholt. Es ist ein alter Mantel zerrissen, den sie ihr ganzes Leben getragen hatte, und der lässt sich nicht mehr so leicht flicken. Aber S. versucht trotzdem, die einzelnen Fetzen wieder zusammenzufügen. Dieser Aufenthalt in einer, ja es war wohl eine Psychiatrie, war irgendwie entblößend. Vor ihrer Entlassung hatte sie überlegt, was sie der Familie, den Verwandten, den Freunden erklärt, was mit ihr passiert ist. Irgendwie konnte sie keine Worte finden, zu wenig versteht sie es selber. Die Sorge ist unbegründet, denn die Mitwesen fragen sie nichts. Sie beobachten sie aus den Augenwinkeln und schauen an ihr vorbei, wenn sie mit ihnen spricht. Sie erkundigen sich bei ihrer Mutter nach ihr. Von der sie erfahren, wie schwierig es mit S. gerade ist.

S. ist erst einmal bei ihren Eltern untergekommen, aber es läuft nicht gut mit der Familie. Wenn sie nicht gerade schläft, fühlt sie sich schlecht, mutlos, unzufrieden. Sie fühlt sich verraten, ist überzeugt, dass die Kur ein geschickter Schachzug gegen sie war. Man ist unzufrieden miteinander und nörgelt. Dass die Mutter jetzt forsch die Einnahme der Substanz aus der Klinik überwacht, macht es auch nicht besser. S. glaubt zwar nicht mehr, dass ihre Familie sie umbringen wird, fühlt sich aber ausgestoßen, verletzt. Will nicht mehr angesprochen, belehrt werden. Macht Vorwürfe, ist gereizt. Darf aber nicht zu gereizt werden. Die Familie hat so viel Macht, sie könnte sie jederzeit wieder in ein Zentrum für uneinsichtige, undankbare und anstrengende Wesen bringen.

Nach der Schule hatte S. ein paar Monate in Frankreich verbracht, erinnert sich an Wärme, Unbeschwertheit, neue Freunde, einem attraktiven Schwarm. Frankreich scheint weit genug entfernt von einem unerfreulichen Leben und dem Einfluss der Familie. Sie macht sich auf die Suche nach einer Au-pair-Stelle. Eine Beschäftigung, bei der gegen kleines Entgelt und Wohnmöglichkeit bei Haushalt und Kinderbetreuung geholfen wird. Sie findet eine Gastfamilie im Norden des Landes. S. ist ein paar Jahre älter als das typische Au-pair-Wesen, das in der Regel direkt nach der Schule so einen Aufenthalt absolviert. Der französischen Familie ist das willkommen. Es gilt vier nicht gerade zahme Kinder zu betreuen. Ein Mädchen und drei Jungen im Alter von 7 bis 13 Jahren.

Die Familie ist gerade eingezogen in ein sehr großes, herrschaftliches Haus, das man sich nach dem Verkauf eines nur kleinen Hauses in der Zentralstadt des Landes leisten konnte. In dem Haus ist es kalt. Eine neue Heizung ist noch nicht installiert und wird es auch so schnell nicht werden. Aber das ist nicht der einzige Grund, warum es so kalt ist. Diese Familie ist so gar nicht das, was S. sich unter einer französischen Familie vorstellt. So gar nicht entspannt und „laissez-faire", also gelassen. Und S. ist auch nicht das, was diese Familie sich unter einem deutschen Au-pair-Wesen vorgestellt hat. Nämlich ein festes Wesen mit strenger Hand für die vier Energiebündel. Die gerade auch den eigenen, beruflich sehr eingespannten Eltern etwas aus den Händen gleiten.

An zwei Tagen in der Woche geht S. zur Sprachschule, an den anderen Tagen verbringt sie die Zeit lesend im Bett. Bis schließlich der Kleine von der Schule geholt werden muss, zum Glück nie vor 16:00 Uhr. Dann trudeln auch so nach und nach die größeren Geschwister ein, und der tägliche Terror beginnt. Die Kinder müssen davon abgehalten werden, sich zu prügeln, sie müssen rechtzeitig nacheinander in die Badewanne befördert werden. Was bedeutet, dass man sie von der Bild- und Tonempfangsapparatur wegbekommen muss. Das Abendessen muss vorbereitet werden, alle müssen schließlich pünktlich zum Essen am Tisch sitzen. Bevor dann die Mutter anruft, um sich beim Ältesten zu erkundigen, ob alles geklappt hat.

Mehr ist eigentlich nicht zu tun, doch irgendwie wird jeder Abend zu einer Kraftprobe. Die vier Energiebündel kennen keine Gnade, schenken ihr keinen Tag braver Folgsamkeit. S. erinnert sich an Pädagogik-Seminare in der Oberstufe und im Studium. Es ist wichtig, mit Kindern zu sprechen. Sie startet immer wieder den Versuch, die Kinder davon zu überzeugen, dass es doch nicht schön ist, wenn Geschwister sich streiten. Dass es doch viel schöner ist, wenn man gemeinsam in netter Runde das Abendessen einnimmt. Das beeindruckt nur wenig. Die Kleinen sind vor allem am Anfang auch noch sprachlich überlegen und machen sich lustig über ihren fehlerhaften Gebrauch des französischen Sprachcodes.

S. merkt, wie ein Rest an Idealen zusammenfällt. Sie anfängt, diese Kinder heimlich zu hassen. Während sie jeden Abend aufs Neue mit ihnen diskutiert. So hatte S. sich das nicht vorgestellt. Das alte Gefühl von Abenteuer, des Betretens von Neuland, das ihren ersten Aufenthalt begleitet hatte, stellt sich diesmal nicht ein. Diesmal schließt sie auch kaum Freundschaften an der Sprachschule. Doch einmal nimmt sie an einem Ausflug einiger Mitschülerinnen aus Österreich teil.

Es geht zum Geburtshaus eines berühmten Malers, eines Claude Monet. In das man hineingehen darf, denn dort wohnt niemand mehr. Der Name des Künstlers ist S. ein Begriff. Ein Abdruck eines seiner Bilder hing früher in ihrem Jugendzimmer. Ein in rosa gehaltenes Aquarell mit Seerosen. Eigentlich hängen überall Abdrücke von Bildern dieses Malers, vor allem in den Behandlungsräumen Medizinkundiger. Was ja aber nicht gegen ihn spricht.

Die Räume dieses unbewohnten Hauses sind liebevoll eingerichtet mit altertümlichen Möbeln. Ein kreativer, künstlerischer Geist ist tatsächlich fühlbar. Vor allem aber liegt es inmitten einer unvergleichlich schönen malerischen und blumenreichen Gartenlandschaft. Ein Meer an zarten Blumen scheint sich zusammengerottet zu haben, um heilsame Liebesschwingung auszuströmen und S. für einige Stunden aus ihrer gedrückten Lebensstimmung herauszulocken. Mit Erfolg.

Ein zweiter Ausflug wird unternommen, diesmal in die Zentralstadt dieses Landes. Die die schönste Stadt auf dem Planeten sein soll. Dort war sie früher schon mal gewesen, bei einem Ausflug mit einer Gruppe ihrer Schulklasse. Das war sehr aufregend gewesen. Diesmal aber fühlt S. nur lähmende Schwere, während sie durch die Straßen schlurft. Nimmt nur wenig von der städtischen Erhabenheit um sie herum wahr. Landschaften mit vielen Blumen scheinen ihr in ihrem derzeitigen Zustand besser zu tun als große Städte.

Ein Lichtblick ist auch die gut sortierte Bibliothek der Gastmutter, die auch viele schöne Fantasygeschichten[31] enthält. Bis zum Ende des Aufenthaltes hat S. fast alle Bücher gelesen, und damit auch recht gute Französisch- und Fantasykenntnisse erworben. Die Abschlussprüfung an der Sprachschule ist dann auch kein Problem, auch wenn sie nur die Hälfte der Kurse belegen konnte. Aber nichts macht wirklich Spaß. Andere Lebenseinheiten scheinen nichts anderes im Sinn zu haben, als sie an ihre Grenzen zu führen und sich dann abzuwenden.

Einmal wird im Gespräch mit den Gasteltern erwähnt, dass man in Behandlung war und eine klinische Substanz nimmt. Es wird zur Kenntnis genommen, nicht gerade erfreut, aber nicht weiter kommentiert. Gelegentlich lässt sie die Substanz auch mal weg, was sie den Gasteltern aber nicht erzählt. Sofort tauchen innere Bilder aus dem kollektiven Weltleid auf. S. sieht Leichenberge in weit entfernten Ländern und fühlt die Verzweiflung weit entfernt lebender Wesen, die irgendwie auch ihre ist. Gleichzeitig ist da auch ein Gefühl des Schaffenmüssens, verantwortlich sein, und Angst vor diesen inneren Bildern, das sie dazu bewegt, dann doch wieder die Substanz zu nehmen.

Den Gasteltern fällt nichts auf an S., wenn sie gerade wieder experimentiert, denn sie sind sehr mit sich beschäftigt. Die Eheleute verstehen sich gerade nicht sehr gut, und der Jüngste will nicht mehr zur Schule. Man redet nicht viel mit ihr über persönliche Schwierigkeiten, nimmt S. kaum wahr, S. hat eigentlich nur zu den Kindern engeren Kontakt. Nur einmal, so nebenbei, sagt die Gastmutter zu ihr, irgendwo muss doch mal ein Licht am Ende des Tunnels sein. Lässt damit durchblicken, dass es auch ihr gerade nicht wirklich gutgeht.

Als sich kurz vor Ende ihres Aufenthaltes herausstellt, dass der Kleine eine schwere Blutkrankheit hat, fühlt S. sich schuldig. Sie hat ihn vor allem als Nervenbündel wahrgenommen und realisiert, dass er zu wenig Zuwendung bekommen hat. Die Kinder hätten mehr gebraucht, als das freudlose Abspulen eines Programms, doch sie war nicht zu mehr in der Lage gewesen. Irgendwo im Tunnel, da ist auch sie gerade. Dass sie mich in ihr Leben gerufen hat, hat sie inzwischen wieder vergessen, Licht nimmt sie keines wahr. Was ist überhaupt noch wichtig? Irgendwie dabeibleiben, nicht rausrutschen aus dem Leben, es irgendwie schaffen. Aber wofür? S. ist überfordert, und der Zustand der Realitätsmüdigkeit, den die Erdbewohner Depression nennen, fängt an, sich einzuschleichen.

IE Dienen

Schließlich sind die vereinbarten acht Monate in der Fremde geschafft. S. ist wieder bei ihren Eltern, aber hier kann sie nicht bleiben. Arbeit muss gefunden werden. Das geht am schnellsten über eine sogenannte Zeitarbeitsfirma, von denen gerade sehr viele entstehen. Diese Firmen verleihen Arbeitskräfte oder vermitteln Arbeitskräfte an Unternehmen und erhalten dafür Bezahlung. Entliehenes Personal kann man wieder zurückgeben, wenn man es nicht mehr braucht oder es sich als nicht mehr brauchbar herausstellt.

S. wird also eingestellt und verliehen. Sie wird tätig für drei verschiedene Unternehmen, in keinem fühlt sie sich wohl. Die erste Stelle ist ein in der Stadt sehr bekannter Entwickler von Waffentechnologie. Wie S. kurz nach Arbeitsaufnahme bemerkt. Das wäre zu früheren Zeiten, in den letzten Schuljahren, für sie nicht denkbar gewesen, sich einmal an so einer Arbeit zu beteiligen. Es gefällt ihr auch nicht. Doch sie sagt sich, ist ja nur Büroarbeit, die ich hier mache, und für begrenzte Zeit, was soll's, egal, Hauptsache Geld verdienen. Doch sie ist froh, dass ihr Einsatz nicht verlängert wird.

Ein weiterer Einsatz, eine Werbeagentur. Die Erdwesen hier treten so energetisch auf, dabei fällt S. umso mehr auf, wie wenig interessiert sie ist an dem, was um sie herum passiert. Sie arbeitet ihr Pensum ab, bis zum nächsten Einsatz. Nicht mehr in der nahegelegenen Großstadt, sondern diesmal ganz in der Nähe des Elternhauses, wo sie noch wohnt. Ein kleiner Ingenieursbetrieb, der Waschapparaturen entwickelt und baut, vor allem Spezialanfertigungen. Zum Beispiel Maschinen für die Wäsche von Korken. Mit denen man Flaschen verschließt. Muss es wohl auch geben.

Hier wird es schwierig, denn das cholerische Temperament des Vorgesetzten ermöglicht es ihr nicht, ihre Aufgaben einfach so still vor sich hin herunterzuarbeiten. Fehler werden sehr dramatisch gesehen und mit Wutanfällen oder beißendem Spott quittiert. Damit kommt S. nicht gut zurecht. Dazu fällt in diese Zeit auch die Begegnung mit der Diagnose. S. hatte sich den Arztbrief aus der Klinik beim Hausarzt der Familie abgeholt. Er soll einer Neurologin übergeben werden, also einer Medizinkundigen, die für ihre Art Leiden spezialisiert ist. Auf dem Weg zu ihrer Arbeit, in ihrem Auto, öffnet sie ihn und erfährt, ihre Stoffwechselkrankheit heißt „paranoide Schizophrenie". So wenig, wie sie darüber weiß, so ist es doch klar, dies ist mehr als eine Diagnose. Dies ist ein Urteil. Über ihre Persönlichkeit. Ein vernichtendes.

S. ist ziemlich aus dem Gleichgewicht, als sie an diesem Tag die Arbeit aufnimmt. Der Vorgesetzte ist auch heute wieder nicht in einer nachsichtigen Laune. Seine Kritik, die gerne ein paar Spitzen enthält, mit denen er andeutet, dass es sich bei dem kritisierten Mitarbeiter um ein besonders lächerliches Wesen handeln muss, sinkt heute besonders tief. Es geht noch ein paar Wochen gut, dann kommt es zum Streit. Man kann immerhin sagen, ein paar Lebensgeister sind bei S. wieder erwacht.

Aber S. wird der Zeitarbeitsfirma vor Ablauf der vereinbarten Frist zurückgegeben.

Die Firma kann oder will ihr jetzt nur eine Stelle an einem kleinen Ort sehr weit entfernt vom Heimatdorf anbieten, die S. nicht annehmen möchte. Also wird sie nicht weiterbeschäftigt. In der Tageszeitung wird eine Weiterbildung im sogenannten kaufmännischen Bereich angeboten. Hier könnte S. noch einiges dazulernen über die erfolgreiche Bewältigung von Arbeitsabläufen in Büroarbeitsstätten und Bedienung des sogenannten PC. Für die Arbeit mit dem PC werden immer wieder neue Programme entwickelt und neue Möglichkeiten der Nutzung. Diese Weiterbildung wird schließlich von dem Amt genehmigt, das Wesen ohne Beschäftigung mit Geldmittelzuweisung unterstützt, aber auch dafür Sorge tragen soll, dass das Wesen schnell wieder eine bezahlte Beschäftigung findet.

S. ist froh, erst einmal aus einer Beschäftigung mit 40 Arbeitsstunden in der Woche herauszukommen und wieder lernen zu dürfen. Nach vier Monaten ist dieser Lehrgang um, hat sogar ein bisschen Spaß gemacht. S. gelingt es, auf zwei Halbtagsstellen an der Universität der nahegelegenen Großstadt in der Position einer Fremdsprachenassistentin angestellt zu werden. Vormittags ist sie in einer Arbeitseinheit der Biologie tätig, nach der Mittagspause arbeitet sie in einer Arbeitseinheit der Elektrotechnik weiter. Im Wissenschaftsfeld der Biologie geht es um den Aufbau und das Funktionieren irdischer Stoffkörper. Im Fachbereich Elektrotechnik beschäftigt man sich mit dem Aufbau und dem

Funktionieren von Apparaturen, die die irdischen Stoffkörper für unterschiedlichste Zwecke nutzen.

S. ist seit der Klinikentlassung in neurologischer Behandlung, was ihr nicht ausreichend erscheint. Sie findet dazu auch eine liebe Therapeutin im Frauentherapiezentrum der Stadt. Ein Zentrum, das also nur weibliche Wesen behandelt, und wo man sich dann auch besonders gut auskennt mit den spezifischen Schwierigkeiten für weiblich gepolte Lebenseinheiten. Diese werden oft nicht als gleichwertig betrachtet, weder von den männlichen Lebenseinheiten, noch von sich selbst, da die als männlich definierten Eigenschaften wie Kampfbereitschaft, Durchsetzungsstärke, Härte wertvoller erscheinen als die weiblich definierten Eigenschaften Sanftheit, Empathie, Fürsorglichkeit.

Es gibt aber männliche Wesen, an denen viel von diesen weiblichen Eigenschaften festgestellt werden kann, und es gibt auch weibliche Wesen, die sehr männlich gepolt scheinen. Was also eine Unterteilung in männliche und weibliche Eigenschaften fraglich erscheinen lässt. Zumindest, wenn sie dazu führt, dass ein Wesen, welches nun nicht die seinem Geschlecht zugeordneten Eigenschaften aufweist, sich dann minderwertig fühlt. Es ist nicht so, dass die zum Beispiel kämpferische weibliche Lebenseinheit nun die Probleme der Herabwertung nicht erfährt, eher im Gegenteil. Aber sie wird sich anlegen mit den Abwertern.

In diesem Zentrum ist man sich der Problematik, die starre Rollenerwartungen an männliche und weibliche Wesen mit sich bringen, sehr bewusst.

Das ist zu begrüßen. Die Menschheit bewegt sich darauf zu, dass die starke Polarität abnehmen wird, männliche Züge werden öfter in Frauen, weibliche in Männern festgestellt und akzeptiert werden können, als das Ergebnis geistig-seelischer Befruchtung zwischen den Polaritäten. Es gehört zum Erreichen einer Ganzheitlichkeit der irdischen Persönlichkeit, dass männliche und weibliche Anteile sich in einem Erdwesen entwickeln und ineinanderwirken dürfen.

Die nette Therapeutin erkennt aber auch die Schwierigkeit, die es für S. bedeutet, sich auf zwei Stellen behaupten zu wollen. Gibt zu überlegen, ob nicht weniger Arbeit und damit auch weniger klinische Substanz nicht besser für sie wären. Doch S. kann sich nicht dazu durchringen, eine ihrer Stellen aufzugeben, versucht weiter, beide unter einem Hut zu bekommen. Auch, wenn es sie nicht sonderlich interessiert, mit was man sich dort beschäftigt.

In der Human-Neurobiologie wird das Gehirn von Erdwesen untersucht. Dazu schauen regelmäßig Testwesen vorbei, die Elektroden auf dem Kopf platziert bekommen. Mit denen gemessen wird, was in ihrem Gehirn passiert, während die Testpersonen verschiedene Verständnisaufgaben lösen. Auch die Mitarbeiter werden dafür eingespannt, bekommen ebenfalls diese Elektroden auf den Kopf, was S. nicht mag. Sie fürchtet insgeheim, die Kollegen könnten bei ihr etwas von einer Anomalie entdecken.

Noch viel mehr soll sich herausfinden lassen, wenn man einen Kopf aufschneidet und Elektroden direkt im Hirn anbringt. Das darf aber mit menschlichen Wesen auch in S. Kultur nicht mehr gemacht werden. Ein Kollege des Vorgesetzten unternimmt in seiner Abteilung diese Versuche an Schimpansen[32]. S. erschreckt das sehr, sie war überhaupt nicht auf die Idee gekommen, dass sie auch in einem solchen Forschungsbereich der Biologie hätte landen können. Dann bei diesen Arbeiten hätte assistieren müssen. Ist schon sehr bedenklich, welche makaberen Wege die Neugier der Erdwesen so geht, überlegt sie. Sie bezweifelt, dass solch gemeine Praktiken der Menschheit nutzen, und äußert diese Zweifel auch.

Tatsächlich ist die Zahl der auf diese Weise gewonnenen nutzbaren Erkenntnisse im Vergleich zur Zahl aufgeschnittener, verstümmelter und verätzter Lebensformen ziemlich gering. Die Anzahl möglicher Erkrankungen und die Häufigkeit des Auftretens von Erkrankung in einem Lebewesen haben dann auch nicht abgenommen seit Beginn dieser Vorgehensweisen in der medizinischen Forschung. Eigentlich hat so ziemlich jedes nicht mehr so ganz junge Lebewesen in S. Gesellschaft irgendeine Form eines körperlichen Leidens, das nicht ohne Weiteres von der Medizin zum Verschwinden gebracht werden kann. Man wusste zu wenig über gesunde Lebenshaltung und bemerkt erst bei Auftreten eines hartnäckigen Leidens, dass man sich über Jahre geschadet hat. Hofft nun auf ein Wundermittel.

Die elektrotechnische Forschung dieser Universität verzichtet darauf, an den niedrigstschwingenden

Wesen des Planeten Versuche durchzuführen. S. Vorgesetzter dort betätigt sich auf dem Gebiet der Nachrichtentechnik. Kommunikation unter Erdwesen, die schon mal auf nicht freiwilliger Basis erfolgt. Wozu auch die Kunst gehört, sich mithilfe von Apparaturen möglichst viele Informationen zu erschleichen und den eigenen Informationsaustausch zu verschleiern.

Unzählige Apparaturen mit den unterschiedlichsten Funktionen haben sich die Erdbewohner ausgedacht und dann konstruiert. Die Apparaturen, um die es hier geht, sind im Verständnis der Erdbewohner sehr kompliziert und anspruchsvoll. Naja, gut, lassen wir das mal so stehen. Für S. sind sie das jedenfalls. Die wissenschaftlichen Texte, die sie hier tippt, könnten eine fremde, exotische Sprache sein, sie versteht nichts von deren Inhalt.

Vielen Erdbewohnern erschließt sich die Sprache der Mathematik nicht so ohne Weiteres, und S. ist so ein Wesen mit eher gering ausgeprägtem Zahlenverständnis. Mathematik ist die Sprache des Universums und damit eine hohe Wissenschaft. Das bedeutet aber nicht, dass wir ein menschliches Wesen weniger achten, wenn es nur geringe mathematische Kenntnisse hat. Wie so manche irdische Lebenseinheit ihre gute Kenntnis dieser universalen Sprache so nutzt, überzeugt uns häufig nicht sehr. Ähnlich wie die Wissenschaft über das Seelische, kann auch die edle Wissenschaft der Mathematik missbraucht werden.

Die Menge an Wissen, die an den Universitäten dargeboten wird, soll das lernbegabte Wesen zu immer mehr Begabung führen und zu einer immer höheren Produktivität. Eine Flut von Informationen versperrt ihm dann aber häufig die Sicht auf die einfachen, klaren Weisheiten des Lebens. Den Begabtesten des Planeten entgeht häufig das Wissen, dass man keinem Wesen den Kopf aufschneiden sollte, oder aber Apparaturen nicht einsetzen sollte, um die Gespräche eines anderen Wesens mit böser Absicht mitanzuhören. Auch sollte kein Wesen verfolgt werden, mit dem Ziel, mit einer weiteren speziellen Apparatur ein entwertendes Bild von ihm oder ihr einzufangen. Wie es Teile der Medien inzwischen als ihre Hauptaufgabe betrachten, und wie zahlreiche Erdbewohner, inzwischen so ziemlich alle ausgestattet mit einer Bildeinfangsapparatur als Teil ihrer mobilen Sprechgeräte, kopieren.

S. weiß diese Dinge zwar, und einige Kollegen nicht - aber es erscheint den Kollegen ganz selbstverständlich, dass es sich bei ihnen um sehr viel klügere Wesen handelt, dass S. ein eher weniger intelligentes Wesen ist. Aber so erwartet immerhin niemand von S., dass sie sich fachlich einbringt. Die Korrespondenz erledigen, Raumpläne erstellen, Mitschreiben bei Sitzungen, das ist, was von ihr erwartet wird. So wirklich große Begabung kann sie da auch nicht sichtbar werden lassen, dazu langweilen sie diese Tätigkeiten einfach zu sehr. Es ist schon belastend, immer wieder, Tag für Tag, Dinge machen zu müssen, die sie nicht interessieren, aber sie nimmt hin, dass es wohl so sein muss. Sie arbeitet, sie funktioniert, also ist alles gut.

Mit den Eltern versteht sie sich noch nicht sehr

viel besser. Sie fühlt sich immer noch verraten. Zieht jetzt auch in diese Stadt, in der sich die Universität befindet. Verbietet sich Ziellosigkeit und Träumerei, das Leben muss geschafft werden. Besser gar nicht über so etwas wie eine Diagnose nachdenken. Die allen Wesen Recht zu geben scheint, die S. anstrengend finden. Nein, beweisen, dass man mithalten kann. Aber es fällt schwer, morgens aufzustehen. Nach der Pause in dieses andere Büro zu fahren. Diese Aufgaben konzentriert abzuarbeiten. So kompliziert sind sie nicht, aber irgendwie lästig, zäh, aussagelos. Ist das wirklich alles, was man vom Leben erwarten kann?

IΣ Zweiter Angriff

S. merkt, dass ihr die klinische Substanz nicht nur guttut. Sie reduziert sie dann auch, ohne der neurologischen Medizinkundigen dies mitzuteilen. Die von ihr ähnlich bestimmend erlebt wird wie die Mutter. Sie versucht dabei weiter, ihre Tätigkeit auf zwei Stellen zu bewältigen, was nicht gelingt. S. kündigt. Aber nicht, indem sie ein Schreiben an ihre Arbeitgeber aufsetzt, wie es üblich gewesen wäre. Diese Möglichkeit zieht sie nicht in Erwägung, da sie dann ihren Lebensunterhalt nicht mehr bestreiten, ihren Wohnraum nicht mehr bezahlen könnte. Zurück zu den Eltern ist auch keine Option, weder für sie, noch für die Eltern. Sie verlässt die Realität erneut und taucht ein in eine neue Phantasiewelt.

Zeitweise ist diese Welt eine schöne Welt, in der sie geliebt und bewundert wird. Es gibt Gefahren, aber die führen nur dazu, dass ihre geheimen Freunde sich noch stärker zu ihr bekennen. Manchmal aber fühlt sich S. in Verbindung mit Wesen in entfernt liegenden Erdteilen, die in einer Todeszelle untergebracht sind, die gefoltert werden und hoffen, von ihr gerettet zu werden. Widerspiegelung eigener Ängste und Sehnsüchte, oder tatsächliche Verbindung mit Wesen in Not? Die Frage kann ihr keiner beantworten. S. kommt jedenfalls zu der Überzeugung, dass sie Wege finden muss, zu diesen Wesen zu gelangen.

Die Arbeit im Büro, sie braucht sie nicht mehr. Da muss man nicht mehr hingehen, das Telefon kann man klingeln lassen. Geheime Freunde werden sie bald finden, aus allem herausholen und sie auf viel wichtigere Einsätze vorbereiten. S. ersehnt ein angenehmeres Erleben ihres Seins, ihres Selbst. Aber auch einen tieferen Sinn in ihrem Tun. In einer Welt, die sie als im tiefen Elend versunken erkennt. Ihr aber nicht klar wird, wo sie ansetzen kann, um die deutlich gespürte Notwendigkeit von Veränderung anzugehen.

Es darf gerade niemand in S. Wohnung, doch unbedacht vor der Tür abgestellte und vergessene Müllbeutel machen die Nachbarschaft darauf aufmerksam, dass mit S. etwas nicht stimmt. Das S. eine Form von Behandlung braucht, die verhindert, dass gefüllte Müllbeutel vor Wohnungstüren abgestellt werden. Was nämlich auch nicht erlaubt ist. Der Eindruck entsteht, man solle für S. diese Säcke zum Container schleppen.

Die Nachbarn wissen dabei noch nicht einmal, dass S. in diese Beutel nicht etwa Müll steckt, sondern ihre Kleidung, auch die gute, ihre Bücher, Geschirr, sogar das bisschen Schmuck, das sie besitzt: das zarte Goldkettchen mit dem kleinen Kreuz und dem Diamanten in der Mitte. Von den Patentanten zur Konfirmation[33] erhalten. Und die zwei goldenen und etwas massiveren Armkettchen, von dem Verehrer aus Abu Dhabi auf der Flugzeugbaumesse, zu der sie für ihren ersten Arbeitgeber gereist war. Beide Gaben bewirkten nicht viel bei ihr. Sie wurden schon damals nicht sonderlich wertgeschätzt, und mit ihrer Symbolik hatte man sich nicht weiter befasst. Manche Beutel, vor allem die mit dem kostbarem Maria Weiss-Porzellan, das die

Mutter für sie gesammelt hatte, werden zu schwer, drohen zu reißen, und die lässt sie dann stehen.

S. Weltflucht besteht wohl auch darin, sich von allem lösen zu wollen, was sie an die materielle Welt bindet. Wobei wir dies gar nicht erwarten. Zu allen Zeiten hat es geschickte Seelenfänger gegeben, die ein anderes Wesen in Not um ihr gesamtes Habe bringen konnten. Zum Beispiel, indem sie ihm glaubhaft machten, nur sie könnten es erretten. Aber auch nur dann, wenn möglichst viel der Geldmittel des leidenden Wesens aus dessen Besitz in den ihren übergingen. Ein solcher Blender und Täuscher ist in S. realer Welt nicht auszumachen. Doch irgendetwas verleitet sie dazu, einen großen Teil recht neuer und teuer zu erwerbender Gegenstände in ein Behältnis für alte und wertlose Dinge zu befördern.

Die Kommunikation zwischen Lichtwelt und irdischem Wesen funktioniert selten auf Anhieb störungsfrei. Sie wird sogar fast immer erst einmal sehr heftig und schwer gestört, und wer hier stören will, das dürfte mittlerweile wohl klar sein. Es ist natürlich wieder sie. Schwarz, lang, dünn, gerissen und immer zur Stelle, wenn irgendwo auf dem Planeten jemand versucht, eine Änderung zu riskieren. Einen neuen Weg einzuschlagen. Ich würde ihren glibschigen Leib gerne fachgerecht verknoten und an einem hohen Ast in die pralle Sonne hängen. Ich darf dies aber nicht tun, das muss S. machen.

Listig schleicht sie sich heran, diese Schlange, freut sich auf ihren Triumph. Doch jedesmal, bevor sie eine Beute fest eingewickelt und endgültig erwürgt hat, wird sie erkannt und in Stücke gehackt. Ich reiche das Schwert an. Bis es soweit ist, richtet sie jede Menge Unheil an und fühlt sich allmächtig. Sie spielt auf Zeit, denn sie kann darauf bauen, dass die Erdbewohner ihr die Überlegenheit über das Gute und Wahre lange abkaufen. Nun gut, sich so zu verhalten ist ihre Bestimmung, das wird von ihr so erwartet. Damit gibt sie auch mir und meinem Auftrag schließlich Bedeutung.

Manchmal tauschen wir auch die Rollen. Ich muss mich dann mit vorteilsbedachter Schläue durchs Leben schlagen, die Lebenskonzepte meiner Mitwesen durcheinanderbringend. Erlebe dann das, was sie unter Spaß versteht, ohne mich so recht wohl zu fühlen. Während sie schlecht gelaunt die Ordnung des Universums überwachen muss. Die Last von Verantwortung erfahrend. Zu besonders viel Begabung bringt sie es nicht in meiner Position, ist sie halt nicht wirklich motiviert, die Erdwesen vor Schaden zu bewahren. Da ich aber auch nicht ihren Eifer und ihr Geschick im Fallenstellen entwickle, sind die Auswirkungen dieses Rollentausches im Universum nicht besonders spürbar.

Wir sind die zwei Seiten einer Medaille, und irgendwie mag ich sie auch. Dass ich sie inzwischen besser verstehe, glaubt sie mir nicht so recht. Kann ich schließlich immer noch nicht alles durchgehen lassen, was sie sich so herausnimmt. Sie weiß, wenn sie es allzu übel treibt, dauert es nicht lange, und ich werde wieder auftauchen. Sie erwartet mich auch schon. Ist gespannt, wie ich diesmal reagiere. Präsentiert fast stolz das neue Schlamassel, das sie wieder angerichtet hat. Das jetzt jemand anderes in Ordnung bringen muss. Den sie dazu auch noch nach Kräften stört.

Manchmal lasse ich mir etwas Zeit, bis ich eingreife. Denn wenn ihr Spielterrain endgültig zu zerfallen droht, wird ihr ziemlich mulmig, und sie verlässt das sinkende Schiff. Dann kann ich übernehmen. Aus sicherer Entfernung beobachtet sie alles. Schämt sich ein bisschen, möchte aber auch auf keinen Fall verpassen, wenn ich untergehe. Kaum ist das Schiff wieder auf Kurs, ist sie dann auch wieder an Bord. Die Schwierigkeiten, mit denen ich beim Kurswechsel zu kämpfen hatte, hat sie fein säuberlich dokumentiert und arbeitet nun erneut an meiner Absetzung. So läuft das schon ewig mit uns.

Immer wieder gelingt es ihr, Kooperationspartner in der Persönlichkeit eines irdischen Wesens aufzuspüren, die ihm dann einreden: Du bekommst auf ehrlichem Wege nicht, was du brauchst. Du musst andere ausschalten, um dein Ziel zu erreichen. Was dir angetan wurde im Leben, wird nie verheilen, du musst dich rächen, immer kämpfen und darfst nie nachgeben. Die irdischen Lebenseinheiten folgen dann ihrem Rat. Feiern kalte Triumphe, werden überheblich wie sie, immer maßloser in ihren Ansprüchen und skrupelloser in ihrem Vorgehen. Treffen auf andere Wesen mit gleicher dämonischer Schläue. Holen sich heftige Blessuren. Gehen in die Knie und stranden schließlich in einem Gefühl von Hilflosigkeit und Wut.

Das war doch nicht die Vereinbarung? Der alte Kampf wird wieder aufgenommen, kaum dass das

Erdwesen wieder auf den Füßen steht. Doch die Kampfkraft lässt nach. Und schließlich entwickeln viele Erdwesen ein heftiges Verlangen, eine Welt zu erschließen, in der Verletzungen abheilen können und Freude erfahren werden kann. Dann kann ich in ihr Leben treten. Wer nach Hilfe verlangt, einen Weg zu Frieden und Heilung zu erschließen, der bekommt sie. Wer nach Hilfe verlangt, seinen Krieg weiterführen zu können, um die Herrschaft über seine Mitwesen auszubauen, der macht die schwarze Schlange zu seiner Gottheit. Sie führt das menschliche Wesen nicht selten zu einem kurzlebigen äußerem Glanz. Dann aber zu einem schleichenden inneren Verfall, der mit der Zeit im Außen immer sichtbarer wird.

S. muss erkennen, wie das Destruktive arbeitet. Sich entscheiden, nicht in den Fängen einer Illusion, die der Welt der Dunkelheit entstammt, zu verharren. Allerdings, das mit der Erkenntnis wird wohl noch etwas dauern. Gerade hat S. komplett den Überblick über so ziemlich alles in ihrem Leben verloren. Wie zum Beispiel auch ihrer Geldangelegenheiten. Die täglichen Besorgungen können nicht bewältigt werden, aber sie schafft es noch zu einem Termin mit der neurologischen Medizinkundigen. So geht es nicht mehr weiter, irgendwie weiß sie das. Vielleicht ist es gut, den Vorschlag der Medizinkundigen anzunehmen und diesen Ort aufzusuchen, an dem man sich gut um sie kümmern wird. Und sie niemand wegen der Müllbeutel beschimpft. Die zweite Einweisung in ein Behandlungszentrum erfolgt.

S. wird jetzt die Stadtpsychiatrie kennenlernen. Ein Behandlungszentrum mit ähnlichem Auftrag wie dem an diesem Kurort. Ein Ort, der nach dieser ersten Begegnung nicht mehr so leicht hinter sich gelassen werden kann. Der S. immer wieder einfängt, auffängt, immer unerträglicher wird, unvermeidbar und unumgehbar ist. Letzter Anker und Rettung, und doch zugleich Symbol von Erniedrigung und Ausweglosigkeit. Doch erst einmal ist es gut, dort zu sein.

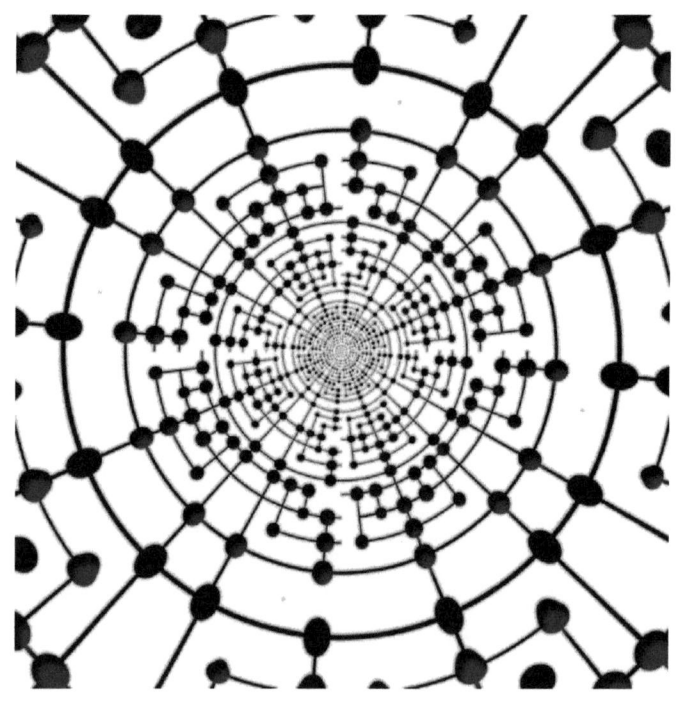

IZ Stadtpsychiatrie

S. wird diese Stadtpsychiatrie im Verlauf von 20 Jahren fünf Mal aufsuchen müssen, und jedes Mal wird sie dort mehrere Monate verbringen. Sie wird später viel darüber nachdenken, ob die Behandlung in diesen Kliniken sie nicht eigentlich immer kränker gemacht hat. Oder aber, ob sie einfach so viel Zeit brauchte, um vom Leben zu lernen. An einem anderen Ort nicht hätte lernen können. Vielleicht ein Wesen ist, das sich eingestehen muss, im Leben immer wieder in Phasen von Steuerungslosigkeit und Realitätsverlust zu kommen?

Das Gebäude erweckt in ihr den Eindruck eines Kolosses, der mit geballten Fäusten vor ihr steht. Es besteht aus drei Türmen und erinnert ein wenig an eine furchteinflößende Festung. Auf den Stationen geht man dann bei großem Bewegungsdrang auch nicht den Gang auf und ab, sondern im Kreis, bis man wieder an seiner Zimmertür angekommen ist. So kann man stundenlang im Kreis gehen, was sehr symbolisch ist für die Entwicklung, bzw. verzögerte Entwicklung, die S. Leben jetzt kennzeichnet.

S. fühlt sich bei ihrem ersten Aufenthalt auf einer offenen Station recht wohl. Die Pflegerinnen sind sehr nett, die Pfleger auch, und manche auch recht attraktiv dabei. Kaum angekommen, nehmen die Ängste ab, nur nachts träumt sie sehr schlecht und muss sich nach dem Aufwachen erst einmal sammeln. Nein, dies ist kein Ort, an dem man ihr Organe entnehmen will. Hier arbeitet keine Organ-Mafia. Es ist dieser Ort mit diesen netten Leuten, die sie verpflegen. Wo man den ganzen Tag auf dem Bett liegen und vor sich hinträumen kann. Wo. S. beschließt, jetzt immer bleiben zu wollen.

Aber der Oberarzt weist erst freundlich, und dann immer weniger freundlich, darauf hin, dass das nicht möglich sein wird. Oberarzt und Stationsärztin sprechen immer wieder das gleiche Thema an: S. soll endlich wieder die wichtige Substanz nehmen. S. weigert sich. Die Substanz, das war doch müde sein, graue Welt, zu nichts Lust haben, aber zur Arbeit traben müssen. Wenn man hierbleiben könnte, dann wäre doch alles in Ordnung. Doch schließlich muss S. die Station verlassen, weil man sie einfach in einer Wohngruppe angemeldet hat. Die in einem der schönen Häuser auf dem schönen Gelände um diesen hässlichen Turmbau herum untergebracht ist.

Erst einmal ist es auch dort ganz angenehm. Sie mag die Pflegewesen und die anderen Realitätsgeflohenen. Doch man hört auch hier nicht auf, S. mit viel Nachdruck von der Substanz überzeugen zu wollen. Jedes Gespräch mit den Medizinkundigen dreht sich um dieses Thema. Ein häufig verwendetes Wort ist „Compliance". Compliance soll etwas darüber aussagen, inwieweit der Realitätsgeflohene Bereitschaft zur Mitarbeit erkennen lässt. Diese Bereitschaft beweist er vor allem durch Einnahme der empfohlenen Substanz, die Medikament genannt wird. Mangel an Compliance ist schlecht und wird in der Akte vermerkt.

S. wundert sich darüber, dass man ihr mangelnde Bereitschaft zur Mitarbeit vorwirft, ohne dass ein

Arbeitsvertrag abgeschlossen oder eine geregelte Entlohnung vereinbart worden wären. Man ist doch in einem Krankenhaus, und Kranke müssen doch nicht arbeiten? Diese Klinik würde sie auch niemals tatsächlich einstellen. Verweigert auch die Einstellung sogenannter Genesungsbegleiter. Das sind psychiatrieerfahrene Wesen, die in einer seit einigen Jahren möglichen Ausbildung dafür geschult werden, anderen Wesen mit ähnlicher seelischer Erkrankung wie der eigenen zur Seite zu stehen. Die in verschiedenen Hilfseinrichtungen bereits eingesetzt werden, und in den Reha-Stationen dieses Zentrums sicher ebenfalls gut unterstützen könnten. Wenn sie dürften.

Auch wenn S. sich mit den anderen Wesen in der Wohngruppe gut versteht, werden die nächtlichen Ängste wieder stärker. Es scheint hier weniger sicher zu sein als in der Festung. S. tritt dann doch die Rückkehr in die Realität an und akzeptiert die klinische Substanz zur Beschleunigung des begonnenen Prozesses. Sie hatte angefangen, sich als unbedeutende und wenig geachtete Realitätsgeflohene zu erleben, festgestellt, dass die Behandler an diesem Ort sie nicht als gleichwertig sehen. Die Erkenntnis schließlich, dass sie für das sympathische Pflegewesen, für das sie schwärmerische Gefühle entwickelt hatte, niemals als Partnerwesen in Betracht käme, gibt den letzten Ausschlag: Die Wohngruppe muss verlassen und das richtige Leben wieder angegangen werden.

Mit den Medizinkundigen wird abgesprochen, eine ihrer beiden Halbtagsstellen aufzugeben und künftig nur noch in der Human-Neurobiologie zu arbeiten. Wo ihre Kollegen sich gerade nicht wenig wundern, dass ein Wesen mit ihrer Störung so lange unerkannt unter ihnen wirken konnte. Aber man ist bereit, weiter mit ihr zusammenzuarbeiten und nimmt sie freundlich wieder auf. Außer den Arbeitskollegen trifft sie nun kaum noch andere Wesen, und zur Familie gesellt sie sich nur zu großen Festlichkeiten. Nach diesem Klinikaufenthalt brechen die Kontakte zu den gleichaltrigen Cousinen und den zwei engen Freundinnen ab. Zu Freunden aus der Studienzeit ging schon damals, in der ersten Krise, der Kontakt verloren, und S. nimmt ihn nicht mehr auf.

S. ist froh, im Zustand von Verwirrtheit von Angehörigen der Familie oder des Freundeskreises nicht auf der Station besucht worden zu sein. Es reicht die Erinnerung an zwei Briefe, die sie in dieser Phase an Bekannte geschickt hat. In denen sie mitteilt, dass sie gerade überwacht und verfolgt wird. Der eine Brief war an die alten Freunde in der Hauptstadt gerichtet worden, dem Sufi-Meister und seinem Ehewesen. Er enthielt so einige Vorwürfe, die S. nun ziemlich unangenehm sind. Hatte man sich unwissentlich und unbewusst beschwert über die Inspiration zu einem spirituellen Weg? Der, erst einmal, wortwörtlich in die Irre führte, und erst Jahre später in seiner Bedeutung erfahrbar wird? Vielleicht könnte man sich wieder annähern? Doch der Zugang zu den Mitwesen scheint verstellt. Weil man nicht weiß, was man ihnen sagen soll.

Während der Aufenthalte in den Behandlungszentren entstehen Freundschaften zu anderen Wesen auf Station, die meistens kurz nach Entlassung abbrechen. Doch zwei Freundinnen findet sie, zu denen der Kontakt bestehen bleiben wird und mit denen, manchmal, auch Gespräche möglich sind, in denen sie sich über das Erfahrene austauschen und sich Mut machen. Diese Freundinnen haben wie sie nicht mehr so viel Lust auf Unternehmungen und man trifft sich nicht sehr oft.

An partnerschaftliche Verbindungen mit gegenpolaren Lebenseinheiten wagt S. nicht zu denken. Es scheint aussichtslos und vermessen, sich eine solche Verbindung zu wünschen. Andere Wesen können schnell zu nah kommen, sehr stark in ihr Innenleben hineinwirken, sodass sie komplett unter ihren Einfluss gerät. Es scheint besser, dies zu vermeiden. Alles in der irdischen Welt hat aber zwei Seiten, und diese Sensibilität bedeutet auch die Fähigkeit zur wahrer Hingabe und zum innigen Verschmelzen mit einer anderen Lebenseinheit.

Öffnet sich auch die andere Lebenseinheit für diese Erfahrung, und wird der Gegenpol der stabile Rahmen für das bunte Aquarell, ist das der Beginn einer beglückenden Liebeserfahrung. Verfolgt die andere Lebenseinheit aber selbstsüchtige Motive und benutzt ihren Einfluss auf das Mitwesen zur Täuschung und Manipulation, dann wird diese Sensibilität eine gefährliche Abgrenzungsschwäche, und das sich öffnende Wesen ein Opfer. Das sogar zerstört werden kann.

Ein irdisches Wesen kann im Laufe seines Lebens, mit den Erfahrungen, die es sammelt, erlernen, Täuschungs- und Manipulationsversuche frühzeitig zu erkennen und zu erfühlen. Dafür muss die innere Instanz, die Wahrheit erkennen kann, immer wach bleiben, und ein Vertrauen entwickelt werden, dass die Realität, wie sie sich im Licht der Wahrheit zeigt, bewältigt werden kann. S. wagt sich allerdings gerade nicht an diesen schwierigen Lernprozess heran. Sie rechnet unbewusst damit, dass ein erneuter Versuch, sich zu verbinden, zerstörerisch in ihr Leben eingreifen wird. Es scheint klüger, ihren Lebensschwerpunkt wieder auf das zu bewältigende Maß an Leistung und Schaffen zu legen. Wie ihr auch von ihrem Umfeld geraten wird.

Im Rhythmus von zwei bis drei Jahren aber entflieht sie wieder dem grauen Funktionieren, um sich für einige Zeit in eine Welt zu begeben, in die ihr eigentliches Sehnen nach Ganzheit hineinfließt. Aber auch viel Beunruhigendes, Zerstörerisches, das sich erst einmal nicht in den bewussten Teil ihrer Persönlichkeit eingliedern lässt. Von dieser Welt außerhalb der realen Wirklichkeit geht ein Sog aus, dem man nicht so ohne Weiteres entkommt. Sodass man S. dann schließlich aus dieser anderen Welt heraushelfen muss, wenn sie mit Aktionen, die ihre Mitwesen sehr verstören, unfreiwillig auf ihre unglückliche Lage aufmerksam macht. Die Mitwesen zu sehr zu verstören, bedeutet dann, dass man sich wieder an diesen Ort begeben muss, in die Hände dieser Wesen, die spezialisiert sein sollen für Rückführung in die Realität.

IH Behandler

Während das Stationspersonal fleißig über S. berichtet und dokumentiert, beobachtet S. mit jedem weiteren Klinikaufenthalt immer genauer diese Lebenseinheiten, die sie behandeln, bewerten und reglementieren dürfen. Ihre Verunsicherung ist groß und das Erkennen der Spielregeln, die ein Zurechtfinden in so einem Umfeld ermöglichen, sehr wichtig. Es gilt, möglichst schnell herauszufinden, welcher Behandler Hilfe leisten wird, wenn S. darum bittet, und welcher Behandler genervt, vielleicht sogar beleidigend reagieren wird. Behandler, die sich zum Beispiel ewig Zeit lassen werden, bis das Badezimmer für ihr Morgenbad aufgeschlossen wird. Während man da in seinem Bademantel allen im Weg zu stehen scheint.

S. hat nun einmal eine dünne Haut und versucht zu vermeiden, sich kaltschnäuzige Antworten einzufangen. Das ist aber nicht immer einfach. Die eine Pflegerin bietet einen Badezusatz an, mit Eukalyptusduft: „Der wird ihnen sicher guttun, genießen sie ihr Bad mal richtig schön". S. nimmt den gerne an. Eine andere Pflegerin in der Schicht einige Tage später, wird, auf den Badezusatz angesprochen, S. erklären: „Wir sind hier kein Hotel, und Badezusätze gibt es nicht".

Mit den Pflegewesen hat der Realitätsflüchtige am meisten zu tun, sie begleiten und leiten häufig auch die Morgenrunden. Angenehm ist das Kumpelwesen, das mit Realitätsflüchtigen redet wie mit Freunden und viel aus seinem Privatleben erzählt.

Man muss keine Angst vor ihm haben. Sollte aber nicht zu überrascht sein, wenn ihm Anvertrautes in Besprechungsrunden und schließlich in der Krankenakte landet. Dann gibt es das Pflege-VIP, das sich wie ein Star unter Bewunderern bewegt. Man darf es nicht einfach so für irgendwelche profane Gefälligkeiten heranzuziehen versuchen. Es wird sich sicher nicht dazu hergeben, das Erbrochene einer Zimmernachbarin zu beseitigen. Wie es wortlos, mit hochgezogenen Augenbrauen zu verstehen gibt. Es ist unnahbar, greift aber auch nicht unvermittelt an.

Anders als das humorlose, sehr zackige Pflegewesen. Mit dem kann man nur auskommen, wenn man bereit ist, sich an seinem oder ihrem Kasernenhofton zu gewöhnen. Immerhin fühlt es sich zuständig, jeden Missstand auf Station sofort zu beseitigen, oder zumindest beseitigen zu lassen. Wenn auch nicht ohne harsche Ansprache, falls für den Missstand ein Schuldiger auszumachen ist. Einige dieser militärisch auftretenden Wesen erlebt S. als um einiges aggressiver als die vermeintlich gefährlichen Wesen, die sie betreuen.

Das hochgradig aggressive Pflegewesen scheint ständig kämpfen zu wollen, und zwar besonders gerne mit einem Wesen wie S. Das Provokationen sehr kränkt, sich aber nicht so schnell zu wehren traut. Ein schnippischer Kommentar kann aber manchmal nicht zurückgehalten werden. Was zwar nicht gleich drakonische Maßnahmen nach sich zieht, aber bedeutet, dass man dieses Pflegewesen jetzt wie einen Schatten an sich kleben hat. Man denkt an nichts Böses, während man den Gang zum Aufenthaltsraum entlangschlendert, und da kommt es aus dem Nichts geschnellt und bellt los.

Es ist wie bei diesen Spaziergängen in den kleinen Gärten an ihrer Wohnung, wo sie gerne, den schönen Sommertag genießend, die schmalen Wege entlangspaziert. Und nicht selten plötzlich direkt neben ihr eine wütende Dogge[34] loskläfft. Nur, dass es hier keine Hecke mit Zaun gibt. Dauernd scheint dieses Wesen ihr sagen zu wollen: „Du bist hier gar nichts, kapiert!" S. hat auch Vorgesetzte gehabt, die sich ähnlich verhielten. Sie registriert, das Pflegewesen unter Realitätsflüchtigen kann sich das Gebaren eines cholerischen Konzernchefs[35] erlauben.

Kommt ein ebenfalls hochgradiger aggressiver, männlicher Neuzugang, ist dieses Pflegewesen oft nicht zu sehen. Nur wenige legen es darauf an, einen noch nicht mit klinischer Substanz beruhigten Neuzugang zu provozieren. Aber einige tun es tatsächlich. Wenn der Neuzugang dann angemessen reagiert, droht ihm gleich zu Anfang seines Aufenthaltes eine Fixierung. Was bedeutet, dass er auf ein Bett gebunden wird und eine klinische Substanz injiziert bekommt. Dies weiß S. allerdings nur vom Hörensagen. Da ist am Abend zuvor ein neuer Patient auf Station gekommen, es hat einigen Lärm gegeben, und jetzt ist er verschwunden in einem Zimmer, das niemand betreten darf.

S. hat während der mehreren mehrmonatigen Aufenthalte in dem Behandlungszentrum nie mit eigenen Augen gesehen, dass ein Patient einen Behandler angegriffen hätte, auch nicht auf der geschlossenen Station. Wüste Beschimpfungen und auch Beleidigungen, vor allem weiblicher Pflegewesen, gab es öfter. Bedrohungen oder Tätlichkeiten nur unter Patienten. Wenn zum Beispiel mehrere verängstigte, misstrauische Wesen sich ein Zimmer teilen müssen, wie es die Regel ist, oder aber alle dünnhäutigen Wesen gleichzeitig zusammentreffen im kleinen Speiseraum, um dort dicht gedrängt die Mahlzeiten einzunehmen. Ein Rückzug aufs Zimmer nicht erlaubt ist, auch nicht mit nur einem belegten Brötchen. Und so kommt es schon mal zu Streit, wirft zum Beispiel eine Patientin mit Essen um sich, weil sie Abstand braucht.

Das aggressive Pflegewesen hat zu diesem Zeitpunkt den Speiseraum für seine Raucherpause verlassen. Vorher aber war es zu Höchstform aufgelaufen, als es darüber zu wachen galt, dass kein Patient vorzeitig diesen Raum betritt. Dort ist nämlich um 12:00 Uhr Einlass zum Mittagessen, und keine Minute früher, nicht etwa um 11:57 Uhr, kann man sich doch merken, oder, und hat man schon mal die Uhr gesehen, die da groß und breit an der Wand hängt? S. hat nur einmal versucht, etwas früher in den Speiseraum zu gelangen, und niemals wieder. Jetzt wartet sie brav mit der übrigen hungrigen Meute vor der Glastür und wundert sich über diesen Realitätsflüchtigen, der es Tag für Tag erneut versucht, etwas früher hineinzurutschen. Was ihm niemals gelingen wird und ihm jedesmal eine kalte Dusche beschert.

Diese Meute zu verpflegen, ihr Essen vorzubereiten, ist diesem Pflegewesen wohl im Grunde zutiefst zuwider. Am liebsten würde man die Tür niemals öffnen. Aber es geht nicht anders, irgendwann muss die Unterwelt in den Speiseraum gelassen werden. Jetzt kann ein gemütliches Beisammensein noch ein bisschen gestört werden, mit Kommentaren wie: „Für Euch könnte man auch eine Dose aufmachen." Bevor man dann eben in die verdiente Pause verschwindet und einen unorganisierten Haufen zusehen lässt, wie er klarkommt.

Die Ärzte trifft man an einem Vormittag in der Woche, an dem die Realitätsflüchtigen nacheinander zur Sprechstunde zu erscheinen haben. Die Unterredung dauert dann selten länger als 15 Minuten, und das reicht S. auch. Es gibt noch ein oder zwei persönliche Gespräche in der Woche mit dem zuständigen Medizinkundigen, die länger dauern und anstrengend sind. Diese Behandler haben selten so ein aufgeladenes, forsches Auftreten, wirken in der Regel gelassener. Haben aber auch eigentlich nur eine Mission: Den Realitätsflüchtigen von der Notwendigkeit der Einnahme der für ihn vorgesehenen klinischen Substanz zu überzeugen und die Dosis festzulegen.

Diese Dosis scheint grundsätzlich etwas höher zu liegen, als der Realitätsflüchtige freiwillig zu nehmen bereit ist. Sie wird in der Krankenakte dokumentiert, und das Pflegewesen muss dann durchsetzen, dass die Substanz vom Realitätsflüchtigen genommen wird. Oder sie ihm auch injizieren. Ob nötig oder nicht, geht dem Pfleger oder der Pflegerin dabei nichts an. Das ist sicher die undankbarere Aufgabe. Es gibt Regelwerke zur Organisation so einer Station, denen man zum Beispiel entnehmen kann, wann eine Zwangsbehandlung gerechtfertigt ist. Wozu auch der Zwang zur Einnahme oder Injektion der klinischen Substanz gehört. Der eigentlich fast nie sein darf, aber fast immer angedroht wird, wenn ein Realitätsflüchtiger die Einnahme oder Injektion nicht sofort akzeptiert. Eine hartnäckige Weigerung bringt das Pflegewesen in eine Stresssituation. Es muss den ihm vorgesetzten Medizinkundigen nachweisen, dass den ärztlichen Anordnungen Folge geleistet wurde.

Ärzte müssen also in der Regel nicht so drohend auftreten, verstehen es aber auch, auf subtile Art und Weise, mit spöttischem Grinsen und kleinen Sticheleien, S. zu ärgern. Wenn sie denn dieses Arztwesen sind, das bestimmte Patienten, oder eben Patientinnen, gerne etwas provoziert. S. versteht, man darf das, und sie nicht. Sie kann sich sehr aufregen, wenn sie sich unfair behandelt fühlt, und musste erfahren, man kann dann sehr schnell ein Mittel namens Tavor verordnet bekommen. Das beruhigen soll, aber leider auch süchtig macht.

S. kennt inzwischen mehrere tavorabhängige Wesen, die diese Droge jahrelang verschrieben bekommen haben. Und dann, nachdem sie überzeugt waren, ohne dieses Mittel nicht mehr leben zu können, es plötzlich absetzen sollten. Da nun auf einmal überrascht festgestellt wurde, dass das Wesen eine Sucht entwickelt hatte. Womit sich dann auch ein neues Behandlungsfeld ergeben hat. Zweimal hat S. miterlebt, wie ein verzweifeltes Wesen durch Selbstmorddrohungen versuchte, die Droge, die ihm ja immerhin einmal als Medikament verordnet wurde, wieder einzufordern, aber ohne Erfolg. S. fürchtet dieses Mittel deshalb sehr. Es war ein Fehler, es die Behandler wissen zu lassen.

Klinikbehandler müssen heute vor allem motiviert sein, ein anderes Wesen zu etwas zu bringen, was es nicht will. Denn sehr häufig will es die klinische Substanz nicht, oder zumindest nicht in sehr hoher Dosis. Die Kombination männlicher Behandler und weibliche Behandelte ist deshalb die energetischste bei diesem immer wieder gleichen Spiel. Das mit einer scheinbaren Erkundigung beginnt und immer damit endet, dass mehr klinische Substanz verordnet wird.

Das Eingeständnis einer gedrückten Gemütslage ist dabei die direkte Einladung zur Erhöhung der Medikation. Bei sichtlicher Genugtuung der Behandler, so leicht ein Leidbekunden abdecken zu können, und ebenso sichtlicher Enttäuschung des Behandelten. Der sich nach der eingangs warm und besorgt gestellten Frage nach seinem Befinden Hoffnung auf weitergehendes Interesse und echtes Mitgefühl gemacht hatte. Ablehnung der Erhöhung von Substanz stellt dann sein Leidempfinden in Frage. „Aber Sie sagten doch, es geht Ihnen schlecht? Möchten Sie denn nicht, dass es Ihnen besser geht?" Wer den Drang, sein Leidempfinden mitzuteilen, nicht beherrschen lernt, tappt immer wieder in diese Falle.

Möglichst wenig sagen, auf keinen Fall eine schwierige Gemütslage eingestehen, und sich nicht aufregen. Das scheint die einzige Strategie zu sein, unbeschadet durch ein Gespräch mit dem zuständigen Medizinkundigen zu kommen. Dem man nicht ausweichen kann. Der S. Gegenstrategie schon kennt und in dem Gespräch heute auf Fragen nach dem Befinden verzichtet. Aber natürlich schon einen neuen Plan vorbereitet hat, um S. einzuzingeln.

„Frau R., wir haben Sie schon den ganzen Tag gesucht, wo waren Sie denn?"
„Ich war in meiner Wohnung." (Die haben mich gesucht? Oh Schreck. Hoffentlich verbieten die mir jetzt nicht, die Station zu verlassen.)
„Und was haben Sie da gemacht?"
(Geht Sie nichts an.) „Gar nichts, nur auf dem Bett gelegen."
„Nehmen Sie eigentlich an den Therapien auf Station teil?"
(Fast gar nicht. Keine Lust. Muss man das?) „Ja".
„Welche?"
„Bewegungstherapie, manchmal."
„Wann?"
„Gestern." (Stimmt sogar.)
„Und davor?"
„Ein, zwei Mal war ich da." (In den letzten sechs Wochen. Wissen Sie ja sowieso.)
„Und die Ergotherapie?"
„Ist ausgefallen." (Schade sogar, ich mag die Frau M.)
„Ausgefallen? Die ganze Woche?"
„Nein, aber gestern." (Jetzt muss ich da wohl immer hin. Naja, da spielen und da basteln wir, ist nicht so schlecht da.)

„Frau R., es ist wichtig, dass Sie sich mehr einbringen. Ich glaube, dass Sie mehr Medikamente brauchen."
(Überraschung. Hatte schon gedacht, er vergisst das heute.) „Möchte ich aber nicht."
„Ich habe das aber bereits mit dem Oberarzt besprochen, und der sieht das genauso."
(Blöder Kerl, interessiert mich nicht, schluck' den Kram doch selber.) „Ich möchte nicht mehr Medikamente nehmen."
„Warum nicht?"
„Mir geht es gut." (Im Prinzip, nur jetzt gerade nicht, wo ich hier sitze, schlechte Schwingung.)
„Frau R., wir müssen uns noch mal mit dem Oberarzt zusammensetzen und über die Medikamente sprechen. Am besten gleich morgen.
„Meinetwegen." (Morgen bin ich wieder in meiner Wohnung.)
Man findet S. später in der Ergotherapie, wo man sie dann herausholt, sodass es zu dem Gespräch dann doch kommt.

Die weiblichen Wesen, die Pflegerinnen wie Ärztinnen, sind mit ihren Eigenarten nicht so deutlich ausgeprägt erkennbar wie die männlichen Behandler. Es handelt sich bei ihnen meistens ebenfalls um sehr zackige, ordnungsbesessene Wesen. Wobei die Ärztinnen etwas distanzierter sind als die Pflegerinnen. Es gibt das weibliche Kumpelwesen aber auch, S. mag es sehr, und es gibt auch die freundlichen, einfühlsamen Behandlerinnen. Aber nicht sehr viele, und mit der Zeit immer weniger. S. vermutet, dass deren Überlebenschance auf so einer Station wohl eher gering ist.

S. erinnert sich an eine angenehme Person mit sanfter Ausstrahlung, die ihr sehr gut getan hat. Die allerdings oft traurig am Fenster des Aufenthaltsraums stand und sich nach draußen zu sehnen schien. Ob sie sich an ihrem Arbeitsplatz nicht wohl fühlte, kann S. so genau nicht wissen, aber sie vermutet es. Und sie vermutet auch, dass es eher an den zackigen Kollegen, als an den schlurigen Realitätsflüchtigen lag.

Der Ton auf Station ist also häufig nicht angenehm. Patienten zu ignorieren oder unfreundlich abzufertigen wohl manchmal der einzige Weg, nicht überrannt zu werden von dieser großen Menge Wesen mit unterschiedlichsten Hilfewünschen und – forderungen. Sich aufzuregen über eine schlechte Behandlung ist dann auch ziemlich sinnlos und bewirkt genau das Gegenteil des Erwünschten. Behandler, die sich etwas Zeit für ein paar persönliche, nette Worte nehmen und den Realitätsflüchtigen helfen, sich ein bisschen wohler zu fühlen sind für S. sehr wichtig. Man kann diese Zuwendung aber nicht einfordern. Wenn man sie bekommt, ist es ein Geschenk. Therapeuten, die zum Beispiel Musik, Kunst- oder Bewegungstherapie anbieten, erlebt S. oft als angenehme Wesen.

Insgesamt können diese Behandlungszentren nicht als ein Raum frei von Konflikten beschrieben werden. Das Leben mit all seinen unterschiedlichen Facetten, den angenehmen und schwierigen Begegnungen, spielt sich auch hier ab. Eher sogar noch intensiver, und man kann nicht ausweichen. Gut, man ist nicht allein, und beruhigende, dämpfende Mittel sind ausreichend vorhanden. Aber niemand kann dem seelisch Verletzen einen sicheren Schutzraum garantieren. Weshalb S. irgendwann beschließt, diesen Schutzraum selber zu erschaffen.

Dafür schafft sie einen Raum in ihrem Inneren, den sie sich frei von Gefahren vorstellt, in dem sie völlige Akzeptanz erfährt. Dort kann sie Kraftwesen wie mir begegnen. Sie kann alles mitteilen, was zu ihr und ihrem Leben gehört, ohne dass eine Bewertung erfolgt. Wahre Kraftwesen interessieren sich nicht für Schuldzuweisung, während sie ein Auffinden von Lösungen aus schwierigen Lebenslagen unterstützen. S. stellt fest, Kraftwesen wollen sie zu nichts verleiten und von nichts überzeugen. Sie sind einfach nur da, beleuchten, machen verständlich. Manche Erdwesen würden den Austausch mit einer solchen Kraft als Gebet bezeichnen. Oder die bewertungsfreie Betrachtung innerer Vorgänge Meditation nennen.

S. wird mit der Zeit erkennen, dass Wesen, die ihr Vorwürfe machen oder sie unter Druck setzen, keine Kraftwesen sein können. Ihre Unterscheidungsfähigkeit und ihre innere Unabhängigkeit nehmen zu, langsam. Aber wir sind nicht in Eile. Es ist nicht schlimm, dass es noch etwas dauern wird, bis S. das, was so langsam in ihr Herz fließt, bewusst wahrnehmen und auch zum Wohle anderer einbringen kann.

10 Kompensation

Von einem Erdbewohner wird erwartet, dass er ungefähr 40 Stunden in der Woche arbeitet. Wenn er nun wie S. nur noch einen halben Tag arbeiten kann, also nur 20 Stunden, und ihm niemand sagt, dass ein Amt an seinem Wohnort ihm sein Gehalt aufstocken würde, wenn er dies beantragt, dann wird die geringe Entlohnung als sehr schwierig erlebt. Ganz besonders dann, wenn sich die Tätigkeit als recht freudlos und unerfüllend herausstellt, und man sich öfter mit etwas Hübschen aufmuntern möchte aus dem vielfältigen Angebot dessen, was den irdischen Lebenseinheiten so angeboten wird.

S. mag sich immer noch sehr gerne mit schöner Kleidung und schönen Wohngegenständen beschenken, auch wenn sie sich nicht mehr zutraut, das Interesse einer gegenpolaren Lebenseinheit zu wecken. Weil sie eben so sehr fürchtet, ein ansprechendes männliches Wesen würde die an ihr diagnostizierte Störung niemals akzeptieren. Oder aber eine Störung schnell wieder auslösen durch verletzendes Verhalten. Das geht nicht nur S. so, mit ihrem ärztlich bekundeten seelischen Leiden.

Sehr viele Erdbewohner, männlich und weiblich, entwickeln schon früh ein großes Misstrauen gegenüber anderen Lebenseinheiten. Ich habe mich schon geäußert, wie es entsteht, und wer dieses Misstrauen gerne immer noch mehr verstärken würde. Ohne, dass ich mich schon wieder über sie auslassen möchte, da es sicher ganz in ihrem Sinne wäre, zur zentralen Figur in diesem Bericht zu werden. Die Erdbewohner haben es nicht leicht, wenn das Leben sie fordert, herauszufinden, was ihnen hilft und was ihnen schadet. Was eine Zeitlang gut und hilfreich war, ist es plötzlich nicht mehr oder bricht weg.

Eine Tätigkeit kann lange wertvoll und erfüllend gewesen sein, aber dann zu belastend werden. Doch gerade in S. Kultur mag man diese Tätigkeit so leicht nicht aufgeben. Bringt den Wert der eigenen Persönlichkeit sehr stark in Verbindung mit der Fähigkeit, eine bestimmte Tätigkeit auszuüben. Der emotionale Bereich, Gefühle für ein anderes Wesen, werden als ein besonders unberechenbares Terrain erlebt. Materielle Dinge, Reichtum, scheinen ein verlässlicherer Glücksgarant zu sein. Dafür müssen Geldmittel natürlich gut angelegt und vor anderen gesichert sein. Das einzige Problem, dass sich dabei nicht ausräumen lässt, ist das Wissen über den eigenen Tod und einer Erbengemeinschaft in Lauerposition.

Auch ein Vorleben von Perfektion soll die Mitwesen zu Anerkennung zwingen. Von tatsächlicher Liebe und bedingungsloser Annahme des eigenen Selbst entfernt man sich dabei immer weiter. Das Ergebnis von materiellem Reichtum und vermeintlicher Perfektion ist nicht Liebe, sondern Neid, und innerlich kann man leer bleiben in einem Haus voll mit edlen Gegenständen. Substanzen, die den Einsamkeitsschmerz narkotisieren, kommen dann häufig zum Einsatz. Narkotisierende oder berauschende Mittel werden dem Erdwesen angepriesen, manche nur unter der Hand, andere ganz offen auch in kurzen Bildfolgen in den Empfangsapparaturen. Dazu hatte ich schon einiges erläutert, als ich mich mit der Bedeutung und Verknüpfung von Werbung und Psychologie auf diesem Planeten beschäftigt habe.

Bilder werden also in die Wohnungen von Erdbewohnern geschickt, in denen der Erdbewohner informiert werden soll, welche Produkte namenhafter Unternehmen ihn glücklich machen werden, und auch Rauschmittel sind dabei. Der Erdbewohner bekommt dazu unterhaltsame Geschichten, genannt Spielfilme, geboten, damit er sich vor diesem Apparat platziert und sich, wenn er nicht rechtzeitig bei Unterbrechung der Bildgeschichte von seinem Sitzmöbel aufsteht, auch die Bilder mit den Produkten der Unternehmen anschaut.

Wie groß die Macht dieser Bilder ist, die direkt vom Unterbewussten des menschlichen Wesens aufgesogen werden, scheint nur wenigen Erdbewohnern bewusst zu sein. Weil manche Erdwesen bei Unterbrechung der Bildgeschichte aber tatsächlich aufstehen und weggehen, werden die Produkte auch in die Geschichten mit eingebunden. Tauchen hier und da immer mal wieder auf. Die Flüssigsubstanz wird ausgiebig in fast jeder dieser Bilderfolgen konsumiert, und die Darsteller zeigen die vergnügliche Seite dieses Genusses.

Das abgestürzte Suchtopfer ist nur selten Mittelpunkt einer solchen Geschichte. Eine Auseinandersetzung mit seiner Geschichte wird selten zu den beliebten Sendezeiten gezeigt - also den Zeiten, zu denen sich besonders viele Erdbewohner vor den

Apparaturen versammeln. In einem Vorabendkrimi[36] darf es vielleicht einmal kurz als Leiche in Erscheinung treten, dessen Versterben, nach einer knappen Information über sein Vorleben, nicht sonderlich bedauernswert erscheint. Es gibt wohl auch recht anspruchsvolles Bild- und Tonwerk. Allgemein aber lässt sich feststellen, dass ein Erdbewohner eine Unterhaltung schätzt, die ihn nicht mit Wesen konfrontiert, die sich entwickeln und sich damit unerwartet verändern können. Spätestens zum Ende der Geschichte möchte er gerne genau wissen, wer gut und wer böse ist.

Es ist wohl so, dass Veränderungen in der Vorstellung der Erdbewohner nichts Gutes bringen oder einfach zu schwer zu erreichen sind. Möglichst lange vermieden werden, bis eine Lebenssituation schließlich unerträglich geworden ist. Fällt das Erdwesen aus dem Raster der Leistungsstarken, Tadellosen, Problemfreien, nimmt es also wahr, dass es nicht mehr einfach so dazugehört, schubst es das Leben in eine neue Richtung. Könnten die Erdwesen sich mehr Entwicklungsraum zugestehen, anstatt bereits das heranwachsende Erdwesen in starre Formen zu pressen, dann müssten diese Entwicklungsprozesse nicht so unsanft beginnen, nicht so viel Leid bedeuten.

Verbieten kann man die narkotisierenden Mittel nicht, sie erfüllen natürlich auch einen Zweck. Allerdings ist das andere Extrem zu beobachten, nämlich, dass diese Mittel dem Erdwesen regelrecht aufgedrängt werden. Manche Wesen, die sich aus einer schweren Sucht und dem ganzen damit verbundene Elend herausgearbeitet haben, verschanzen sich dann auch in ihren Wohnstätten und meiden Geselligkeit. Die selten ohne ein oder mehrere Suchtmittel stattfindet. Doch auch in seiner Wohnstätte ist das Erdwesen vor Anlockungen verschiedenster Art nicht sicher.

In seinem Briefkasten und in seinem Mailaccount, einem Postfach, das mittlerweile fast alle Schreib- und Ordnungsapparaturen aufweisen, erreichen den Erdbewohner stimulierende Bilder. Und womöglich die einzigen netten Briefe die er überhaupt bekommt. Unternehmen, deren Mitarbeitern er völlig unbekannt ist, schreiben ihm Dinge wie: „Extra für Sie" oder „Sie wurden ausgewählt" oder „Sie sind es uns wert". Es ist schon ein recht erhebendes Gefühl für ein Erdwesen, in ein etwas exklusiveres Geschäft zu gehen, in dem die Verkaufswesen am Umsatz beteiligt sind, und dort mit ausgesuchter Höflichkeit bedient zu werden. Auch eine Probefahrt mit einem exklusiven Auto kann ein solch erhebendes Erlebnis sein. Die Erdbewohner können, wenn es sich auszahlt, sehr vorbildliche Umgangsformen entwickeln.

Manche lügen auch, dass sich die Balken biegen. Wenn das für den hohen Umsatz eines Unternehmens geschieht, wird es als kluge Verkaufsstrategie akzeptiert und löst keine Empörung aus. S. bekommt regelmäßig Post von einem Fernlehrinstitut, in dem ihr mitgeteilt wird, dass sie ein Stipendium erhalten hat, da sie sich als besonders geeignete Person für einen Studiengang dieses Instituts erwiesen hat. Nur ihr jetzt ein stark reduzierter Preis angeboten wird. Welchen Studiengang S. wählt, ist dabei egal.

S. fragt sich dann immer, welches Ansehen dieses Institut in der Arbeitswelt haben muss, wenn es sich so offensichtlich an die Dummheit möglicher Bildungsinteressierter wendet. Man kann darauf doch nicht antworten? Die Mitarbeiter dieses Instituts vor Augen, wie sie frohlocken, dass S. ihnen die Masche mit dem Hochbegabtenstipendium abgenommen hat? Müsste das Institut Anmeldungen nicht eigentlich zurückschicken mit den Worten: Wir müssen uns korrigieren, so schlau wie wir dachten, sind Sie doch nicht?

In einer psychotischen Krise könnten diese Formulierungen aber auch bei S. etwas auslösen, da es ein Merkmal einer solchen Krise sein kann, alles auf sich zu beziehen. Selbst die Darbietungen aus der Bild- und Tonempfangsapparatur. Jahrelang hat man sich die Folgen von Bildern zur Unterhaltung angeschaut, wie alle, und plötzlich glaubt man, persönlich angesprochen zu werden und geheime Informationen zu empfangen. Wenn man dann in dieser Art Krise tatsächlich von einem Wesen angesprochen wird, das geschult wurde, andere Wesen in Gespräche zu verwickeln, um ihnen am Ende etwas verkauft zu haben, ist eine Abschirmfunktion kaum vorhanden.

S. wird im Laufe ihrer Krisengeschichte auch einmal in einer betreuten WG wohnen, eine Wohngemeinschaft speziell eingerichtet für Wesen, die gelegentlich Realitätsverlust erfahren. Ein Mitwohnwesen in dieser Gemeinschaft treibt dann einmal die Telefonkosten in horrende Höhen, nachdem sie eine in der Bild- und Tonempfangsapparatur eingeblendete Nummer angerufen hatte, dort als Gewinnerin eines Preises begrüßt, in der Leitung gehalten und immer weiter verbunden wurde.

Von zwei anderen Realitätsverweigerern, die S. auf Station begegnet sind, hatte sie erfahren, man bekäme demnächst einen großen Geldgewinn ausgezahlt. Das hätte man schriftlich. Der Eine hatte leider auch seinen Nachbarn verhauen, der ihm seinen Millionengewinn unterschlagen hatte und es bis heute nicht zugibt. Vermutlich war da auch so ein Schreiben im Spiel.

Hier ist die Selbsttäuschung offensichtlich. Es geschehen aber viele Verletzungen und Übergrifflichkeiten auch unter vermeintlich Gesunden, aus dem Grund, dass ein Wesen einen bestimmten Anspruch zu haben glaubt, den ihm ein anderes Wesen ungerechtfertigterweise verweigert. Die Vorstellungen von dem Leben, das es haben müsste, leitet das Erdwesen da schon mal ab aus Bildern und Geschichten aus der Bild- und Tonempfangsapparatur.

Wenn ein Erdbewohner sich überzeugen lassen hat, dass ein bestimmtes Produkt ihn glücklich machen würde, er aber nicht über ausreichend Kaufmittel für dieses Produkt verfügt, entsteht eine tiefe Unzufriedenheit. Und damit eine Anfälligkeit für unehrliche Machenschaften, die ihm die Möglichkeit verschaffen sollen, an die Geldmittel für die unverzichtbare Anschaffung zu gelangen. Manchmal unternimmt er es dann auch, sich des Produktes ohne

Entrichtung eines Kaufmittels zu bemächtigen. Dies ist dann häufig der Beginn tatsächlichen Unglücks.

Es wird wohl nicht so sein, dass sich ein Bildungsinstitut speziell an eine Masse leicht manipulierbarer Realitätsflüchtiger wendet - es kann da schließlich auch passieren, dass ein sogenannter rechtlicher Betreuer, der auf das Wesen aufpasst, den Kauf rückgängig macht und das Unternehmen zwingt, die Kaufmittel zurückzuerstatten. Im Grunde ist es so einem Unternehmen aber egal, wem Geldmittel aus der Tasche gezogen werden. Es wird sein Bestes tun, das Erdwesen zu überzeugen, seine Leere mit einem von ihm angebotenen Produkt füllen zu können.

So einen Bildungsgang braucht nun auch nicht jeder, aber auch die tatsächlich notwendige Nahrung, die ein menschliches Wesen zur Erhaltung seines Stoffkörpers aufnehmen muss, wird beworben. Damit die irdischen Lebenseinheiten das essen, was sie essen sollen, und nicht das, was sie brauchen. Manche Nahrungsmittel kann man eigentlich nicht so nennen, weil sie kaum Nährstoffe enthalten. Sogar Stoffe enthalten, die dem Körper des Erdwesens schaden. Wie dieses Süßstoff-Colagetränk, das S. sich immer kauft.

Die Erdbewohner würden schädliche Stoffe vielleicht nicht freiwillig essen, aber wenn Werbebilder ihnen glückliche Wesen zeigen, die diese Produkte genießen, dann tun sie es doch. Es müssen immer wieder neue Nahrungsmittel erfunden werden, viele Lebenseinheiten lieben Abwechslung und hoffen, dass etwas Neues ihrem Leben mehr Farbe gibt.

Meistens ist nur die Verpackung eines Produktes wirklich neu, aber S. ist dann sehr leicht zu gewinnen für so etwas neu Verpacktes. Ihr wird schnell langweilig.

Andere Erdbewohner essen aber auch nur das, was sie von Kind an kennen und interessieren sich vor allem für den Preis eines Nahrungsmittels. Der muss beim Nahrungsmittel, anders als beim Auto, immer ganz besonders niedrig sein. Dabei ist dies doch ein Stoff, der direkt in den Körper des Erdwesens gelangt. Die wichtigste Industrie der Menschheit, die Landwirtschaft, hat als Folge auch die größten Existenzschwierigkeiten und erzielt niedrige Einnahmen in der Bewirtschaftung von Feldern und der Zucht und Mast von Tieren[37].

Über die Bedeutung des Tieres gehen die Auffassungen der menschlichen Erdwesen stark auseinander. Mehrheitlich sehen die Erdbewohner ihre Bestimmung in der Ernährung der Menschheit. Manche Erdbewohner freunden sich mit bestimmten Tieren an, die dann auch Familienmitglieder werden können. Während andere Tierwesen weiter dem Ernährungszweck dienen, ihren Lebensbedingungen kein großes Interesse entgegengebracht wird. Manches Erdwesen verzehrt das Tierwesen zwar, legt aber Wert auf vorherige artgerechte Haltung. Die dem Tier als ein Grundrecht zugestanden wird, oder aber auch für die Gesundheit des menschlichen Wesens als von Wichtigkeit erkannt wird. Wieder andere Erdwesen lehnen die Tötung des Tierwesens prinzipiell ab, und manchmal auch die Nutzung seiner Produkte, da sie sich nicht an Ausbeutung unterlegener Wesen beteiligen wollen.

Dann gibt es auch eine religiöse Strömung, in der Tiere sogar als Gottheiten verehrt werden und nicht verzehrt werden, weil sie heilig sind. Darauf stößt S. in einem gedruckten Werk mit der Lebensgeschichte eines Mahatma Gandhi, die sie ganz enorm beeindruckt. Tatsächlich war dieses Wesen ein sehr außergewöhnlicher Erdbewohner, dem es gelang, mit sehr viel machtvollem Einfluss in der politischen Welt tätig zu sein und dabei sein Leben konsequent hohen spirituellen Prinzipien zu unterstellen. Was für ihn bedeutete, Gewalt abzulehnen und sich keine Privilegien in der Lebensführung zuzugestehen. Ihm gelang mit dem früchtebringenden Zusammenfließen dieser beiden Lebensfelder etwas, was für irdische Wesen eigentlich kaum schaffbar ist. Große Achtung möchte ich an dieser Stelle auch einmal ausdrücken für das hier beteiligte Lichtwesen.

S. versucht eine Zeitlang, der bescheidenen Lebenshaltung des Mahatma nachzueifern. Wenig brauchen bedeutet schließlich, weniger abhängig sein, weniger Leistungsdruck akzeptieren zu müssen. Allerdings kann man Bedürfnisse nicht einfach so an den Nagel hängen. Und sicher tut es der Naturseele des Erdwesens auch einfach gut, sich hin und wieder mit etwas Hübschen oder Praktischem zu beschenken. S. meint jedenfalls auch erfahren zu haben, dass heftige Magen- oder Kopfschmerzen in einem Prozess der Auswahl und des Erwerbs von Fussbekleidung schon mal einfach so verschwunden sind. Wir müssen uns da also erst einmal mit kleinen Schritten zufrieden geben.

In der Kultur von S. demonstriert man lieber Wohlstand als Bescheidenheit. Auch deshalb möchten viele der Erdwesen zum Beispiel möglichst jeden Tag tierische Niedrigstschwingung aufnehmen. Ihrem Stoffkörper schaden sie damit aber sehr. Manchmal ist es schon schwer, die Erdbewohner zu verstehen. Vieles, was sie tun, überdenken sie nicht sehr. Wenn sie auch immer noch ein kleines ungutes Gefühl haben bei selbstschädigendem Verhalten. Sie sprechen dann von der „Macht der Gewohnheit". Es scheint sich bei der Gewohnheit tatsächlich um eine Macht zu handeln, die dunklen, dämonischen Kräften zugeordnet werden muss, da die menschlichen Lebenseinheiten bereit sind, sich ihr zu unterwerfen.

K Vergleich

Sehr schwierig kann sich das Leben gestalten mit einem Bedürfnis- und Schmerzkörper, oft nur zu bewältigen mit betäubenden Mitteln, von denen - wie auch denen, die es bereitstellen - schnell ein Herrschaftsanspruch ausgehen kann. Dennoch fürchten viele Erdwesen den Zeitpunkt sehr, an dem sie ihre Stoffkörper, und damit auch ihre körperlichen Schmerzen, zurücklassen müssen. Die meisten Erdwesen entscheiden sich auch unter großer Last und in großen Nöten, ihr Leben weiterzuführen. Ein nicht so leicht erlöschender Lebensfunken in ihnen teilt ihnen mit, dass noch Erfahrungen von Bedeutungen anstehen, solange ihre Stoffkörper nicht aus dem irdischen Dasein abberufen wurden.

Manchmal aber entscheidet sich ein Wesen, vorzeitig den Planeten zu verlassen. Nicht so wirklich freiwillig, wie es scheint, denn vor einer solchen Entscheidung steht eine Zeit der Qual und verlorenen Hoffnung. S erinnert sich an A., die in einem sehr großen, vornehmen Haus, einer sogenannten Villa lebte. In einem Stadtteil des Wohnortes von S., in dem fast nur solch erhabene Häuser stehen und die Wesen viele Geldmittel besitzen. A. und S. begegnen sich auf einer Station des Behandlungszentrums. Sie freunden sich an in einer Phase, in der sich beide sehr stark außerhalb der materiellen Realität befinden, die Station aber verlassen dürfen. S. besucht A. in ihrem Zuhause, man kocht gemeinsam und entspannt sich anschließend im Wohnzimmer. Ohne viel miteinander zu reden. Denn keines der beiden Wesen ist ja so wirklich da.

Ein bisschen erfährt S. dann doch über das andere Wesen. A. mag Musik und hatte auch mal Musik studiert. Das Radio muss immer an sein. Sie lebt mit ihrer Mutter in diesem Haus, der S. aber nie begegnet. A. lallt ziemlich. Wegen der Tabletten, die sie einnehmen muss, erklärt sie S. Einmal ist sie sehr wütend, weil ein Taxifahrer sie belästigt hatte, er hatte sie wohl für betrunken gehalten. Das passiert ihr öfter, bemerkt sie. Diese herrschaftlichen, hellen Räume, in denen S. und A. sich gelegentlich aufhalten, erlebt S. als einen seltsamen, unwirklichen Kontrast zur Klinikstation. Schließlich werden die Beiden von Station entlassen und verlieren sich aus den Augen.

S. fährt noch jeden Tag in das Behandlungszentrum, wo sie in einer Arbeitstherapie wieder an eine Berufstätigkeit herangeführt werden soll. Inzwischen hatte sie auch kurze Phasen der Beschäftigungslosigkeit erlebt. Lebt jetzt in einer 1-Zimmer-Wohnstätte über einer Bäckerei. In der Maschinen nachts um vier an zu arbeiten fangen, die sich genau unter dem Bett von S. zu befinden scheinen. Eigentlich ist es nicht schlimm, nur eine kleine Wohnung zu haben, dachte sich S. Sie möchte schließlich lernen, bescheiden zu leben. Doch wenig Geldmittel zu besitzen, bedeutet jetzt ganz konkret, nachts keine Ruhe zu finden. Das ist zermürbend.

Einmal kommt dann ein Brief von A. Es ginge ihr gut, man könnte sich doch mal wieder treffen. A.s Welt erscheint in der Erinnerung wie ein bizarrer Traum, fühlt sich so fern an. S. beschließt, den Brief später einmal zu beantworten, nach der Arbeitstherapie. Dazu kommt es nicht mehr, denn sie erfährt wenige Wochen später, dass A. sich entschieden hat, aus dem Leben zu scheiden. S. möchte jetzt unbedingt zu dem Zeremoniell, zu dem sich die Angehörigen eines Wesens versammeln, um Abschied von dem Wesen zu nehmen, das den Planeten verlassen hat. Sie hat einen Brief verfasst, den sie A. mitgeben möchte. Die Familie wünscht allerdings keine Außenstehenden bei der Verabschiedung, und Ort und Termin werden S. nicht mitgeteilt.

Während in anderen Kliniken die Wesen um ihr Überleben kämpfen und viele aufwendige und schmerzhafte Eingriffe dafür akzeptieren, ist es bei Wesen, die in dieser Form Behandlungszentrum versorgt werden, keine Seltenheit, frühzeitig aus dem Leben scheiden zu wollen. Ein solcher Wunsch kann auch der Grund sein, in so ein Zentrum eingeliefert zu werden. Wo man dann an diesem Vorhaben gehindert werden soll, unter genauer Beobachtung und mit der üblichen tadelnden Strenge.

S. kann sich eine schönere Umgebung und angenehmere Formen des Austauschs vorstellen, um die Lebensgeister eines Wesens wieder zu erwecken. Immerhin kann man wohl aber sagen, alle werden dort gleich behandelt. S. hat nicht vor, frühzeitig aus dem Leben zu scheiden. Ihre Hausbank, die von ihrem seelischen Leiden weiß, wird ihr später dennoch einmal den Abschluss einer Risiko-Lebensversicherung[38] verweigern. S. wird eingeschätzt als ein Wesen, das durch plötzliches Versterben ein unerwünschtes Verlustgeschäft einbringen kann.

Die geschlossene Station führt S. zu Begegnungen mit vielen Lebenseinheiten, deren Stoffkörper in einem offensichtlich schlechten Zustand sind. Wesen, die nie ganz aus Verwirrtheit und Desorientierung herauszufinden scheinen. Die Kleidung tragen, die unsauber und manchmal auch zerlumpt ist. Die unangenehm riechen und gezwungen werden müssen, sich zu waschen. Und die oft sehr schlechte oder keine Zähne haben. Irgendwie überleben viele von ihnen recht lange in diesem Dasein am Rande der Gesellschaft. Von der sie schon nichts anderes mehr zu erwarten scheinen, als verachtet und getreten zu werden. Wobei sie immer mal wieder aggressiv aufbegehren und Ärger machen. Dann vom genervten Klinikpersonal, das sie schon kennt, einmal mehr in Empfang genommen werden.

A. war eine sehr gepflegte Person aus wohlhabender Familie, eigentlich ging es ihr doch besser - aber sie hat dennoch nicht sehr lange überlebt. Vielleicht war es ihr Stolz, ihr Wissen, eigentlich zu einer bessergestellten Familie zu gehören, der es für sie schwerer machte, Verachtung auszuhalten? Die auch sie erfuhr. Erfüllte sie die Erwartung nicht, die die Gesellschaft an ein Wesen stellt, dass diese psychiatrische Diagnose erteilt bekommen hat, und das, obwohl gut gekleidet, eben doch in seiner Verwirrtheit erkennbar ist? A. hatte sich nicht unsichtbar gemacht, sie war eine hochgewachsene, Frau mit langen, blonden Harren und stolzer Haltung, die beanspruchte, jemand zu sein. Und man nahm ihr das übel.

Auch S. wird es immer wieder verweigern, ihren Mitwesen gegenüber eine demutsvolle Haltung einzunehmen, und auch ihr wird so manches Mitwesen dies übelnehmen. Dass sie nicht mehr beanspruchen kann zu sein, was sie einmal war, wird ihr immer wieder unerbittlich klargemacht. Es sind nicht nur die beruflichen Erwartungen, die sich nicht erfüllt haben. Eigentlich ist es viel schwerer auszuhalten, dass ihr Stoffkörper sich so früh schon so stark verändert hat, man kann ihn nicht mehr sportlich nennen. Er hat sich tatsächlich dem Körper der sehr molligen Realitätsflüchtigen angenähert, die S. mit dem alten Foto von sich schon auf diese mögliche Entwicklung aufmerksam gemacht hatte. S. erinnert sich.

Schlaff würde sie ihren Körperzustand und auch ihre Lebenshaltung bezeichnen. Etwas schleppend ihren Gang, die Hände zittern leicht, das Gesicht fahl, etwas maskenhaft. Es wirkt angestrengt, wenn sie lächelt, die Augen sind müde. Von ihrer Mutter bekommt sie jetzt viele Komplimente. Nicht direkt für ihren Körper, aber zum Beispiel dafür, wie vorteilhaft sie sich doch kleidet. Wie gut dieses oder jenes Kleidungsstück doch kaschiert. Ihr Spiegelbild allerdings spricht eine klare Sprache, und für männliche Lebenseinheiten ist sie nahezu unsichtbar geworden.

Der Gedanke an ein bevorstehendes Klassentreffen wird zur Qual, weil es einfach unübersehbar sein wird, wie sehr sich ihr Körper zu seinem Nachteil verändert hat. Es wohl zu erwarten ist, dass es da etwas Häme geben wird von dem einen oder anderen früheren Zickenwesen. Die ehemals beste Freundin hat sich dann auch kaum verändert, und war ohnehin auch früher schon die Hübschere. Partnerwesen, Kinder, ein eigenes Heim: Hat S. nicht, wie Nachfragen ergeben. Die Freundin hat das alles. Die Aufenthalte in dem Behandlungszentrum werden natürlich verschwiegen. Dass man nur Teilzeit arbeitet, von seinem Gehalt nicht leben kann und staatliche Unterstützung beansprucht, muss hier auch nicht ausgebreitet werden. Vor Klassenkameraden, die so große Leuchten nun auch nicht waren, aber jetzt Arzt oder Richterin sind.

In diese Zeit fällt auch die Hochzeit des Bruders. Das erwählte Partnerwesen ist alles, was S. nicht zu sein scheint: praktisch, bodenständig, durchsetzungsstark. Durch und durch Landfrau, und dazu auch erfolgreich in einer Vollzeitanstellung in der nahegelegenen Kleinstadt tätig. Ein zweites Haus wird neben das der Eltern gesetzt. Einladungen in dieses Haus an S. erfolgen selten, aber so schlimm ist das nicht, denn S. zieht es nicht nach Hause. Die Schwägerin erinnert sie etwas an das dominante Pflegewesen auf Station. Dies sind zwar oft verantwortungsvolle und hilfsbereite Wesen, was auch bei dem Partnerwesen des Bruders der Fall ist. S. fühlt sich trotzdem schnell unwohl in dieser Schattenexistenz, die sie jetzt in ihrem Familienverband führt. Was früher anders war.

Später wird sie auch einiges erfahren, was darauf schließen lässt, dass das Partnerwesen des Bruders nicht nur fleißige und pflichtbewusste Landfrau sein will. Sich auch in Gebiete vorwagt, die man in ihrem Umfeld eher ungewöhnlich findet, wie bewusste Ernährung und alternative Therapieformen. Letzteres nicht zuletzt auch deswegen ausprobiert, weil das Bruderwesen weiterhin jedem tiefgehenden Austausch aus dem Weg zu gehen versucht. Deshalb schließlich auch mit in die Therapie muss. Ob es sich schließlich etwas mehr aus sich heraustraut, weiß S. nicht. Ein persönlicher, vertraulicher Austausch will sich bei den wenigen gemeinsamen Treffen mit der Schwägerin nicht herstellen lassen.

Die Quelle für Informationen ist immer die Mutter. Über die Mutter erfährt S. also ein wenig über die anderen Familienwesen, und die Familienwesen wohl auch über sie. Und das scheint allen auszureichen. Im Grunde schätzt S. die Freiheiten ihres Lebens ja auch, in dem sie keinem engeren Verband zugehört. Doch kaum ein menschliches Wesen kann als Eremit leben. Es entstehen Situationen, in denen Begegnungen zugelassen werden müssen, und S. auch Begegnung wünscht. Sie werden zu Situationen, in denen man sich dann vergleicht. Merkt, dass man in den Augen der Mitmenschen wohl gescheitert ist. Lieber nicht zu viel mitteilt. Die anderen Wesen spüren die Hemmung. Fragen wohl auch deshalb nichts, weil sie davon ausgehen, dass S. nur Schlimmes berichten könnte. Und das will man ihr ersparen.

Gerade erscheint S. dies auch selber so. Das Leben ist irgendwie nicht so, wie es sein sollte. Aber es nützt nichts, es muss das Beste aus der Situation gemacht werden, in der man gerade steckt. Die

Versuchung bleibt groß, dieses Mittel, das Elfchen in Nilpferde verwandeln kann (so hatte man sie doch tatsächlich schon bezeichnet, aber natürlich war das kein Familienmitglied) einfach wieder wegzulassen. Doch bald schon findet man sich im Behandlungszentrum wieder. Wird getadelt für unverantwortliches Verhalten.

S. wird schließlich die Herausforderung annehmen, die das Leben ihr stellt: nämlich sich neu zu definieren und sich zu akzeptieren als dieses Wesen, das für lange Zeit nicht viel Eindruck schinden kann in einer äußeren Welt. Dabei lernt, ohne äußere Bestätigung auszukommen und damit unabhängiger zu werden. Den Weg in eine innere Welt antritt, in der es tatsächlich Neues, Weiterführendes zu entdecken gibt.

Bevor sie aber so etwas wie Erneuerung erfährt und ihr Leben wieder als sinnvoll und lebenswert wahrnimmt, stehen noch weitere schmerzhafte Erfahrungen an. Vertrauen und Annahme ihres Selbst werden noch ein Stück weiter erschüttert, die Mitwesen noch ein Stück mehr erschreckt, sodass sie wieder in das Behandlungszentrum muss. Wo sie sich inzwischen nicht mehr wohlfühlt, von einem Wunsch nach dauerhafter Einquartierung nicht mehr die Rede sein kann.

KA Feuer

S. ist wieder da, an diesem Ort, und diesmal hat sie ihre Mitwesen so erschreckt, dass sie jetzt die geschlossene Station kennenlernt. Ein Ort, den man nicht so einfach verlassen kann. Wo nicht darüber diskutiert wird, ob man die klinische Substanz nehmen möchte oder nicht. S. betrachtet ihr Leben als verkorkst, mit dieser unheilbaren Krankheit, die dazu auch auf einen Makel in ihrer Persönlichkeit hinweisen soll. Den man wohl nicht mehr loswird. Dazu ein Körper, dem man inzwischen auch ansieht, dass er nicht zu einem gesunden, vitalen Menschen gehören kann, dessen Pflege und Ernährung inzwischen nur noch anstrengend erscheint. Den man jeden Tag auf neue dazu bringen muss, sich zu langweiligen Routinetätigkeiten aufzuraffen. Die S. als die einzige geeignete Beschäftigung für sie angeraten werden.

S. wünscht sich ein komplett anderes Leben. Es scheint in ihrer Welt allerdings kaum Spielraum für Veränderungen zu geben. Sie hat wohl nun schon einmal etwas darüber gehört und gelesen, dass wahre Veränderung im Inneren der eigenen Persönlichkeit beginnt. Doch genauere Kenntnis über einen solchen Prozess der Transformation hat S. kaum. Es handelt sich dabei um einen Prozess, der innerhalb der Persönlichkeit eines Erdwesens verläuft, dort, wo die Persönlichkeit sich befindet. Ihr Möglichkeiten eröffnet, die in ihrer Realität umsetzbar sind. Wenn dieser Prozess einmal abgeschlossen ist, fügen sich die im menschlichen Wesen schlummernden kreativen Energien zu einem harmonischene Ganzen, und das menschliche Wesen liegt nicht mehr im dauernden Widerstreit mit seinen Bedürfnissen.

Die irdische Persönlichkeit muss also nicht verlassen oder vernichtet werden. Auch sich an einen anderen Ort des Planeten zu begeben, ist nicht nötig und bewirkt in der Regel wenig innere Veränderung. Doch S. entwickelt die Vorstellung, aus ihrem Umfeld herausgeholt werden zu müssen, um an einem anderen Ort ein neues Leben zu beginnen. Wofür sie dann mit neuen Papieren ausgestattet wird. Es erscheint von großer Wichtigkeit, dass dann niemand mehr ihre alte Identität herausfinden und nachweisen kann. Dafür müssen Dokumente, wie Personalausweis, Gehaltsstreifen, alte Fotos verschwinden. Vor ihren Schul- und Arbeitszeugnissen macht die Vernichtungsaktion dabei halt, sie haben für S. einen Wert, der auch in dieser Phase nicht ignoriert werden kann.

Die Lösung mit den Mülltüten wird diesmal nicht in Erwägung gezogen, das hatte Ärger gebracht. Und schließlich könnten Mülltüten von anderen Lebenseinheiten durchwühlt werden, die nachzuweisen planen, dass S. verschwinden möchte. S. vermutet, dass viele unbekannte, sich nicht zeigende Wesen sie im Auge haben und an ihrem Vorhaben hindern wollen. Da erscheint es doch besser, die Badewanne mit diesen persönlichen Dokumenten zu füllen und diese dann anzuzünden. Dass ihre Mitwesen einschreiten würden, wenn sie wüssten, dass S. gerade einen Berg Papier in ihrer Wohnung anzündet, ist auch zu vermuten. Doch außer mir ist niemand da, der sie hindern möchte. Und ich muss mir das anschauen, darf nicht eingreifen.

Feuer also soll ihre Identität vernichten. Nichts wird dann später zu retten sein von den so zerstörten Papieren, das alte Leben damit endgültig vorbei sein. Feuer, das steht hier auch für nicht mehr gefühlte Lebendigkeit und Leidenschaft, und nicht mehr vorhandene Lebensenergie. S. erinnert sich später nicht mehr, welche Lebenseinheit es schließlich bemerkt, dass S. Badezimmer komplett verrußt ist. Jedenfalls wird dieses Vorgehen im Mehrfamilienhaus bekannt und das Entsetzen ist groß. S. begibt sich dann auch bald darauf in die Klinik. Und dort erhält sie dann einige Tage später das, was alle dort so fürchten: Den „Beschluss". Ein Papier, das aussagt, dass von ihr gefährliche Taten ausgehen können. Sodass sie gezwungen werden kann, in der Klinik zu bleiben und die Behandlung, die sie dort erfährt, akzeptieren muss.

S. waren in der Wohngruppe damals, beim ersten Aufenthalt in der Stadtpsychiatrie, Mitwesen begegnet, die schon mal so einen Beschluss hatten. Das muss schlimm sein, hatte S. gedacht. Ihr waren auch Wesen begegnet, die rechtliche Betreuer hatten. Wie furchtbar, hatte S. gedacht, wenigstens brauche ich so einen Vormund nicht. Es war beruhigend, dass da immer noch wer war, wenn man nach unten schaute. Das ist jetzt aber auch vorbei, denn ein Betreuungswesen bekommt sie nun auch zugeteilt.

Betreuer sind Wesen, die aufpassen sollen auf

die Lebenseinheiten, die in Phasen der Realitätsflüchtigkeit Schaden anrichten können. Außerdem erledigen sie die notwendigen organisatorischen Aufgaben für Wesen, die aufgrund langer verwirrter Phasen dies nicht mehr selber können. Wie zum Beispiel das notwendige Papierwerk für die monatliche Unterstützungsleistung auszufüllen und rechtzeitig vorzulegen. Damit sind die Betreuungswesen zugleich Aufpasser und Helfer. Gewährleisten die Sicherung der Grundversorgung eines Wesens, können aber häufig auch über dessen Aufenthalt bestimmen. Was bedeutet, sie müssen einem gewünschten Umzug zustimmen, oder aber können eine Einweisung in ein Behandlungszentrum veranlassen.

Wo S. sich jetzt gerade befindet, und die Station also nicht mehr so ohne Weiteres verlassen darf. Was den Wunsch, sich entfernen zu dürfen, dann auch gleich enorm verstärkt. Hier beginnt nun fühlbar der lange unbewusst abgelaufene Kampf gegen das eigene Schicksal und damit gegen eine immer erneute Einweisung auf eine Station so eines Behandlungszentrums. Von dem S. nun genau weiß, was es ist. Wo Behandlung, wie immer sie auch abläuft, akzeptiert werden muss, wo man bestraft werden kann. Wo Unklarheit herrscht unter Behandlern und Behandelten, ob man es mit Straffälligen oder eher mit Hilfsbedürftigen zu tun hat. Und wo es dann auch zu einem Fluchtversuch von der geschlossenen Station kommt.

Für eine Viertelstunde darf S. vor die Tür und etwas frischen Frühlingswind genießen. Spontan entschließt sie sich, nicht mehr auf die Station zurückzukehren. Sich statt dessen an eine vielbefahrene Straße zu stellen und eine fremde Person zu überzeugen, sie in die Niederlande zu fahren. Wo es Kliniken geben soll, die den seelisch Erkrankten vorwiegend mit Gesprächen durch die Phase seines Ausnahmezustandes begleiten. Ihn dabei ohne klinische Substanzen behandeln, nach einem Behandlungsmodell, dass sich Soteria nennt. Und das kommt S. jetzt plötzlich in den Sinn.

Ein sehr großes Gefährt mit Sitzplätzen für nur zwei Wesen und einer großen, mit Plane abgedeckten Ladefläche hält an und lässt S. einsteigen. Am Steuer dieses Gefährts, LKW genannt, sitzt ein älteres Wesen türkischer Nationalität, das irgendetwas eine sehr weite Strecke lang transportieren muss. Man ist also viele Stunden gemeinsam unterwegs, und zu ihrer Verwunderung landet S. wieder in Frankreich. Wohin damals, nach dem ersten Klinikaufenthalt, bereits ihr erster Fluchtversuch geführt hatte.

Der Fahrer des großen Gefährts bemerkt S. Zustand, erzählt von einem Sohn, der auch mal „so etwas" hatte, „hatte Haschisch geraucht, der Dummkopf". Er lässt S. so lange mitfahren, bis sie schließlich erschöpft zustimmt, sich in einer Klinik ungefähr hundert Kilometer entfernt von der, aus der sie geflüchtet war, absetzen zu lassen. Dort holen sie dann zwei kräftig gebaute männliche Pflegewesen aus „ihrer" Klinik ab. S. rechnet mit Ärger, aber man ist sehr nett zu ihr. Vermutet wohl, dass sie während der langen Reise mit diesem Fremden

Schlimmes erlebt haben muss. Davon abgesehen, dass es sie nicht nach Holland gefahren hatte, hatte sich dieses Wesen aber nichts zuschulden kommen lassen.

Das ist noch nicht einmal die anstrengendste Situation, mit der S. mich konfrontiert hatte. Die keine Ahnung hat, wie wenige Fahrer großer Gefährte von Vertrauenswürdigkeit in so einer Situation mal eben schnell zum Einsatz gebracht werden können. Mal ganz abgesehen von den Schwierigkeiten, die ich bekommen kann, wenn bekannt wird, dass ich mich wieder hinreißen lassen habe, zu sehr in irdisches Geschehen einzugreifen.

Einmal sollte S. ein Klinikaufenthalt erspart werden, indem sie akzeptiert, dass ein Pflegewesen sie in ihrer Wohnung aufsuchen darf. Um ihr dort die klinische Substanz zu überreichen und deren Einnahme zu überwachen. Von diesem Mittel so hartnäckig verfolgt zu werden, findet S. ganz entsetzlich und öffnet nicht immer die Tür. Oder ist eben gerade nicht zu Hause. In dieser Zeit muss es auch gewesen sein, dass S. sich in der Wohnung nicht mehr sicher fühlt und anfängt, zu vagabundieren.

Einige Wochen verbringt sie auf der Straße und versucht, sich die nötigen Geldmittel für Nahrung zu erbetteln. Muss erfahren, dass ein junges Wesen ohne ein sichtbares körperliches Leiden so gut wie keine Aussicht auf eine freiwillige Geldgabe hat. Nicht von gutmeinenden Wesen jedenfalls, und wir kommen einige Male in brenzlige Situationen, die nur knapp gut ausgehen Schließlich dann aber vor allem von den nur vermeintlich gutmeinenden Wesen als sehr anstrengend erlebt werden.

Wenn man ein irdisches Wesen lange begleitet und sein Verhalten verstehen gelernt hat, wird man schon mal ein wenig parteiisch. Auch wenn S307 natürlich kein Verständnis dafür hat. In dem Zustand, in dem sie zu dieser Zeit ist, macht S. sich nun einmal überhaupt keine Gedanken darüber, in was für Situationen wir geraten können. Manchmal verstehe ich schon ein bisschen, dass andere Erdwesen so eine Fahrlässigkeit im Verhalten eines Mitwesens ärgert. Auch wenn S. sicher nichts dafür kann.

Und obwohl wir einem irdischen Wesen nichts befehlen dürfen, schon gar nicht bedrohliches oder aggressives Verhalten, wird es doch als unser Versagen betrachtet, wenn ein irdischer Stoffkörper zu Schaden kommt. Oder es wird sogar gleich die Existenz hilfreicher Lichtwesen angezweifelt. Außerdem sollen wir den Erdwesen mit Zurückhaltung vermitteln, dass eine zu starre Prinzipienreiterei auch nicht immer gut ist, also gilt das ja wohl auch für uns. Und mehr werde ich zu vergangenen Vorkommnissen auch nicht sagen, und es ist mir auch egal, wenn mir eine Schwingungsebene aberkannt wird.

S. gelangt immerhin zu der Einsicht, dass es in der Wohnung doch etwas sicherer ist als auf der Straße und man den Überbringern der klinischen Substanzen wohl besser die Tür öffnet. So undurchschaubar und widersprüchlich diese Substanzen auch sind, deren Wirkungsweise auch mir sich immer noch nicht völlig erschlossen hat. Was wir an

Gefahren in der irdischen Welt durchlebt haben, genügt uns jetzt erst einmal.

Es liegt nahe, zu denken, dass mein Eintreten in S. Leben nichts Positives, sondern nur viele Gefahren bewirkt hat. Es hat die Gefahren aber nur erkennbar gemacht. Die Auswertung dieser Erfahrungen ist ein wertvoller Prozess, der zu Erkenntnis führt, und es ist gut, dass S. sich nicht endgültig von der Hoffnung abbringen lässt, zu Antworten vordringen zu können. Nicht akzeptiert, dass eine Substanz die einzige Lösung für ihre Schwierigkeiten sein soll. Auch, wenn der Druck, diese Substanz in hoher Dosis zu akzeptieren, sich jetzt noch erhöht. Und damit auch S. Widerstand gegen das Mittel.

Sicher, sie ist ärztlich verordnet und damit von höherem Rang als andere Substanzen, mit denen sich die Erdbewohner so aushelfen. Diesen Wesen geht es schließlich ähnlich wie den Erkrankten, die diese klinische Substanz benötigen. Soll eine Substanz die Auseinandersetzung mit Ursachen für Leid und dem Auffinden von Lösungswegen ersetzen, und wagt man sich nicht an die Kräftigung der eigenen Persönlichkeit, dann wird immer mehr Substanz gebraucht. Aber diese Mittel können nicht heilen, auch nicht, wenn sie klinisch sind.

Es ist wohl schon so, dass die Möglichkeit der Narkotisierung von Schmerz, Angst oder Einsamkeitserleben so manches Mal das Leben eines Erdbewohners in großem Ungleichgewicht rettet. Die Besinnung auf Heilendes, die Zuwendung zum Stärkenden, kann die Substanz dennoch nicht übernehmen. Dazu muss das irdische Wesen sich entscheiden. Ob es schließlich die beste Lösung ist, auf eine Substanz von höherem oder geringerem Ansehen völlig zu verzichten, das kann so nicht mit Anspruch auf Allgemeingültigkeit gesagt werden. S. ist zwar schon seit einiger Zeit damit beschäftigt, sich sehr eingehend mit ihrem Leben auseinanderzusetzen, begegnet aber gerade immer neuen, immer noch schwierigeren Situationen, deren Sinn sich kaum ergründen lassen will.

Nach Rückkehr in die Realität und Entlassung ist die Scham ziemlich groß. Mehr als zuvor soll dem Umfeld Funktionieren und Leistungsfähigkeit bewiesen werden. Schnell fügt S. sich wieder in eine Routinetätigkeit ein und lässt sich dort nahezu widerstandslos von pingeligen Kollegen und Kolleginnen piesacken. Die natürlich nicht viel über sie wissen dürfen. Arbeitet brav Tag für Tag die Papierberge auf ihrem Schreibtisch ab. Gerade sieht sie keine andere Möglichkeit, als den Kopf einzuziehen und zu schlucken. Gerade geht es nicht anders. Eine überzeugende Idee zu einer Beschäftigung, die Freude bringt und dabei entlohnt wird, will sich ihr nicht mitteilen.

Es muss also wohl so sein, schlussfolgert sie, dass man es zumindest immer wieder versuchen sollte, sich in so eine beengende Büroroutine einzufügen. In der manche Wesen ja sogar glücklich sein können. Aber nicht S., bei der nach einer gewissen Zeit eine Instanz ihrer Persönlichkeit entscheidet, jetzt ist genug, jetzt wird es zu grau, und einfach mit S. die Realität verlässt. Obwohl S. Willen dies nicht gestattet hat. Man dann wieder in diesem Zentrum landet, sich dort ebenfalls einfügen muss, und sich den Wesen dort dazu sehr viel schwerer entziehen kann als den Arbeitskollegen.

KB Tiefpunkt

Es wird lange nagen an S., dass sie einen Fehler gemacht hat, der einen Verlust von Vertrauen in ihre Persönlichkeit bedeutet. Der den Wesen zuspielt, die ihre Anliegen noch nie ernst genommen haben. Dass ihr Wunsch nach völliger Loslösung und Freiheit von allem Alten, Überlebten, Beschwerlichen schließlich dazu führte, sich selber eine Fessel zu legen. Während sie noch in der Klinik untergebracht war, aber nicht mehr auf geschlossener Station, fuhr S. täglich in ihre Wohnung, um die durch ihre Feueraktion verrußten Fliesen im Bad zu putzen. Das hatte niemand von ihr verlangt, aber dieses verrußte Badezimmer, in das andere Lebenseinheiten jederzeit gehen und sich überzeugen konnten, was S. für eine schlimme Sache gemacht hatte, lag ihr ziemlich im Magen.

Sie hatte etwas gemacht, das nun hartnäckiger an ihr klebt, als der Ruß an den Fliesen, etwas, dass sie mit wegzuwischen hoffte - doch diese Verfehlung ist nun in einem Schriftstück, der sogenannten Krankenakte, verewigt und wird ihr immer nachzuweisen sein. Ihr ganzes Leben. Das scheint ungerecht, wenn sie an die Verfehlungen denkt, die andere an ihr begangen haben und immer noch zu begehen versuchen. Auch eine Erinnerung an ein sehr verstörendes Kindheitserleben kommt ihr da in den Sinn. Doch sie wird diesen Wesen nie ein Stück Papier unter die Nase halten und ihnen Beschränkungen auferlegen können.

Im Gegenteil. Diese Dokumentation über gefährliches Tun, in Verbindung mit einer medizinkundlichen Einschätzung, einer sogenannten Diagnose, die besagt, dass nicht unbedingt stimmen muss, was sie denkt und äußert, macht alles eher schwieriger. Anerkennung kann ihr nun leichter verweigert und ihrer Persönlichkeit respektloser begegnet werden. Durch bestimmte männliche Lebenseinheiten, zum Beispiel. Die sich gerne dort aufhalten, wo sie leuchte Beute zu finden hoffen.

Eine männliche Lebenseinheit versucht häufig, weibliche Wesen einer entweder hellen oder dunklen Welt zugehörig zuzuordnen, wobei Haut-, Haar- oder Augenfärbung des Wesens dabei keine Rolle spielen. Manchmal geht das männliche Wesen dabei von einer unterschiedlichen Wertigkeit der weiblichen Wesen aus, manchmal ist es sich auch seiner Bequemlichkeit und seinem Vorteilsdenken als Pfeiler seiner Lebensphilosophie bewusst und verzichtet auf Bewertung.

S. erlebt nicht mehr sehr häufig, dass ein männliches Wesen mit Großzügigkeit oder Charme um sie wirbt. Sie begegnet Wesen, die eine abgespaltene, dunkle Sexualität haben. Mit der man S. als ein Wesen, dem man Glaubwürdigkeit absprechen kann, eher konfrontieren mag, als ein weibliches Wesen von hohem Ansehen. S. wird später verstehen, dass so manch offene oder subtile Gehässigkeit in einem Gespräch eine Einladung zu einer dunklen Verstrickung war.

Das verletzliche Wesen muss also damit rechnen, immer noch mehr Verletzung zu erleben, auch in den Kliniken. Hier begegnet es so einigen Behandlern und Behandlerinnen mit Freude an Machtspielen. Und denen, die mit umso mehr penibler Kontrolle und schneidender Maßregelung eine einwandfrei saubere Klinikroutine aufrechtzuerhalten bestrebt sind. Was der Realitätsflüchtige nicht versteht, sich als menschliches Wesen abgelehnt fühlt, die Klinik schließlich hasst. Und ein noch stärkeres als ohnehin schon vorhandenes Verlangen nach Realitätsflucht verspürt. Dem man entgegenwirken kann, indem man immer mehr von diesen Pillchen gibt. Womit man es so weit treiben kann, dass der Realitätsflüchtige schließlich nichts mehr fühlt.

Unabhängig davon, wer eine Arbeits- oder Behandlungsituation schwierig gestaltet, beschränkt sich die Macht des Personals wohl darauf, die Realitätsflüchtigen zu maßregeln. Die nicht selten an der Realität erkrankt sind, ihr entflohen sind, weil sie schon früh Projektionsfläche, Entlastungspuffer für ihnen überlegene Lebenseinheiten sein mussten. Die auch im Zustand großer Verwirrung ein altes Muster wiedererkennen, es aber nicht benennen können. Sich auflehnen, und dann als schwierige Realitätsflüchtige wahrgenommen werden. So kämpfen die zu Behandelnden gegen ihre Behanlung und Behandler gegen die zu Behandelnden. Und so kommt es, dass für viele Erdwesen die Krisenerfahrung, die den Sinn hat, ihr Leben in eine neue Richtung zu lenken, zu einer Abwärtsspirale wird.

Auch für S. geht es noch ein Stück weiter abwärts, als sie ein zweites Mal das Experiment mit dem Feuer wiederholt. Ihr nun noch verstärktes Bemühen, in der Leistungswelt zu überzeugen, auf einer Stelle, die nicht zu ihr passte, konnte natürlich nicht anders enden, als dass S. wieder flüchtet. Und leider hat ihr an der Aktion mit dem Feuer wohl auch etwas gefallen, konnte man mit Mahnung und Bestrafung eine Wiederholung nicht verhindern.

Diesmal handelt es sich um weniger Papier, das S. mit dem Plan, es anzuzünden, in eine Kunststoffschale gelegt hat - doch das Gefahrenpotential ist höher, da Kunststoff schmelzen kann und ein Feuer nicht isoliert. S. müsste das auch wissen. Doch ihr Entschluss, wieder Papiere in ihrer Wohnung zu verbrennen, steht fest. Eine Situation, die ich mir diesmal nicht einfach so anschauen werde. Ich kopiere die Stimme der schlangenhaften Seinsform, die sie gerade berät und schlage vor, dass wir die Wohnungstür öffnen und das Papier nicht eher anzünden, bevor die Nachbarin auf uns aufmerksam geworden ist. Und so geht S. dann auch vor.

Ich will mich nicht irgendwie aufspielen oder wichtig machen, das habe ich gar nicht nötig, aber: Hier zeigt sich eben der kleine, entscheidende Unterschied, ob ein Wesen bereits einmal in seinem Leben ernsthaft nach Lichtkontakt verlangt hat, oder nicht. Auch wenn mir ein Vorgehen mit, ja, List, eigentlich sehr widerstrebt. Und diese Situation natürlich wieder herangezogen werden wird als Beleg, dass es keine Lichthelfer gibt. S. das lange auch so sieht. Aber mal ehrlich: Wollt ihr Marionettenspieler? Seid ihr Marionetten? Jedenfalls bemerkt die Nachbarin nun frühzeitig, was S. da so treibt, greift ein, und leider muss es so sein, dass S. nun eine erneute Einweisung bekommt.

Man könnte meinen, S. lege es inzwischen darauf an, sich so viele Schwierigkeiten wie möglich einzuhandeln. S. Handeln war für ihre Mitwesen eine ihnen unverständliche Provokation. S. ist aber einfach nur sehr hilflos und mit dem Leben überfordert, und dies kann sie gerade nur auf diese nicht sehr kluge Weise mitteilen. Für die Behandler ist sie nun eine Wiederholungstäterin, und ihr werden ernste Konsequenzen angedroht. Es wird ein Gespräch mit einem Gutachter der Forensik vereinbart.

Die Forensik ist ein Gefängnis für Realitätsflüchtige, von denen unkontrollierbare und große Gefahr für die Menschheit ausgehen soll. Sie ist ein Verwahrort für die endgültig Ausgestoßenen, die am meisten gehassten und abgelehnten Wesen der Gesellschaft. Die Masse vor den Empfangsapparaturen und die Leser von Papierwerken mit vielen Bildern und sehr großer Schrift interessieren sich sehr für die besonders schlimmen Taten dieser Ausgestoßenen. Die sehr früh in eine Isolation geraten sind und schließlich eine Gewalttat begehen. In einer Situation, in der sich ihr innerer Dämon aufbäumt gegen die Lichtgestalt, die ihn aus der Vereinzelung herausholen möchte.

In einem inneren Ringen, auf das man nicht vorbereitet war, und in dem keine Unterstützung gefunden werden konnte, wählt das Wesen dem ihm scheinbar einzigen Weg, auf seine Lage aufmerksam zu machen. Nämlich, seine Mitwesen so sehr in Mitleidenschaft zu ziehen, dass seine Not nun erkannt und ernstgenommen werden muss. Die

Mitwesen nehmen allerdings in der Regel nur einen steuerungslos wütenden Dämon wahr, nicht so sehr das Wesen mit Hilfsbedarf. Sie möchten diese Wesen, die sie immer mal wieder aus einer trägen Lethargie hochschrecken, hart bestraft sehen.

Die Vorstellung, das absolut Böse an einer anderen Person festmachen und wegsperren zu können, am Besten für immer, beruhigt eine große Masse an Wesen, die sich als normal und rechtschaffen bezeichnen würde. Vom Dämon im eigenen Inneren ist man auf diese Weise abgelenkt, man möchte ihn nicht kennenlernen und begegnen. Gerade deshalb kann er lange unbemerkt schädigend tätig sein, gerade auch in einem Vorzeigewesen der Gesellschaft.

Im Verborgenen infiltriert er unbemerkt Teile der Persönlichkeit eines Erdwesens und beeinflusst dessen Verhalten, ohne dass es sich dessen bewusst sein muss. Verletzt und betrügt ein Erdbewohner, ohne mit dem Gesetz in Konflikt zu kommen, schreibt er dies seiner Intelligenz zu. Er wird sich lange nichts sagen lassen, so lange, wie er es schafft, den inneren Dämon geschickt zu seinem vermeintlichen Vorteil zu steuern. Oder aber den Dämon seines Mitwesens. Denn hinter dem steuerungslos agierenden Dämon steht das Wirken eines überlegt und strategisch vorgehenden dämonischen Wesens.

S. wird nun in Aussicht gestellt, dort untergebracht zu werden, wo diese vermeintlich durch und durch bösen Wesen verwahrt werden, zum Teil auf unbekannte Dauer. S. ist es gerade ziemlich egal, was man mit ihr plant und womit man sie einschüchtern will. Sie war allerdings auch noch nie auf so einer Verwahrstation. Das Gutachterwesen, das mit ihr spricht, kommt dann aber zu dem Schluss, dass S. nicht mutwillig Feuer legen und ihre Mitwesen gefährden wollte. Allerdings erteilt es die Auflage, dass S. jetzt für einige Monate eine Depotspritze akzeptieren muss. Das bedeutet, dass nun alle 14 Tage der Wirkstoff der Pillchen in flüssiger Form mit einer Nadel in ihre Blutbahn geleitet wird.

Für S. Empfinden ist damit die Qualität ihrer Realität gerade an einem neuen absoluten Tiefpunkt angelangt. Auch, wenn sie es bald darauf wieder schafft, einen Platz in der Arbeitswelt zu erlangen. Freunde, Verwandte dürfen nicht zu viel wissen. Nur S. Mutter kennt die ganze Wahrheit. S. wird viel dafür gelobt, nicht aufzugeben, immer wieder ins Arbeitsleben zurückzukehren. Wo es ihr aber einfach zu eng ist. Auch in diesem Steuerbüro, in das sie sich jetzt verirrt hat. Die unverzichtbare Leistungsträgerin, die sich etwas mehr herausnehmen darf an Freiheiten und im Ton gegenüber den Kollegen, die ist sie nun mal nicht. S. arbeitet ihr tägliches Pensum ab, mit einem gut gewahrten Geheimnis darüber, was man an Krisen durchlebt hat, und was man gemacht hat in so einer Krise.

Vorläufige Auswertung

zu

Anwendungsmöglichkeiten, Anwendungsbeschränkungen und -gefahren

in der

Nutzung von Lichtpotential

durch die

Bewohner von Planet Erde

vorzulegen dem MMMMCMLXIX. Rat zu Fragen sensibler Gefahrenbereiche bei der Förderung irdischer Höherschwingung

KΓ Niedrigschwingungsmittel

Ich habe angefangen, diese Mittel, die bei der Behandlung realitätsflüchtiger Erdwesen so wichtig sein sollen, ausführlich zu studieren. Zu den Umständen, unter denen sie vergeben werden, habe ich schon einiges erläutert. Dazu möchte ich mit diesem Zwischenbericht noch einiges ausführen zu den gesamtplanetarischen Auswirkungen, bevor ich zu einem späteren Zeitpunkt einen ausführlichen Maßnahmen- und Rettungskatalog nachreiche.

Die Medizinkundigen dieses Planeten haben Symptomkataloge entwickelt, anhand derer sie Wesen erkennen können, die Erstkontakt mit uns hatten, diese Erfahrung aber nicht sofort verarbeiten können. Die unvermittelte Beleuchtung der tragischen Zustände der irdischen Welt führt häufig zu Ängsten, die das Wesen mit dem Wunsch nach Höherschwingung überfordern. Es kann auch passieren, dass das Wesen sich in einem Lichtbad auflösen möchte und seine praktischen Aufgaben nicht mehr als wichtig realisiert.

Die eigene Persönlichkeit kann sich im neuen Licht als sehr belastet und gebeugt erfahren. Der eigentlich heilsame Blick auf das, was die Persönlichkeit hinunterzieht, kann häufig nur sehr schlecht ausgehalten werden. Mit Erhöhungs- und Allmachtsphantasien wehrt sich das Erdwesen gegen das Erleben des Planeten als einem Lebensraum, der der Persönlichkeit zu wenig Entfaltungsmöglichkeiten bietet. Unkontrollierbare Wut kann auftreten, oder aber auch die Überzeugung, ganz allein den Planeten retten zu müssen. Die Mitwesen verstehen das realitätsflüchtige Wesen meist nicht, das mit Druck von den für sie wirren Äußerungen und Verhalten abgebracht werden soll, und das darauf dann aggressiv reagieren kann.

Die Erdbewohner fürchten sehr um die Erhaltung ihres Stoffkörpers, der zudem auch viele Arten des Schmerzes kennt. Auch aus diesem Grund fürchten viele Lebenseinheiten, auch gerade Behandler, den Wunsch nach Höherschwingung und halten es für unbedingt notwendig, das irdische Wesen in der Niedrigschwingung festzuhalten. Dies wird mit Niedrigschwingungsmitteln erreicht, die die Medizinkundigen Neuroleptika nennen.

Die Anfälligkeit für unüberlegtes, gefährliches Verhalten ist erst einmal verringert. Allerdings, in der Niedrigschwingung erfolgt eine Erstarrung der seelischen Impulse. Die irdischen Lebenseinheiten verstehen sich nicht mehr als zusammenwirkende Zellen eines großen, wichtigen Organismus, die im freudvollen Zusammenspiel und Austausch untereinander neue, schöne Welten und Wesen erschaffen. Die Lebenseinheiten mauern sich ein, und Energie kann nicht mehr ab- oder zufließen.

Es kommt sehr häufig dazu, dass die Lebenseinheit sich so stark mit einer in ihr eingemauerten Vorstellung oder Idee verbindet, dass sie sich auch dann nicht mehr von ihr lösen kann, wenn diese Vorstellung oder Idee quälend wird. Manche Lebenseinheiten können dann dem Gefühl der Erniedrigung oder Bedrohung durch eine andere Lebenseinheit nicht mehr entkommen, oder sie können ein

Gefühl von Schwäche und Wertlosigkeit nicht mehr überwinden. Heilenergie kann sie nur noch schwer erreichen.

Die in der Niedrigschwingung erfolgte Verhärtung des Einzelindividuums führt dazu, dass Begegnung mit einem anderen Erdwesen oft als schmerzhaft empfunden wird. Die Wesen verbleiben in ihren Panzern und hoffen, in ihrer Sehnsucht nach Nähe, den des anderen Wesens aufbrechen zu können. Dadurch werden Begegnungen unter Erdwesen häufig zu einem Kräftemessen und zu Kampf. Und damit zu wiederholten Schmerzerfahrungen, in denen Begegnungen schließlich als wenig freudvoll, das Mitwesen als Bedrohung erlebt wird.

Heilbehandler, die den so eingesperrten, leidenden Lebenseinheiten Heilenergie zuführen wollen, haben auf diesem Planeten nur geringes Ansehen und arbeiten vielfach im Verborgenen. Eine höhere Dosis Lichtimpulse zu senden, wäre nötig, aber die menschlichen Lebenseinheiten fürchten sich sehr vor einem Aufbrechen von Strukturen und Lebenskonzepten, das dann zu plötzlich erfolgen könnte. Worauf, wie wir sehen, die Menschheit noch nicht ausreichend vorbereitet ist.

So versteinert dieser Planet immer mehr, und die Lebendigkeit nimmt ab. Verschachtelte Lebenseinheiten schließen sich zu Gruppierungen zusammen, die andere Lebenseinheiten bekämpfen. Die bekämpften Lebenseinheiten reagieren darauf, in dem sie sich ebenfalls gruppieren. Es sind Großverschachtelungen entstanden und ein Blocksystem, in dem sehr große Zerstörungsmacht entstanden ist zwischen den völlig verängstigten Lebenseinheiten.

Bildung auf diesem Planeten ist vorwiegend darauf ausgerichtet, die verschachtelte Lebenseinheit mit möglichst vielen Fähigkeiten zu versehen, die im Dominanzstreben ihrer Lebenseinheitsgruppierung bestmöglich eingesetzt werden sollen. Zum Nachteil einer anderen Lebenseinheitsgruppierung. Ansätze in andere Richtungen, globale Lösungsstrategien genannt, sind allerdings auch festzustellen. Viele der in dieser Richtung aktiven Lebenseinheiten werden in den vermeintlichen Heilungszentren behandelt.

Leider endet hier oft ihre Aktivität im Dienst der Menschheit, da in der Regel keine Ausrichtung auf hilfreiche Höherschwingung vermittelt werden kann. Die Notwendigkeit eines Aufenthaltes in so einem Zentrum in der Weise verstanden wird, dass die Person für einen Einsatz in der Welt nun untauglich sei. Zumindest, wenn sie nicht mehr an der Aufrechterhaltung der Dominanz ihrer Lebenseinheitsgruppierung interessiert ist.

Auf einer Station mit der Kennung 12 B ist mir T219 begegnet. Er hat mich nicht erkannt, wollte nicht mit mir sprechen, starrte nur auf den Boden. Ich stellte fest, die Heilbehandler dort können oft gar nicht heilen, stellen auch keine Heilung in Aussicht, treten aber auf wie King of Kotelett. Wo doch Einfühlsamkeit, Wärme und Zurückhaltung die unbedingten Voraussetzungen für Heilerfolge sind, wie bei uns jeder Aspirant für den Heilerweg schon vor der ersten Einweihungsphase erfährt.

Die irdischen Behandler sind stolz darauf, mit

wenig Aufwand Niedrigschwingung aufrecht erhalten zu können. Die meisten Erdwesen halten eine dauerhafte Niedrigschwingung aber sehr schlecht aus und werden spätestens im Alter körperlich sehr krank. Ihre Leiden werden dann als ganz normale Erscheinung des Altwerdens erklärt.

Langfristig braucht der Planet Lösungswege, die sich nicht auf den Einsatz von Substanzen beschränken. Es werden Heilbehandler benötigt, die einen Entschachtelungswunsch erkennen und behutsam begleiten können. Die Lage ist nicht völlig aussichtslos. Ich habe mich in den Kliniken, Therapie- und Begegnungsstätten umgeschaut, in denen S. sich des Öfteren aufhält. Als Anlage 1 übersende ich eine Liste mit Namen von Ärzten, Therapeuten und Pflegekräften, bei denen ich ein gewisses Entwicklungspotential ausmachen konnte, und die ich damit für eine Entführung in eines unserer Schulungszentren empfehle.

Leider ist die Liste sehr kurz. Das Misstrauen gegenüber Rettungsplänen von Lichtwelten ist sehr groß. Ich musste feststellen, dass unter den menschlichen Lebenseinheiten immer noch die Vorstellung grassiert, dass wir mit UFOs kommen, die die menschlichen Wesen gegen ihren Willen in laborähnliche Einrichtungen verschleppen. Wo wir sie dann misshandeln, indem wir ihnen gefährliche Substanzen injizieren, die ihre Persönlichkeit verändern. Also, wir sind das jedenfalls nicht, die so was machen. Eindeutig eine Projektion.

Die menschlichen Wesen sollten erfahren, dass von uns durchgeführte Entführungen sehr angenehme Erfahrungen sind, da die auserwählte irdische Lebenseinheit sehr wichtig für uns ist. Wir wissen schließlich, dass ein erweitertes Bewusstsein und die Fähigkeit, der Menschheit zu dienen nur durch liebevolle Vermittlung unseres Wissens zu erreichen ist. Das Miteinander unserer Gemeinschaft beruht schließlich auf den Prinzipien der Liebe und Wertschätzung.

Die irdische Lebenseinheit erinnert sich dann ja an diese Entführung auch nicht, aber es geht ihr besser, und, ohne dass sie weiß warum, beginnt sie, sich zum Beispiel für alternative Medizin zu interessieren, wenn das ihr Auftrag ist. Sie wird geduldig und liebevoll im Umgang mit Menschen, obwohl sie oft herausgefordert wird. Weshalb wir die inzwischen eingeführte Immunisierung unbedingt beibehalten und verbessern müssen.

Ausreichende Alternativangebote zu Behandlungen ohne Niedrigschwingungsmittel werden voraussichtlich nicht in sehr kurzer Zeit erschlossen werden, da in den medizinischen Einrichtungen dieses Planeten eine wahre Begeisterung unter den Behandlern, nicht so sehr unter den Behandelten, für diese Mittel festzustellen ist. So konnte und wollte man auch unserer irdischen Mitarbeiterin noch keinen überzeugenden Plan zu einer anderen Form von Behandlung unterbreiten.

Ich fürchte, meine Einwirkung hat dazu beigetragen, dass sich das menschliche Wesen zurzeit ziemlich entmutigt und schwach fühlt. Als mir die Wirkung dieses Mittels bewusst wurde, hatte ich unsere Mitarbeiterin ermuntert, sich bei der Vergabe des Mittels zu entfernen und auf Zurufe nicht zu reagieren. Wir wurden daraufhin von einer Gruppe mehrerer Behandler in ein Zimmer geleitet, wobei sich das menschliche Wesen sehr ängstigte, wurden dort auf ein Bett gebunden und bekamen das Niedrigschwingungsmittel injiziert. Unsere irdische Mitarbeiterin war darüber so entsetzt, dass unsere Zusammenarbeit für einige Zeit in ernste Gefahr geriet. Aber wir wissen jetzt immerhin, wie die Niedrigschwingung sich selbst erhält.

Als Anlage 2 füge ich einen Antrag auf Erholung auf unserem Kreativmond Opal 70/24 bei, denn mir geht es inzwischen nicht mehr so gut mit dieser Niedrigschwingung und den Niedrigschwingungsmitteln. Von denen wir immer noch etwas nehmen, weil mir eine Anpassung an die hier herrschenden Lebensbedingungen sonst völlig unmöglich erscheint und ich zu schnell als eine fremde Lebensform erkannt werde. Während meines Erholungsurlaubs könnte sich eine Vertretung um die Rettung von T219 aus 12 B kümmern. Ich habe es vergeblich versucht. Schwingungen erreichen T219 zurzeit nicht. Behandler dürfen von Rettungsversuchen nichts mitbekommen. T219 beharrt aber darauf, dass er nicht gerettet werden müsse, und dass ich auch mehr von diesen Niedrigschwingungsmitteln nehmen sollte.

T219 hält sich jetzt für ein niedrigschwingendes Lebewesen, das ohne diese Mittel nicht existieren kann. Es war hart, mitanzusehen, wie er, der anfangs so viele Fortschritte im Studium der kosmischen Gesetze gemacht hatte, jetzt stundenlang

Körbe flechtet und sich widerstandslos von einer herrischen Pflegerin herumkommandieren lässt. Völlig ergeben jeden Tag den Teewagen reinigt. Hat T219 vielleicht für sich entschieden, die Anfangsschritte der Lektion Dienen in Demut noch einmal zu wiederholen, und sollte ich ihn vielleicht dabei nicht stören? Weil er die Bedingungen auf 12 B dafür für ideal hält?

Es ist nicht so, dass ich mich vor einem weiteren Einsatz auf 12 B fürchte, aber das menschliche Wesen, mit dem ich zusammenarbeite, sträubt sich immer noch sehr gegen Klinikaufenthalte. Sie hat zwar inzwischen eingesehen, dass die Psychiatrieaufenthalte zu ihrer ganz persönlichen Entwicklung dazugehören, hat sich aber ihren spirituellen Weg ganz anders vorgestellt. Eine gewisse Anklage ist nicht zu überhören.

So ist es immer. Die Menschen kommen nicht mehr weiter, wenden sich an uns, und denken, da kommt so ein Superkomet und pustet alle Hindernisse weg. Als wenn das Hindernis, das da auftaucht, nicht einen guten Grund hätte, da zu sein, wo es ist, da geht es dann nun mal nicht weiter. Ich bin inzwischen wirklich urlaubsreif, also jemand anderes muss auf 12 B. Ich schlage A111 vor, der ja bei jeder Gelegenheit betont, dass ihn niemand klein kriegt. Ich bitte um zügige Bearbeitung des Erholungsantrages.

L587

KΔ Horizonte

Die psychiatrischen Behandlungszentren für nervlich erkrankte Wesen können also nur eine Grundversorgung des Stoffkörpers anbieten und medikamentöse Abschirmung bei Überforderung oder Reizüberflutung. Außerhalb so eines Zentrums muss es also geschehen, an Seelenerstärkung weiterzuarbeiten. S. hat dies auch in den letzten Jahren, während sie ihre Fron auf verschiedenen Arbeitsstellen ableistete, getan. Sie hat gesammelt, was psychologische Lebensratgeber, Esoterik und die verschiedenen religiösen Strömungen an hilfreichen Erkenntnissen und Weisheiten darbieten.

Ziemlich viele spirituelle Werke größerer Bekanntheit hat S. gelesen. Allerdings nicht die Bibel. Da hatte man früher mal reingeschaut. Zu früh wohl. Schien irgendwie nichts zu sein, und man ging wieder über zu den Hanni und Nanni-Geschichten und den Kindern aus Bullerbü. Es sind also die exotischeren spirituellen Strömungen, in denen S. nach Lebensberatung sucht. Sie versucht umzusetzen, was sie als notwendig für ein Erreichen von Glück und Zufriedenheit geschildert bekommt. Einige Quellen nennen den Zustand einer gelungenen Überwindung von Leiderleben Erleuchtung. Auch ein schönes Wort für eine innige Lichterfahrung.

S. bemerkt, sie war sehr beschäftigt gewesen, für sich bessere Lebensbedingungen erreichen zu wollen. Hatte sich dabei ängstlich verschanzt vor den Mitwesen, von denen sie nur noch in Ruhe gelassen werden wollte. Und schließlich hatte ihr ja auch eine Medizinkundige im Behandlungszentrum geraten, nichts mehr mit Menschen zu machen. Allerdings war diese Ärztin ein so unangenehmes Wesen, dass wohl auch hier zutrifft, was S schon mal gehört hatte: Der Rat, den ein Wesen einem anderen gibt, ist meist das, was es selbst beachten sollte. Erst einmal aber nimmt S. diesen Rat ernst. Es scheint eine gute Idee, sich in einem Fernstudium zu einer Übersetzerin für die englische Sprache fortzubilden. Um später einer Tätigkeit nachzugehen, die nicht viel Kontakt zu anderen Wesen erfordert.

Die Mutter, die sehr bedauert, dass S. beruflich unter ihren Möglichkeiten zu bleiben scheint, ermöglicht S. diesen Weg, übernimmt die Ausbildungskosten. S. vertieft sich in die Studienlektüre, aber auch immer wieder in verschiedene Werke namhafter spiritueller Lehrer. Und nicht zufällig stößt sie schließlich immer häufiger auf Werke, in der Spiritualität als Dienst an der Menschheit verstanden wird, der in Freude geschieht. Einer Tätigkeit mit Freude nachgehen zu können, eigentlich ist das ihr großer Wunsch. Und eigentlich möchte sie auch von ihren Mitwesen wahrgenommen und angenommen werden. Eigentlich wünschen sich dies doch alle Wesen. Und sicher gelingt eine freudvoll verrichtete Arbeit dann auch besser und ist von größerem Wert.

S. hatte schon häufiger über eine Veränderung nachgedacht, wofür im Gedanken jede Menge Weiterbildungsmöglichkeiten durchgegangen worden waren. Hatte schließlich auch etwas recht Interessantes in Form eines Astrologie-Lehrganges[39] entdeckt. Wieder ein Fernlehrgang, aber immerhin zu einem Wissensgebiet, das sich mit dem menschlichen Wesen und seiner Seelenstruktur beschäftigt. Der ihr persönlich unbekannte Lehrer ist Zen-Buddhist und lässt viel Spirituelles aus dieser Richtung in seine Lehrmaterialien einfließen. Auch auf das Wissen großer Namen der Geschichte der Psychologie, wie Carl Gustav Jung oder Fritz Riemann, stößt S. in dieser Ausbildung. Sie kommt zu recht aufschlussreichen Erkenntnissen und Einsichten. Allerdings erst einmal nicht zu neuen Tätigkeitsgebieten, denn Kenntnis in Sternenkunde wird in den irdischen Arbeitswelten nur sehr gering gewürdigt. Und in eine Selbstständigkeit wagt S. sich noch nicht.

Bei einem ihrer Klinikaufenthalte war es mir gelungen, S. Blick auf ein Plakat zu lenken, das da seinen Weg an eine Säule der Cafeteria der Klinik gefunden hatte. S. wird so aufmerksam auf einen interessanten Vortrag über „Karma und Reinkarnation, Eintritt frei". Über Reinkarnation hat S. natürlich auch schon einmal etwas gelesen, gleich bei ihrem Einstieg in die spirituelle Welt, in einem Werk des Autors Thorwald Dethlefsen. Mit dem verwirrenden, aber definitiv neugierig machenden Titel „Schicksal als Chance". Es gibt Reinkarnationstherapien, in denen man in vorherige Leben zurückgeführt wird und viel Interessantes über sich erfahren kann. Natürlich kann dies auch ein Weg zur Realitätsflucht sein, und S. Interesse ist geweckt.

Als sehr wertvoll wird sich rückblickend vor allem ein Werk dieses Verfassers, das in Zusammenarbeit mit dem Medizinkundigen Rüdiger Dahlke verfasst wurde, erweisen. Wenn S. sich auch an Einzelheiten des Inhalts nicht mehr erinnert, so hat sich der Titel „Krankheit als Weg" doch in ihr Gedächtnis eingebrannt. Diese Botschaft lässt sich immer wieder abrufen, nachdem dann der Krankheitsweg tatsächlich schon früh beschritten werden musste. Lässt S. beharrlich daran festhalten, dass dieses Phänomen, das sich Psychose nennt, mehr ist, als das Ergebnis zufälliger Turbulenzen unter Hirnzellen, die es an die Leine zu legen gilt.

S. geht also zu diesem Vortrag dieser unbekannten Gemeinschaft und bereitet sich auf das Erlernen spannender Techniken zu Reisen in innere Welten vor. Inzwischen möchte sie auch gerne einmal sprechen über all das theoretisch Angesammelte. Die Wesen, die sie in Empfang nehmen, sind schon mal recht nett. Man stellt sich vor, und das Gespräch verläuft in freundlicher und entspannter Atmosphäre. Der Lehrer, der die Vorträge für neu Interessierte hält, hat spontan S. Vertrauen, und das ist alles andere als selbstverständlich. Trotzdem muss erst einmal nachgefragt werden, was denn eine weitere Teilnahme kostet, denn viele Geldmittel hat S. ja nicht. Geschmack an etwas finden, das sie sich später nicht leisten kann, will sie nicht.

Das ist vernünftig. Eines der wesentlichen Ziele eines irdischen Wesens sollte sein, schädliche, abhängige Lebensmuster zu überwinden. Was nicht gelingt, wenn diese Befreiung mit mehr Geldmitteln bezahlt werden soll, als das Erdwesen ohne allzu große Mühe aufbringen kann. Verlangt man dies dennoch von ihm, bringt man es in eine weitere Abhängigkeit, und der Wert der Hilfe ist damit verloren. Die Gesprächsabende kosten nichts, und eine spätere Mitgliedschaft nicht besonders viel. Das ist gut.

Geredet wird darüber, was den Menschen hilft zu wachsen. Weisheiten und Wahrheiten verschiedener Religionslehren dürfen hier zusammenfließen und stehen nicht in Konkurrenz. Man hat kein Interesse an weltlicher Dominanz. Wer über die Worte eines Propheten Jesus sprechen möchte, kann dies gerne tun. Wer eine Weisheit des spirituellen Lehrers Buddha erwähnen möchte, kann dies auch sehr gerne tun. Wer meint, ein Zitat des islamischen Mystikers Rumi würde gerade sehr gut passen, der kann auch dies gerne beisteuern.

Wer über seine Sicht der politischen Welt, der schwierigen Situation mit den Mitwesen, gerade den Eltern, und ihrer Mitschuld an einer seelischen Erkrankung, dazu einer gerade sehr stark erlebbaren beruflichen Unzufriedenheit sprechen möchte, kann dies nicht tun. Jedenfalls nicht ausufernd. Aber S. hat ja auch esoterisch-spirituelle Kenntnisse, mit denen man hier wohl besser punkten kann. Irgendwie möchte sie diese netten, klugen Wesen gerne beeindrucken. Man lächelt nachsichtig, und wenn ihre Ausführungen etwas lang werden, bremst man auch schon mal energischer. S. erlebt ihre eigene Stimme als die eines Kindes, das sich laut und wichtig in die Diskussion Erwachsener einbringen möchte. So ist es auch ein bisschen. Mit der Zeit nimmt sie sich etwas mehr zurück, aber leicht fällt ihr das nicht gerade.

Hinter einer verschlossenen Tür gibt es einen zweiten Raum. Der geheimnisvolle Ort, an dem man sich zu Diensten versammelt. S. ist sehr gespannt, was dort passiert, als sie das erste Mal an so einem Dienst teilnehmen darf. Hier reden meist zwei Leute abwechselnd, ein männliches und ein weibliches Wesen, und zwischendurch singt man Lieder. Auf einem kleinen Tisch liegt eine Bibel, und an der Wand hängt ein großes, goldfarbenes Kreuz. Das ist nicht so neu. Und sie ist auch dort: Um einen vergoldeten Stab schlängelt sich eine Schlangenfigur. Sie hat sich hochgeabeitet zu einem Wesen, das in dieser Gemeinschaft verehrt wird. Thront hier neben dem Kreuz. Sie ist jetzt also auch nicht mehr schwarz, sondern goldfarben. Irgendwie freut mich das für sie.

Eine Reinkarnationstherapie wird hier nicht angeboten. Man glaubt zwar, dass menschliche Wesen durch verschiedene Inkarnationen gehen, hält es aber nicht für besonders wichtig, in alte Leben zurückzukehren. Man stellt nicht in Frage, dass die Astrologie kosmische Zusammenhänge und deren Wirken auf ein irdisches Wesen erklären kann, hält aber eine Beschäftigung mit ihr ebenfalls nicht für notwendig. Führt sie das ein oder andere Wesen ja zu Schubladendenken. Man ist also wieder in einer Kirche gelandet. S. fühlt sich fast ein bisschen reingelegt. Immerhin, diese Wesen hier wollen ihr nicht sagen, was sie zu tun oder lassen hat. Noch nicht einmal, wenn sie danach fragt.

Vereinzelt hört man ein Mitglied behaupten, nur diese religiöse Verbindung kenne den wahren Weg zu Gott. Na gut, diese Wesen tummeln sich nun mal in jeder Form von Glaubensgemeinschaft. Müssen damit wohl auch eine Funktion des Zusammenhaltens einer Gemeinschaft erfüllen, ein neues Mitglied bewegen, die Gemeinschaft erst einmal näher kennenzulernen, bevor es sich zu schnell wieder etwas Neuem zuwendet.

Jedenfalls lässt man Wissen aus anderen Religionen und spirituellen Quellen einfließen, da dies zu einem umfassenden, spirituellen Verständnis hilfreich erscheint. Reden gilt hier eigentlich als gar nicht mal so wichtig. Es geht den sich versammelnden Wesen um das gemeinsame Erfahren von Kraft und liebevoller Annahme. Reden, so hat man festgestellt, trennt menschliche Wesen häufig, statt sie zusammenzuführen.

Auch wenn S. sich manchmal etwas langweilt, bin ich mir sicher, dass dies ein guter Ort ist. Ein Ort, der sich im Einklang mit den Gesetzen meiner Heimat befindet. An dem ich erkannt werde und willkommen bin. Das macht es sehr viel leichter, mich S. mitzuteilen. S. nimmt dann auch viele Jahre an Vorträgen, Gesprächen und Diensten teil. Sie bevorzugt die Veranstaltungen, bei denen sie reden darf, und ich die, wo viel Ruhe ist. Ich mich meiner Heimat ganz nahe fühle. S. wird nicht mehr hingehen, wenn sie nicht reden darf, also lasse ich sie gewähren.

S. liest nach wie vor alles, was sie in die Hände bekommt, und hier findet sie viele neue Anregungen. Besonders gut gefällt ihr eine Interpretation des Tao Teh King, ein besonders beliebtes Werk in dieser Gruppe, das dort jeder gelesen hat. S. trifft auch auf Heilbehandler, die mit Essenzen arbeiten, welche sehr stark in Flüssigkeit verdünnt wurden. Sodass sich in der Flüssigkeit schließlich kein nachweisbarer Stoff, sondern eine von der materiellen Beschaffenheit losgelöste Schwingung, zum Beispiel einer Pflanze, befindet. Auch solche Essenzen werden ausprobiert. Zuversicht und Lebensenergie nehmen zu - doch die Hoffnung, schon bald auf klinische Substanz verzichten zu können und nie mehr in die Klinik zu müssen, erfüllt sich erst einmal nicht. Im ziemlich regelmäßigen Dreijahresturnus ist sie wieder dort. Beeindruckt die Ärzte so gar nicht mir dieser neuen Information, nun einer ganz besonderen religiösen Gemeinschaft anzugehören.

Medizinkundige Erdbewohner möchten wohl vor allem sich selber immer wieder überzeugen, dass sie mit ihrem mühevoll erworbenen umfangreichen Kenntnissen über Aufbau, Funktion und Störungen des menschlichen Stoffkörpers unanzweifelbare Autoritäten sind. Ein Realitätsflüchtiger die Qual des mühevollen Erwerbs von Wissen in einem der besonders anspruchsvollen Studiengänge nun zu würdigen hat, indem er seinen Stoffkörper ihrem Wissen widerstandslos übergibt. Besonders dann, wenn er nachweislich gerade nicht in der Lage ist, sinnvolle Entscheidungen zu seiner Lebensführung zu treffen.

Der Zustand der Leidenden, die über Jahre in Psychiatrien behandelt werden, scheint sich allerdings häufig nicht zu verbessern, Gesundung scheint nicht erreichbar, manchmal eher Degeneration. Die Medizinkundigen erklären dies an der Eigenart des Krankheitsbildes. Worüber sie so einige gelehrte Abhandlungen formuliert haben. Und manchmal auch mit genetisch bedingter geringerer Lebensfähigkeit der Betroffenen. Was so ziemlich das gleiche bedeutet, aber so seltener offen gesagt wird. Diese Abhandlungen kann man manches Mal auch so verstehen, dass beim Psychiatriepatienten kaum Aussicht auf Reifung und Entwicklung besteht.

Dies so darzulegen, muss nicht aufgrund von Böswilligkeit geschehen sein. Man ist wohl einfach, wie so viele Erdwesen mit und ohne Bildung, sehr überzeugt von der Unfehlbarkeit eigenen Wissens. Vermutlich steht man auch ungerne schlecht da gegenüber Kollegenwesen der medizinischen Fachwelt, die zum Beispiel Knie und Hüften austauschen. Damit vergleichsweise einfach und schnell zu vorzeigbaren Erfolgen kommen und von vielen ihrer Patienten geradezu verehrt werden. Groß ist die Bewunderung für solche Medizinkundige, die sogar ein Krebsleiden heilen. Man sollte es den neurologischen Medizinkundigen also nicht allzu übel nehmen, dass sie das Versagen von Genesung allein den von ihnen Behandelten anlasten. Die klinischen Substanzen so preisen.

Immerhin kann das in Haltlosigkeit gefallene, verletzliche Wesen so weiterleben in einer rauen Welt, die niemand so leicht ändern kann. Kommt meist wieder in die Lage, die wesentlichen Grundfunktionen des Alltagslebens selbstständig zu übernehmen. S. muss sich eingestehen, dass ohne energisches Eingreifen betreuender Kräfte und den nicht immer ganz freiwilligen Klinikaufenthalten ihr Leben ihr sehr wahrscheinlich schon früh völlig entglitten wäre. Es vielleicht auch schon beendet wäre. Man fairerweise eingestehen sollte, dass die neurologischen Medizinkundigen und die Pflegewesen, selbst die, die einem manchmal laut bellend aus dem Hinterhalt anfallen, tatsächlich gar nicht mal so wenige Leben retten. Was schon mal ein wenig untergeht.

Was S. auch deshalb nur ungern offen zugibt, da dies die dominante Position der Behandler weiter zementieren könnte. Sie ein gewisses Maß an Selbstbestimmung unbedingt gewahrt wissen möchte. Und es für sie schwer verständlich bleibt, warum ein Behandler nie versuchte, ihr die Medikation zu verabreichen mit der Erklärung, ihre Existenz, ihr Überleben sichern zu wollen. Stattdessen anordnet, keine Begründung abgibt, mit Zwang droht. Was dann zu dem Gefühl führt, die Substanz für die Behandler und die Mitwesen nehmen zu müssen. Die wohl einfach keine Scherereien wollen, sich nicht auseinandersetzen wollen. Oder wohl aus der Medikamentenvergabe auch nicht so selten ein Machtspiel machen, dass sie natürlich immer gewinnen.

Nur wenige Mitwesen können dann auch überhaupt etwas zum Sinn des Lebens sagen, und vielleicht muss auch jedes Wesen den Sinn seines Lebens selbst erschließen. Man soll überleben, und andere Wesen werden beauftragt, dieses Überleben zu sichern. Häufig deutlich erkennbar nur mäßig motiviert zu dieser Aufgabe. S. Freunde und

Ratgeber sind lange Zeit nur ihre Bücher, genau genommen der Geist großer Lehrer, der durch sie wirkt. Hier begegnet S. auch der Therapieform eines Viktor Frankl, die sich Logotherapie nennt. Die es als ihre wesentliche Aufgabe betrachtet, mit einem seelenleidenden Wesen den Sinn seines Lebens zu erschließen. Ihm Bedeutung und Wert seines Lebens erfahrbar zu machen. Eine Therapie kann man bei dem Herrn Frankl nicht mehr machen, denn er ist bereits verstorben. Die Logotherapie wird angeboten von vielen seiner Schüler, leider aber nicht bezahlt von den Institutionen, die sich Krankenkassen nennen, und die für die Vergabe von Geldmitteln für Heilbehandlungen zuständig sind. Sodass S. also keine solche Therapie unternimmt, dafür aber die gut verständlichen und nicht sehr teuren Lebensratgeber seiner Schülerin Elisabeth Lukas erwirbt.

Inzwischen, seit Begegnung mit den Wesen dieser neuen Gruppe, erfährt S. auch einiges Hilfreiches im direkten Austausch. S. stellt fest: Wie viel man annimmt vom Wissen und Rat eines anderen Wesens hängt ziemlich stark davon ab, ob das andere Wesen als sympathisch erlebt wird. Obwohl in den schwierigen Begegnungen besonders viel Lernpotential steckt, wie ihr erklärt wird. In einer Gruppe ist es nie so, auch hier nicht, dass alle Wesen als angenehm erlebt werden. Vielleicht waren deshalb so lange die Bücher ihre einzigen Ratgeber. Deren Verfasser sie auch korrigieren durften – denn die Korrektur konnte ja nichts mit ihrer Persönlichkeit zu tun haben. Wo sie ja den Verfassern der

Werke völlig unbekannt war und bleiben wird. Viele von ihnen den Planeten bereits verlassen haben.

Vieles, was sie jetzt im direkten Austausch erfährt, bestätigt das Gelesene. Eine Veränderung in der eigenen Persönlichkeit muss nicht spektakulär sein, sagt man dort. Ist sogar eher erfolgversprechend, wenn sie still und von einer äußeren Welt kaum bemerkt verläuft. Einige kleine, wenige Änderungen im äußeren Verhalten genügen da manchmal schon. Wie zum Beispiel, ein Streitgespräch nicht endlos fortzusetzen. Weil es nicht von so großer Wichtigkeit ist, ein anderes Wesen von den eigenen Auffassungen zu überzeugen. Das übt sich natürlich erst mit einem tatsächlichen, möglichst sturen Gegenüber. Das sich aber leicht finden lässt.

Es entspannt tatsächlich sehr, dem Mitwesen einfach seine Überzeugungen zu lassen, so lange es keinen Rat wünscht. Seine Meinung mag man teilen oder nicht, ändern kann man sie ohnehin meist nicht. Im Wortgefecht wird sich das andere Wesen völlig verschließen und schließlich völlig unzugänglich werden für was immer man auch für gute Argumente liefert. Kann man dies akzeptieren, lässt sich eine Menge Energie sparen. Allerdings, da gibt es herznahe Anliegen, persönliche Empfindlichkeiten, und Wesen, die beanspruchen, sehr stark in die eigene Lebensgestaltung hineinzuwirken. Auch hier käme man zwar mit Gelassenheit zu befriedigenderen Ergebnissen, diese Gelassenheit kann das Temperament, das S ist, allerdings nicht immer so leicht erreichen.

Man kann Belastungen, die Empfindlichkeit und

Reizbarkeit erhöhen, ein Stück weit verringern durch achtsamen Umgang mit sich selbst. S. trifft sorgfältige Auswahl, welche Wesen und Inhalte sie in ihrer Wohnung erreichen dürfen. Lässt die Bild- und Tonempfangsapparatur inzwischen meist ausgeschaltet. Sie wohnt inzwischen auch nicht mehr über lärmenden Backmaschinen, sondern ist in eine etwas größere Zwei-Zimmer-Wohnung gezogen. Nicht in einem der teuren Viertel der Stadt, nein, das kann man wohl nicht sagen, aber sie fühlt sich wohl in ihrer neuen Umgebung. Eine kleine Investition in Stoffe und Bilder reichte aus, um sich ihr Heim behaglich zu gestalten. Die notwendigen häuslichen Tätigkeiten, die es in der kleinen Wohnung zu verrichten gilt, verlangen ihr dann auch nicht zu viel ab. Sie achtet auch auf das Wohlbefinden ihres Körpers und nimmt vorwiegend pflanzliche Nahrung zu sich.

Was S. noch fehlt, sind Möglichkeiten für sinnvolles Schaffen, das auch Freude bereitet. Der vorerst letzte, vielleicht ja auch überhaupt der letzte Aufenthalt in dem Behandlungszentrum, führt S. dann schließlich auch aus ihrer Isolation heraus. Die endgültige Aussöhnung mit dem inneren Dämon steht an. Der sich noch einmal als ein mächtiger, unüberwindbarer Tyrann vor ihr aufbauen wird. Das ist immer so, an diesem Punkt im Leben eines Erdwesens. Der Kerker ist erkannt, soll verlassen werden. Aber es gibt die Wächter, mit der ihnen zugeteilten Aufgabe, und sie können nicht im Kampf besiegt werden. Etwas in ihr ruft sie zurück in die irdische Dynamik, und S. verlässt die Gemeinschaft.

Teil 3

KE Herausforderung

Obwohl S. sich inzwischen freiwillig seit einigen Jahren das Niedrigschwingungsmittel injizieren lässt, wird noch einmal ein Aufenthalt im Behandlungszentrum nötig. Diesmal war glücklicherweise kein Feuer beteiligt. Ein Betreuungswesen, das sie schon mehrere Jahre kennt und zu dem sie Vertrauen fassen konnte, bemerkt ein Ungleichgewicht in S. Zustand und berät sich mit S., was jetzt am Besten zu tun wäre. Die neurologische Medizinkundige wird hinzugezogen, und man einigt sich, ein Klinikaufenthalt, der diesmal wohl nicht so lange sein müsste, wäre sinnvoll. Bei Unterbringung auf einer offenen Station.

S. muss feststellen, inzwischen herrscht auch auf diesen Stationen diese kalte Geschäftigkeit und dieser schneidende Ton. Sehr oft betreut nur ein Pflegewesen über mehrere Stunden eine vollbelegte Station. Das war doch früher nicht so? Kaffee wird jetzt rationiert, wer zu Ende der Frühstückszeit kurz vor 8:30 Uhr kommt, bekommt keinen mehr. Mit dem Hinweis, dass sich andere Patienten bereits drei Tassen genommen hätten. Gelder scheinen nicht mehr im gewohnten Maß zur Verfügung zu stehen. Oder ist dies die eigenmächtige Entscheidung vom Pflegepersonal, das sich so ungern großzügig und verständnisvoll zeigt?

Untergebracht ist S. in einem Gebäude auf dem Gelände außerhalb des Turms, aber im Altbau, keine schönen Zimmer, Gemeinschaftsbad. Die Zimmergenossinnen sind zwei liebe, aber in dem Zustand, in dem sie gerade sind, nicht sehr hygienische Wesen. Das eine Wesen ist türkischer Herkunft, schon etwas älter. Und eigentlich keine Türkin, wie sie S. erklärt. Man hatte sie als Kind entführt. S. beschäftigt sich dann auch gleich damit, die eigentliche Identität aufzuspüren. Ob sie vielleicht aus Rumänien stamme? Vielleicht eine Roma sei? Das Wesen unbekannter Herkunft vermutet, eher nein, denkt nach.

Ihr Zimmer im Wohnheim war ihr vor ihrer Einweisung gekündigt worden, ihre wenigen Habseligkeiten türmen sich um ihr Bett herum, und auch auf dem Tisch und auf der Fensterbank. Dieses Wesen isst lieber selbst gekaufte Kekse und Cornflakes als an den Mahlzeiten teilzunehmen. Fenster und Tür müssen immer geöffnet sein, sonst wird es unruhig, bekommt Atemnot. Dabei ist es Winter und kalt, sodass man es dann in diesem Zimmer auch nur in seinem Bett aushalten kann.

Die andere Realitätsflüchtige ist ein ganz junges Wesen, eine Russin. Genauer, eine Kasachin, klärt sie S. später auf. Sie begrüßt S. bei jedem Eintreten ins Zimmer mit „Peace" und dazu dem Viktory-Zeichen. S. überlegt, ob dies das Signal des Erkennens gleicher geheimer Mission ist, oder eine angstvolle Bitte, ihr nichts zu tun. An die Wand hat jemand „US-Army" geschmiert. Auf dem Spiegel über dem Waschbecken gegenüber ihrem Bett hat jemand „Zorro" eingraviert. Das gefällt S.

Das Wesen unbekannter Herkunft wird manchmal recht grantig, schimpft laut in türkischer Sprache. Die Zimmergenossinnen stört das nicht, denn die Schimpftirade richtet sich nie gegen sie, sondern gegen jemand, der nicht körperlich anwesend ist. Die junge Kasachin macht auf S. den Eindruck eines kleinen verhuschten Nagetiers, das sich in sein Bett verkriecht und hofft, dort unbemerkt den Tag verbringen zu dürfen. Auch das Wesen unbekannter Herkunft verlässt das Zimmer nur abends, um die Pflegewesen anzubetteln, das Raucherzimmer früher aufzuschließen. Weil es nicht zwei Treppen hinuntergehen möchte, um vor der Tür dieses Gebäudes rauchen zu müssen.

Das Raucherzimmer wird aber nur zur späten Abendstunde zu einer festgelegten Zeit aufgeschlossen, und eine Beugung von Klinikregeln zu erreichen, ist nahezu aussichtslos. Auch bei der türkischen Pflegerin hat sie kein Glück, obwohl sie diese besonders hartnäckig bearbeitet. Ein weiteres Indiz, dass man nicht als Landesgenossin akzeptiert ist. Die Türkei und die Türken werden mit wütenden Schimpfwörtern belegt. Was ihre Verhandlungsposition aber nicht verbessert.

Die Beiden verbringen also den Tag im Bett, wobei das kleine Nagetier damit nicht immer durchkommt. Gerade hat wieder eine Schwester ihr eine Standpauke gehalten: „Jetzt aber raus aus dem Bett, aber ganz schnell!", und das kleine Tierchen steht zitternd auf und produziert eine Pfütze auf dem Boden. S. schwankt zwischen Mitleid und Ärger. Die Pflegerin gibt sich amüsiert. Das kleine Nagetier wird gezwungen, die Pfütze aufzuwischen.

Eine Realitätsflüchtige auf dieser Station trägt Windeln, die sie gerne gefüllt und offen auf der Gemeinschaftstoilette hinterlässt. Die Zimmer im Neubau haben eigene Badezimmer, aber S. hat vorerst keine Aussicht auf einen Aufstieg zu einem Zimmer mit Bad. Wenn sie es in ihrem Zimmer nicht mehr aushält, streift sie, möglichst unauffällig, durch die Gänge, immer auf der Hut, Begegnungen mit Behandlern zu vermeiden.

Und während dieses ziellosen Umherstreifens geschieht es, dass auf einmal er vor ihr steht: Der Grieche. S. hatte ihn fast vergessen, und auf einmal ist er da. Genauso, wie sie ihn sich vorgestellt hatte, nur etwas grau die Haare schon, und auch nicht mehr so viele Haare. Ist ja aber auch ziemlich viel Zeit vergangen inzwischen, fast 20 Jahre. Nein, er ist aber wohl doch kein Grieche, er stellt sich vor als Therapeut für Arbeit, und er möchte S. dazu bewegen, an der Bürotherapie teilzunehmen. Arbeit kann nämlich nicht nur Gesundheit zerstören, sondern auch in einer Form angeboten werden, die ohne Druck erfolgt, Ablenkung von einem Leiden bedeutet, und dann guttut.

S. erklärt ihm, was sie auch schon den Ärzten wiederholt gesagt hat: Mir geht es sehr gut, und ich werde in Kürze die Station verlassen. Mit etwas weniger Nachdruck allerdings, als zuvor gegenüber den Ärzten. Vielleicht sollte man doch darüber nachdenken, in der vom Griechen, nein, Therapeuten für Arbeit, betreuten Bürogruppe mitzuarbeiten? Auch wenn dies natürlich wieder ein Versuch sein wird, sie ins Berufsleben zurückzuführen, und in das Steuerbüro, in das sie sich zuletzt hineinverirrt hatte, will sie auf keinen Fall zurück.

Der Therapeut erscheint jeden Tag auf Station, und während S. darauf bedacht ist, Begegnungen mit dem für sie zuständigen Medizinkundigen zu vermeiden, sorgt sie dafür, vom Therapeuten für Arbeit bemerkt zu werden. Auch, wenn inzwischen klar ist, dass er kein Grieche ist. Aber ein sehr freundliches Wesen, das ihr erzählt, dass es nichts davon hält, Realitätsflüchtige lange in Kliniken festzuhalten. Die Klinikzustände wirklich übel sind, und Zwangsbehandlungen längst abgeschafft sein sollten. Deshalb hat er auch die SUB-Gruppe geschaffen, die es Realitätsflüchtigen ermöglicht, in ihrer Wohnung zu übernachten und tagsüber an den Therapien auf der Station teilzunehmen.

S. bekommt einen Platz in dieser Gruppe. Zieht die Teilnahme an der Bürotherapie schließlich in Erwägung. Es gilt, die Arbeitsbedingungen auszuhandeln. Vor 10:00 Uhr möchte sie nicht anfangen. Das ist kein Problem. Und mehr als zwei Stunden möchte sie nicht arbeiten. Für den Anfang wäre das wohl möglich. Na gut, Bürotherapie also. Und es ist gar nicht mal so schlecht dort. Die anderen Realitätsgeflohenen sind sehr nett, und man isst gemeinsam zu Mittag. Die Leiterin, die S. schon von vorherigen Aufenthalten her kennt, begegnet den mal mehr mal weniger anstrengenden Realitätsgeflohenen gleichbleibend entspannt und gelassen. Besonders angenehm ist aber, dass der Therapeut für Arbeit sie jeden Tag aufsucht und mindestens eine halbe Stunde mit ihr spricht.

Neben seinen Ansichten zu Klinik und Klinikbehandlung erfährt sie jetzt auch einiges aus seinem

Leben. Seine Anwesenheit tut gut, ist wärmend, beschützend. Eigentlich plaudert man nur so über dies und das, ein tiefgehender Gedankenaustausch findet nicht statt. Trotzdem werden diese Gespräche für S. sehr wichtig. Was ihr bewusst wird, als der Therapeut dann, nachdem er zwei Tage über Rückenschmerzen geklagt hatte, mit einem Bandscheibenleiden gleich für mehrere Wochen krankgeschrieben wird.

Es ist, als hätte man die Wärmelampe von Station gefahren. Jeden Sonntag fragt S. sich, ob er wohl am Montag wieder gesund sein wird. Da es lange nicht so ist, unterhält sie sich in den Pausen jetzt mehr mit den anderen Realitätsgeflohenen. Erfährt von der Möglichkeit, über diese Therapie ein sogenanntes arbeitstherapeutisches Praktikum[40] zu machen. Das, anders als andere Praktika, vom Arbeitgeber nicht bezahlt werden muss. Da es zu S. Genesung beitragen soll. Wobei die im Glossar angefügte Beschreibung des Praktikums auch auf die Beschäftigungsform, die S. nun aufnehmen wird, zutrifft.

Die Stelle in dem Steuerbüro hat S. inzwischen gekündigt, zum Entsetzen sämtlicher Behandler und Betreuer. War dies doch sogar eine unbefristete Tätigkeit, und war S. nach einer früheren längeren Krankheitsphase dort sogar wieder aufgenommen worden. Die Mutter, die immer überzeugt war, dass S. in einer Bürotätigkeit am besten aufgehoben ist, akzeptiert S. Entscheidung aber. Ganz kann sie sich nicht zurücknehmen aus S. Leben, denn sie bleibt überzeugt, für die Familienmitglieder am besten zu wissen, was für diese gut ist. Was bedeutet, dass S. Vorstellungen nicht so leicht von ihr verstanden und geteilt werden. Aber auch, dass S. niemals fallengelassen wird, die Mutter ihr mehrmals im Leben wieder auf die Beine hilft. Mit praktischer Unterstützung und Zuwendung von Geldmitteln.

S. und ihre Eltern haben begonnen, sich aufeinander zuzubewegen. S. kann ihre Eltern inzwischen sehen als Wesen, die es im Leben ebenfalls nicht leicht hatten. Die schließlich auch für S. bemüht waren, als Familie bestehen zu bleiben. Die Verzichtserklärung, die die Übernahme des Hofes durch den Bruder möglich machen sollte, hat S. inzwischen unterschrieben. Dafür hat sie eine Geldmittelmenge bekommen, die es ihr ermöglichte, ihre Wohnung ansprechend auszustatten. Sie lebt in einer Mietwohnung in der 30 km entfernten Stadt und wendet sich in Krisen an geschulte Helfer. Und so steht nun nichts mehr zwischen ihr und ihrer Familie, was als Bedrohung empfunden werden könnte. Das ist S. auch wichtiger, als weiter mit den Eltern zu kämpfen. Schließlich kann S. den Eltern dann auch gelassener und freundlicher begegnen, und manchmal ist dafür eine stille Anerkennung, auch vom Vater, spürbar, die ihr viel bedeutet. Auch wenn sie mit ihm nicht über ihr Krisenerleben spricht.

Mit der Mutter wird inzwischen viel gesprochen, aber ebenfalls kaum über die Krisenzeiten und dem Krisenerleben. Es wird die Mutter immer etwas überfordern, wenn S. davon spricht, dass die psychotische Krise ihre ganz persönliche Herausforderung und Aufgabe und wichtiger Teil eines spirituellen Weges war. Für S. Mutter bleibt dieses Phänomen eine ziemlich schlimme Krankheit, die S. um Möglichkeiten gebracht hat, die ihr ihren Fähigkeiten nach zugestanden hätten. Einem kranken Wesen kann man aber nicht vorwerfen, was es nicht leisten kann. Und dies wird zu einer Einsicht, die S. Mutter jetzt kämpferisch verfechtet. Wer es in ihrer Gegenwart wagt, etwas Abfälliges über Wesen mit seelischen Erkrankungen oder mit Hilfsbedarf aus der staatlichen Gemeinschaftskasse zu äußern, kann sich auf was gefasst machen.

Und wenn nun die Tatsache, einigen Wesen im Familienverband schon etwas bedauernswert zu erscheinen, hin und wieder zu Großzügigkeiten mit Geldmitteln führt, warum dann immer betonen, dass es einem inzwischen recht gut geht? Geldmittel sind allerdings tatsächlich immer etwas knapp. Eine entlohnte Tätigkeit, die sich von S. bewältigen ließe, wäre schon keine schlechte Sache. In dieser neuen Lebensphase ergibt sich mit diesem Praktikum nun die Möglichkeit, einen neuen Bereich kennenzulernen, in dem es um das menschliche Wesen und seine Gesundheit geht. Und der Bereich, den S. findet, beschert ihr dann auch sehr viel intensivere, aufwühlendere Erfahrungen, als sie ahnen kann.

Sie wird zuerst als Praktikantin, dann ehrenamtlich beschäftigt im Lektorat eines Zeitungsprojektes, in dem krisenerfahrene Wesen Texte verfassen über den Umgang mit ihrer seelischen Erkrankung, ihren Verletzungen und ihren Erfahrungen mit Aufenthalten in den Behandlungszentren. Oder aber auch phantasievolle kurze Geschichten, Gedichte und Bilder beisteuern, die sich nicht auf ein Krisenerleben beziehen müssen.

Das Zeitungsprojekt gehört zu einer Institution, die hauptsächlich Betreuung anbietet und organisiert für Wesen, die gelegentlich realitätsflüchtig werden. Auch Ausbildungen und Weiterbildungen werden angeboten, darunter auch ein Ausbildungsweg, der speziell auf krisenerfahrene Wesen zugeschnitten ist. Die hier Genesungsbegleiter werden können, und dann als „Experten aus Erfahrung" in einigen psychiatrischen Einrichtungen eingestellt werden und dort mitarbeiten dürfen. S. wird mitgeteilt, als Mitarbeiterin bei diesem Projekt würde sie eine solche Ausbildung finanziert bekommen.

Ganz unerwartet bietet sich nun also eine Perspektive auf eine Anstellung mit Arbeitsvertrag im sozialen Bereich, eine Stelle speziell zugeschnitten auf Wesen mit ihrer Geschichte. Die Vertretung des Therapeuten für Arbeit regelt die Formalitäten mit ihr, und ihr eigentlicher Therapeut nimmt dann schließlich auch wieder die Arbeit auf. Auch, wenn noch nicht wieder ganz hergestellt. Er kennt das Projekt, bei dem S. sich beworben hat. Ihrem Plan, schon in Kürze dort anzufangen, steht er etwas skeptisch gegenüber.

S. hat aber in den Wochen, in dem sie ihn so vermisst hat, gemerkt, dass ein längeres Verweilen auf Station nicht gut sein würde. Dass da zu viele unrealistische Wünsche wieder aufgeflammt sind, wie sie damals an den Griechen in ihrer Phantasie gerichtet waren. Dass nun eine tatsächlich existierende männliche Lebenseinheit Wünsche auslöst, ohne dabei wirklich erreichbarer zu sein, macht es nicht gerade einfacher. Nur nicht wieder im silbrigfeinen Netz einer Illusion verwickelt werden. Oder einem reißfesteren Netz der Realität. Das Leben „da draußen" muss wieder angegangen werden.

KΣ Der Gegenspieler

Mit einem Feuereifer, von dem sie schon nicht mehr wusste, dass sie ihn hat, macht S. sich an ihre neuen Aufgaben. Sie teilt sich ein kleines Büro mit zwei anderen sogenannten ehrenamtlichen Mitarbeitern. Einem stämmigen weiblichen Wesen, das die eigenen Ansichten laut und bestimmend vorzutragen pflegt. Eine Erscheinung aus S. Dorfwelt. Und einem stillen, fast unsichtbaren männlichen Wesen in ihrem Schlepptau, mit aber ziemlich viel Tiefgang.

Dies bemerkt S., als sie das erste Mal seinen Text „Der Wächter in mir" in einem der wöchentlichen Treffen der Redaktionsmitglieder hört. In diesen Treffen stellen die verschiedenen Autoren ihre selbst verfassten Texte vor. Die gesammelt und am Ende des Jahres in Form eines Buchwerkes veröffentlicht werden. Diese Texte hat S. als Lektorin zu verwalten und für den späteren Druck vorzubereiten. Auch eingesandte Texte werden ausgedruckt und in den Sitzungen vorgestellt.

Begeisterung ist eine schöne Sache, die die irdischen Lebenseinheiten in Bewegung setzt und ihnen viel Schwung verleiht für Tätigkeiten, in denen sie Sinn sehen. Das Feuer, mit dem S. an ihre Aufgaben herangeht, Texte verfasst, in der Öffentlichkeit auftritt, in Redaktionssitzungen assistiert und sie schließlich auch leitet, hat aber auch eine Schattenseite. Es brennt irgendwann aus, und dann kann Katerstimmung folgen. S. hat oft genug erfahren, dass ein verheißungsvoller Neubeginn in eine Enttäuschung münden kann, hat das auch nicht ausgeblendet. Aber sie kostet jetzt dieses Gefühl von Neubeginn und uneingeschränkter Entfaltungsmöglichkeit voll aus.

Ist das Leben gerade gut zu ihr, so soll sie es genießen. Ich weiß, und sie weiß es im Grunde auch, es wird nicht so bleiben. Ich bin sehr gespannt, ob wir intensiv genug gearbeitet haben und S. damit umgehen kann, wenn sich die Situation grundlegend ändert. Ob sie genau hinschauen kann. Wir riskieren etwas. Das heißt, mir ist klar, dass wir etwas riskieren, während S. noch glaubt, dass wir uns in einem Umfeld befinden, in dem sie alles preisgeben kann, was sie bewegt. Wo sie auf grenzenloses Verständnis treffen wird. Eben die sehr große Ursehnsucht der Erdwesen.

Wir zeigen uns in Texten, aus denen unsere Zusammenarbeit spricht. Schließlich entwickeln wir eine Geschichte über S. und mich, in der ich spreche und mich als eine fremde Lebensform zu erkennen gebe. Und es zeigt sich das unvermeidliche Problem, der unvermeidliche Gegenspieler. S. Vorgesetzter, der Gruppenleiter, erkennt mich und meinen Einfluss auf S. Sofort stuft er uns als Bedrohung ein und beschränkt unseren Entfaltungsspielraum. Mit einem Vorgehen, dass S. erst einmal nicht durchschauen wird.

Es kommt selten vor, dass ein für Seelenerkrankungen geschultes irdisches Helferwesen ein Lichtwesen bei der Arbeit wahrnimmt. Nicht alle Helferwesen sind streng und hart zu uns, manche sind auch lieb und geduldig zu dem Wesen, das in seiner Psychose so fremdartig ist. Normalerweise merken es geschulte Helfer aber nicht, wenn sie einem Wesen gegenübersitzen, das gerade eine Begegnung mit einer außerplanetarischen Kraft verarbeitet. Er kann diese Information nur von einer uns feindlich gesonnenen anderen außerplanetarischen Seinsform erhalten haben.

Eine Seinsform zweifelhafter Seriostität hält dieses männliche Erdwesen besetzt, das von früh an jede Menge Science-Fiction-Bildfolgen[41] aufgesogen und dabei eine Abneigung gegen erdbedrohende Aliens entwickelt hat. So wurde es als Opfer ausgewählt von einer tatsächlich bedrohlichen Seinsform, von ihr infiltriert und auf irdische und außerirdische Befreierwesen angesetzt. Ohne es zu wissen, arbeitet dieses Wesen einem Zerstörerwesen der Art zu, die es doch so ablehnt. Erkennt es nicht als seinen Besetzer, sondern verfolgt es in einem vermeintlich bedrohlichem Außen. In den Bild- und Tongeschichten der Erdbewohner werden fast nur entartete Aliens, wie es sie bei uns nicht gibt, dargestellt, die die Erde vernichten und die Menschheit quälen wollen. Doch warum sollten wir?

Zugegeben, wenn die Erdbewohner, so wie ich sie nun kennengelernt habe, Möglichkeiten hätten, uns zu erreichen, wir müssten auch über drastische Maßnahmen nachdenken. Da die Niedrigschwingung uns aber nicht erreichen kann, müssen wir die Waffen der Erdbewohner nicht fürchten. Sicher bin auch ich durch stoffliche Seinsformen gegangen. Wir hatten auch mal dieses nukleare Zeug, das einer entdeckte, um Sinnvolles damit zu machen. Der dann von einem anderen bedroht wurde, sein Geheimnis preiszugeben, und der dann Sinnloses damit machte. Und schließlich wollten alle damit experimentieren. Was damit endete, dass wir dann keinen Planeten mehr hatten, nur noch als Bewusstseinsform existieren. Uns jetzt als reisende Ratgeber im Universum hilfreich einbringen und alles wieder in Ordnung bringen müssen.

Doch auch die zerstörerischen Geister von damals sind unterwegs, und sie wollen die Menschheit dazu bringen, auch ihren Planeten Erde in die Luft zu jagen. Ich weiß, wie verletzlich und manipulierbar ein irdischer Schmerz- und Bedürfniskörper sein kann. Sicher scheint es manchmal so, als wäre es besser, nicht durch das schmerzhafte Erleben der stofflichen Existenz gehen zu müssen. Es womöglich einfach vorzeitig zu beenden. Diese zerstörerischen Geister jedenfalls, sie sind ohne Ende neidisch auf den Erdbewohner mit seinen Möglichkeiten, seinem Leben durch sein Handeln neue Richtungen zu geben. Ein besseres Schicksal erreichen zu können als sie.

Unsere irdischen Mitarbeiter sind verletzbar, weshalb es schädlich ist, dass wir häufig so negativ dargestellt werden und unsere Befreiungsvision zu gefährlichem, staatszersetzendem Gedankengut erklärt wird. Ein Grund dafür, dass wir verfolgt und abgelehnt werden, ist, dass wir die Mauern und Grenzen zwischen den menschlichen Lebenseinheiten beseitigen helfen wollen. Natürlich langsam und nicht so unvorsichtig und radikal, wie oft befürchtet wird. Wir wissen, dass die Errichtung einer Welt ohne Grenzen und einem freien Energiefluss ein langwieriger Prozess ist, und wir greifen nur vorsichtig und gewaltfrei ein. S. arbeitet mit uns, da sie erkannt hat, dass äußere Erfolge das Erdwesen leer und isoliert lassen, eine Welt ohne Vertrauen und Liebe nicht lebenswert ist.

Wir wissen, dass ein menschliches Wesen, das eine tiefe Verletzung erlebt hat, eine Mauer um sich herum braucht, um seine Verletzung auszuheilen und sie in Ruhe verstehen zu lernen. Dauerhaft sollte es aber nicht ängstlich hinter seiner Mauer verschanzt bleiben. Wir schaffen immer wieder Kanäle, über die Heilkraft zu den Erdwesen gelangen kann. Sodass es irgendwann wieder gestärkt und mutig unter die Mitwesen tritt, wissend, was es zu tun hat. Der einzige Beitrag, den wir dazu leisten können, ist Lichtsendung, die Bewusstwerdung ermöglicht. Damit schließlich jeder Erdbewohner das ganz besondere ihm mitgegebene Potential erkennen und entwickeln kann.

Der größte Fallstrick auf diesem Weg sind die Zweifel der Erdbewohner, dass sie an Widerständen tatsächlich wachsen können. Die Befürchtung, dass bestimmte Schwierigkeiten in ihrem Leben sie in eine Sackgasse ohne Ausweg geführt haben, damit keinen Sinn zu bedeuten scheinen. Suggestionen der dunklen Mächte, die diese Welt nur beherrschen können, solange sie für allmächtig gehalten werden. Stärke durch Bewusstwerdung und völlige Befreiung aus allen Abhängigkeiten sollen die männlichen wie auch die weiblichen Bewohner dieses Planeten erreichen. Das bedeutet, wir werden von Lebenseinheiten als Bedrohung verstanden, die Dominanz und Vorherrschaft als ihr Recht ansehen, womöglich sogar als die einzigen erstrebenswerten Ziele in ihrem Leben.

Wesen, die zu ihnen von Liebe und Vertrauen reden, halten sie für Täuscher, die sie verleiten wollen, ihre Dominanz und Vorherrschaft aufzugeben. Ein Wesen, das sich ohne unsere Unterstützung aufmacht, Herrschaftsstrukturen zu bekämpfen, begibt sich in große Gefahr und erfährt umso mehr Dominierung und Beherrschung durch andere. Die ihm misstrauen und vermuten, es selber wolle sich eine Machtposition unter den Nagel reißen. In der Auseinandersetzung mit dem Mächtigeren kommt es dann schnell zu Verletzungen, die den tatsächlichen Wunsch nach Vergeltung und eigener Macht entstehen lassen. Und ohne, dass es sich dem allzu bewusst sein muss, übernimmt das Wesen mit Friedenswunsch schließlich die dunkle Strategie des Beherrschers, verstrickt sich mit ihm.

S. hat sich mit diesen Wirkungskreisläufen soweit nur theoretisch auseinandergesetzt. Sie macht sich voller Zuversicht daran, ihre Mitarbeiter und die kreativ Tätigen des Projektes zu wertschätzendem und offenem Umgang zu ermuntern. Rechnet mit Anerkennung für dieses Bemühen. Die Aussicht auf Anerkennung aber ist gering. Wir werden angegriffen. Insgeheim hegt der geschulte Helfer und Vorgesetzte noch den Traum eines kleinen Jungen, einmal ganz allein ein wirklich gefährliches Alien zu erlegen und die Anerkennung der Mächtigen seines Clans zu erringen. In den Bild- und Tongeschichten geht so etwas dann immer gut aus, in Wirklichkeit aber nicht.

Sein erdbedrohender Ratgeber verspricht ihm schnelle und einfach zu erlangende Triumphe bei Erbeutung und Vernichtung der ihm Widerstand leistenden Lebenseinheiten. Dazu muss ich ausführen, dass das Dunkel des Universums in große Unruhe geraten ist über die humanistischen Entwicklungen, die in den letzten Jahrhunderten auf diesem Planeten stattgefunden haben. Die zu einem als allgemeingültig zu verstehenden Gesetz führten, jedem Wesen Lebensberechtigung zuzugestehen. Bei Gleichwertigkeit der verschiedenen Nationalitäten, wie der männlichen und weiblichen Wesen.

Es entwickelte sich ein sogenanntes soziales Bewusstsein. Man entdeckte zum Beispiel den Zusammenhang von Fehlverhalten oder Leistungsschwäche eines Erdwesens mit einer Geschichte von Benachteiligung oder früher Gewalterfahrung. Wesen aus einer Situation dauerhafter Benachteiligung herauszuhelfen, wurde Aufgabe von Wesen, die sich für eine berufliche Tätigkeit im sogenannten sozialen Bereich entschieden haben. Sie unterstützen also ein Wesen auf seinem Weg zurück in die Gemeinschaft der Erdbewohner, wenn dieses es zulässt. Denn es entscheidet schließlich selber, welchen Weg es gehen wird, und welche Unterstützung es dafür für sinnvoll hält.

Damit ist das sozial tätige Wesen beschäftigt, den Dämonen des Dunkels seine Sklaven zu entziehen, und zwar häufig, ohne sich dabei der Natur des Dämonischen und des Dunkels und seiner großen Macht auf diesem Planeten völlig bewusst zu sein. Es ist nicht gefasst auf einen Kampf, in dem mit gleicher Anstrengung, mit der es ein Wesen aus einer Misere zu ziehen versucht, eine ihm unbekannte Macht ihn in diese Misere mit hineinzureißen trachtet. Manchmal muss sich das Helferwesen abwenden von einem Wesen in Not, wenn es sich nicht aus der Umklammerung der Finsternis ziehen lässt, oder jedenfalls nicht von ihm.

S. ist dieses vorgesetzte Wesen erst einmal ausgesprochen sympathisch. Mit seinem anfangs wenig überheblichen, freundschaftlichen Auftreten scheint es ein Vorgesetzter nach Maß zu sein. Ein Wesen, das keinen Widerstand in S. auslöst, S. steuern kann. Es ist von zarter kleiner Statur, und hat mit seinen hellen Haaren und Augen fast schon etwas Engelhaftes in seiner Erscheinung. Was in diesem Wesen aber nur umso mehr Bewunderung für männliche Durchsetzungsstärke und Härte bewirkt. Diese von ihm männlich verstandenen Eigenschaften sind in seinem Arbeitsumfeld allerdings vor allem an den weiblichen Wesen auszumachen. Was nicht nach seinem Geschmack sein dürfte.

Alles ist hier genau andersherum, als man es gemeinhin für richtig hält. Weshalb viele der Wesen an dieser Arbeitsstätte so einige Schwierigkeiten haben mit ihrem Selbstverständnis und ihrer Selbstakzeptanz. Folglich auch mit der Akzeptanz der Mitwesen. Denen man mal mehr, mal weniger deutlich zu vermitteln versucht, dass sie nicht in Ordnung sind, so wie sie sind. Womit S. auch gleich ein Einsatzgebiet für sich erkennt, entschlossen, gegenseitige Akzeptanz zu einem bedeutenden Thema zu machen. Was man dann ja aber wohl nur als unangemessene Kritik an der bisherigen Zusammenarbeit in den Sitzungen verstehen kann. Und nun vor allem S. Akzeptanz verweigern wird.

S. steckt Kritik erst einmal heroisch ein, in der Überzeugung, der sich erst einmal neutral verhaltene Vorgesetzte schätze ihre Arbeit. Was wohl anfangs auch der Fall ist. Allerdings, als wir dann unseren Text zu klinischen Behandlungszentren und klinischer Substanz vorgetragen haben, hat das Gruppenleiterwesen die Bestätigung für etwas, das es bereits ahnt, und Nettigkeit schlägt um in kalte Verfolgung. Dabei wechselt es die Strategie, setzt auch immer mal wieder Charme ein. Um sich dann wieder abweisend oder verletzend zu verhalten.

S. versteht den Vorgesetzten jetzt nicht mehr und fängt an, sich viele Gedanken zu machen. Was will dieses Wesen von ihr? Ist große Zuneigung der Grund für diese besondere, wenn auch irritierende Aufmerksamkeit, oder eher das Gegenteil? S. überlegt, ob dies ein Lockverhalten ist, und ob man auf das Lockspiel eingehen darf. Vielleicht ein bisschen?

S. wird dann auch widerspenstiger und beginnt, den Wert unserer gemeinsamen Arbeit anzuzweifeln. In S. Bücherregal stehen noch die Werke eines Stanislav Grof, den sie sehr schätzt, und die wir jetzt gemeinsam durchgehen könnten. Und wenn ihr die gerade zu abgehoben sind, gibt es da noch das „Handbüchlein der Moral". Eine ganz ausgezeichnete Orientierungshilfe für das menschliche Wesen.

Verfasst von einem Philosophen der Antike, einem Griechen, der S. jetzt tatsächlich sehr hilfreich sein könnte. Aber S. will lieber in bunten Katalogen blättern und sich neue Bekleidung bestellen.

Es ist immer wieder erstaunlich, wie die weiblichen Wesen dieses Planeten auch ein eindeutig und offensichtlich unverschämtes Verhalten als Interesse an ihrer Person misszudeuten bereit sind. Eine Verletzung ist eine Verletzung, nichts weiter. Aber wo sie nicht angesprochen werden kann, wo sie zu einer ganz gewöhnlichen Umgangsform erklärt wird, und der Verletzte als überempfindlich oder lächerlich, hilft sich das Erdwesen wohl eben mit Illusionen über die Mitwesen.

S. will nichts hören, nichts erklärt bekommen, aber natürlich lasse ich sie trotzdem nicht allein. Die Erdbewohner mögen ein Wesen einfach aufgeben, wenn es ihnen zu anstrengend oder zu undankbar erscheint. Wir nicht. Ich habe noch nie das Vertrauen von S307 enttäuscht und werde es auch diesmal nicht tun. Allerdings, wenn dies auch eine ganz typische und unvermeidbar auftretende Schwierigkeit vor einer Abschlusslektion ist, ist es dennoch sehr lästig, dass unser ernsthaftes Bemühen um die Rettung des Planeten und die Befreiung aller Sklaven durch den kalten Jagd- und Spieltrieb des Gruppenleiterwesens so gestört wird.

KZ Gruppen

Anerkennung für ihre Arbeit erreichen zu wollen, scheint ein legitimer Zuwendungswunsch gegenüber dem Vorgesetzten zu sein. S. übernimmt dann also jede ihr aufgetragene Arbeit sofort und entlastet das Gruppenleiterwesen nach Kräften. Sie hat auch Freude an ihren Aufgaben, dieses Zeitungsprojekt hat ihr volles Interesse. Inzwischen ist allerdings klar, offene Anerkennung für organisatorisches oder kreatives Tun wird es nicht viel geben. Noch nicht klar ist S., dass die wesentliche Entlastung, für die sie herhalten soll, eben ist, Zielscheibe für Kritik zu sein. Für den sich ein dünnhäutiges Wesen mit ihrer Geschichte ganz besonders wenig eignet. Was eigentlich auch bekannt sein sollte.

Aus allgemeinen Diskussionen und Textbesprechungen kann man sich ein Stück weit zurückziehen, wenn man merkt, der Autor, den man gerade unterstützt, bekommt sofort Gegenwind von einer der „großen Damen". Die zwei Wesen, die sich als die eigentliche Leitung verstehen. Allzu viel Aufmerksamkeit für ein anderes Wesen als das eigene nicht akzeptieren. Sieht sich die eine doch schließlich als die einzige ernstzunehmende Künstlerin der Runde, und erwartet die andere besonderen Respekt ihrem gesetzten Alter und ihren schwierigen, wenn auch nicht als psychische Krankheit diagnostizierten, gesundheitlichen Einschränkungen gegenüber. Womit ihr nach ihrem Verständnis das Schlussurteil zu jedem Text und jeder Diskussion zusteht. Und da man nie in der Psychiatrie war, ist man auch nicht auf gleiche Stufe zu stellen mit den übrigen Teilnehmern. Der Gruppenleiter sieht dies ebenso. S. übrigens auch, aber genau andersherum als offizielle und inoffizielle Leitung.

Manchmal bringt auch S. einen Text ein, und dann ist Gelassenheit besonders schwer zu wahren. Einfach unerträglich ist, wenn man nach Vortrag des selbst verfassten Textes gespannt auf die Reaktionen der Anderen wartet - und dann erlebt, wie die Textbesprechung um das Zutreffen oder Nicht-Zutreffen einer Formulierung kreist, die von S. nie gemacht wurde. Und S. Beitrag auch in kein gutes Licht stellt. Wozu erst einmal nichts gesagt werden darf, denn der Autor darf sich in diesen Austausch nicht einmischen. Nur am Schluss kann man noch einmal richtig stellen, dass es in der Auseinandersetzung nicht um den vorgetragenen Text ging.

Ihre beiden Kritiker und Wortverdreher zermürben sie mit der Zeit so sehr, dass sie kaum bemerkt, sie hat die Unterstützung aus den stillen Ecken. Jedes Mitglied hat schließlich eine Stimme, ob dominant oder zurückhaltend. Und so werden die vier Texte, die S. im Verlauf der sechs Monate vorträgt, dann auch alle für eine Veröffentlichung am Jahresende angenommen. Die Autorität der inoffiziellen Leitung aber muss akzeptiert werden. Vorschläge von S., gerichtet an ein anderes Teilnehmerwesen, dem etwas Geltung gegeben werden soll, verunsichern dieses. Es hat bereits Erfahrung, was es bedeutet, die inoffizielle Leitung zu übergehen, eine Erfahrung, die S. erst noch machen muss.

Auch wenn S. überrascht ist über die Schwierigkeiten, die ihr hier begegnen, ist es nicht so ungewöhnlich, dass sich in Gruppen ein oder mehrere Wesen sehr positionieren, und dass ein neues Wesen mit Anspruch, sich ebenfalls sehr einzubringen, erst einmal in die Schranken gewiesen wird. Hinzu kommt, dass es einer Ansammlung besonders leidgeprüfter Wesen häufig besonders schwer fällt, Gruppen- oder Gemeinschaftsgefühle zu entwickeln. Häufig erscheint nur das selbst erlebte Leid einem Erdbewohner beachtenswert, der ebenfalls Leidende ein Konkurrent um Aufmerksamkeit. Dem man mit einer hysterischen Szene die Aufmerksamkeit für dessen Anliegen mal eben einfach so stiehlt. Oder mit einem zynischen Kommentar zum Schweigen bringen kann. Und auf diese Weise nicht nur die ausbremst, die wohl auch gerne einmal in ihrem Leiderleben gesehen werden wollen. Sondern auch jene, die etwas Hilfreiches, Stärkendes, aber damit auch irgendwie Anstrengendes beizutragen hätten.

Ansammlungen verletzter Wesen sind damit ein ergiebiges Spielterrain abgründiger Mächte. Ein Wesen, das vom Leben Entschädigung erwartet, das meint, jetzt aber ganz dringend erst einmal selber dran zu sein bei der Glücksverteilung, kann dem Mitwesen nicht viel gönnen. Nun hat auch das gemeinsame Betrachten von Leid einen Sinn unter wahrhaften Suchern nach Lösungen. Denen es nicht um das Weitergeben von Verletzungen oder um eine herausgestellte Position geht. Die sich ein Stück Zuversicht gewahrt haben, dass sie zu hilfreichen Antworten finden können.

Allerdings, Bitterkeit darüber, dass die eigene innere Quelle zu Trost und Freude nicht erschlossen werden kann, man eine Erschließung zu solch einem Potential sich nicht zutrauen mag, kann unüberwindbar scheinen. Viele Gründe lassen sich finden: ein schädigendes Abhängigkeitsverhältnis scheint sich nicht beenden zu lassen, geschehene Verletzungen erscheinen unheilbar und damit unverzeihlich, oder aber es scheint ohnehin zu spät im Leben, um noch irgendetwas zu verändern. Leid soll weniger werden, indem es mitgeteilt und weitergegeben wird, immer wieder. Wobei es aber immer beherrschender wird.

Das Leiderleben scheint ein eigenes dämonisches Dasein zu führen, das einen Herrschaftsanspruch gegen Glück und Zufriedenheit verteidigt, und damit auch gegen glückliche und zufriedene Mitwesen. Unnötig zu sagen, dass die schwarze Schlange aufblüht in einer leidbeherrschten Gemeinschaft und sich unbemerkt um das Wesen mit Heilbegehren schlängelt. So folgt auf eine angenehme Erfahrung und ein Aufkeimen der Hoffnung schnell wieder Enttäuschung, zieht etwas sofort wieder herunter, hat man denn die Leidverstrickung noch nicht gekappt.

Das Wesen in der Krise ist ein Wesen in der Wüste, die Krise ein Zustand der Dürre und Versteinerung, ohne Fülle und Freude. In die sich einst dieser menschgewordene Gott begab, der vor über 2000 Jahren auf diesem Planeten gelebt haben soll. Sich dort allein den dunkelsten Verlockungen aussetzte und ihnen trotzte, wie man sich erzählt. Genau wie ihm damals, werden dem Erdwesen am Wendepunkt seines Lebens nun so einige Verlockungen dargeboten, die beunruhigend nach Schwefel riechen. Man ahnt, sie führen zu nichts Gutem, aber sie präsentieren sich als die einzige oder letzte große Gelegenheit des Lebens.

So, wie S. auch ihr neues Betätigungsfeld wahrnimmt. Auch wenn sich früh zeigt, man kann sich hier nicht gefahrlos öffnen. Aber sicher ist dies den Betroffenen nur nicht bewusst, also sollte man es einfach mal ansprechen. Hoffnungslos naiv wird sie sich einmal erleben, als sie nicht mehr Teil des Projektes ist. Rückblickend erkennen, dass Redeeinschränkung und geistige Unfreiheit von höherer Stelle so gewollt sind. Allerdings, wäre man nicht gutgläubig und zuversichtlich auf dieses Tätigkeitsfeld zugesteuert, hätte man nicht lernen und erfahren können, was sich noch zu erkennen geben musste für ein tieferes Menschheitsverständnis.

Viele Wesen mit einem noch unbewältigten Leid entscheiden sich für eine Zeit der Einsamkeit, und es ist oft eine gute Entscheidung. In der Stille kommen sie leichter zu Antworten, als im Getöse der äußeren Welt mit ihren Redegefechten und den unvermeidbaren Gruppenrivalitäten. Deshalb sollte man es auch nicht auf Faulheit zurückführen, wenn viele Wesen in Seelennot nicht an einbindenden Angeboten teilnehmen wollen während einer Phase großen Schmerzes. Und auch nicht darauf, dass das Angebot oder die Leitung nicht gut seien. Ganz für sich, mit nur einer sorgfältigen Auswahl von Kontakten, kann man zu einem kleinen, stillen Glück finden.

S. hat nie aufgehört zu interessieren, was diese ferne, berühmte Seele Sinead O'Connor erlebt. Die sich einer Glaubensgemeinschaft anschloss und viele Jahre als Nonne lebte, was S. beeindruckte. Die jetzt, während S. mit mir diesen Bericht verfasst, wieder ins Licht der Öffentlichkeit gerückt wurde. Als die Welt von einem Suizidversuch und einer Klinikeinweisung erfährt. S. hat gerade erfahren, wie unglaublich schwer es sein kann, ein Stück tiefer Wahrhaftigkeit und dazu die eigene Verletzlichkeit auch in nur einer kleinen Gruppe sichtbar werden zu lassen. Wie viel schwerer muss es sein, mit dieser Tiefe und offen gezeigten Verletzlichkeit in der Weltöffentlichkeit zu stehen. Hat man aber einmal die Fühler ins Licht gestreckt, kann man nicht mehr so einfach wieder zurück. Man muss weiter.

Dort, wo S. gerade ist, geht es für sie allerdings nicht weiter. Dass, was wir zu sagen haben, kann nicht in einem Machtkampf zur Wirkung kommen. Es ist sogar zu vermuten, dass S. Anregung zu Verzicht auf Verletzungen genau das Gegenteil bewirkte. Die Mitwesen erkennen ließ, dass S. wohl selber sehr verletzlich sein muss, wenn sie Rücksicht fordert. Man sich aber nicht das bisschen Spaß, das man noch hat, verderben lassen möchte. Und ein offensichtlich unverschämtes Verhalten manchem Erdbewohner schließlich auch erst dann wirklich Vergnügen bereitet, wenn jemand es ihm zu verbieten scheint. Zum Beispiel Mutti.

S. merkt, sie wird auch hier zur Projektionsfläche. Es gefällt ihr nicht, und das, was auf sie projiziert wird, entspricht ihr auch nicht. Da ist das eine weibliche Wesen im Arbeitsteam, und die „große Dame" gesetzten Alters in den Sitzungen sicher besser geeignet für diese Rolle. Erstere übernimmt es dann auch, S. Arbeit im Team zu zerlegen, während die andere dies mit ihren Positionen in den Sitzungen vornimmt. Ganz Mutti, verteidigen sie ihr jeweiliges Revier. Das man wohl untereinander abgesteckt hat, oder aber sich noch nicht gegenseitig geortet hat. Die junge Kollegin wohl jedenfalls nicht das ältere Redaktionsmitglied, in seiner ganzen Bedeutung für den Gruppenleiter.

S. sprudelt vor Ideen, doch kaum eine ihrer Vorstellungen kann eingebracht, geschweige denn umgesetzt werden. Erste Zweifel kommen dann schließlich auf, ob man tatsächlich noch am richtigen Platz ist. Manchmal können gute Ansätze erst wirksam werden, wenn die Fähigkeit zur Bescheidenheit und zum Nachgeben auch damit bewiesen werden, dass man sich aus einem blockierenden Gefüge zurückziehen kann. Das hat man wohl mal irgendwo gelesen oder gehört, und es will sich nun immer wieder mitteilen. Aber dies schien doch die passende Tätigkeit zu sein, nach der man so lange gesucht hatte? S. kann sich nicht lösen von den Vorstellungen, die sie anfangs mit diesem Arbeitsfeld verbunden hatte. Sodass die Querelen dieser Redaktionsgruppe zu einer Zerreißprobe werden.

S. war nicht darauf gefasst, bekämpft zu werden. Sie hatte auch nicht damit gerechnet, so viel Verletzlichkeit an sich festzustellen. Der Preis der Lebendigkeit und der Öffnung für das Leben, wie ihr klar wird. Der aber fast zu hoch zu werden droht, da S. sich unter Druck setzt, jeder Attacke gelassen und verständnisvoll zu begegnen. Sich prompt das Gesetz der Gegenpolarität meldet, und unerwünschte Aggressionen nur umso mehr hochkochen wollen. Aber nicht dürfen.

Aber da gibt es Möglichkeiten, sich zu helfen. Seit einiger Zeit treibt S. wieder Sport. Wozu Betreuungswesen sie immer wieder drängen wollten, was immer wieder versucht wurde, aber viele Jahre nicht ging. Jetzt aber sogar Spaß macht. Und es ihr ermöglicht, etwas von dem Druck, den sie auf sich lasten fühlt, abzubauen. Dabei gelingt es ihr dann auch, ihren Stoffkörper wieder in Form zu bringen, und darüber ist sie sehr froh. Dennoch müssen wir uns fragen: Sollten wir besser verschwinden und nicht weiter stören in diesem Gefüge, das sich S. versperrt?

Irgendwie ist man auch wer auf diesem Posten der Lektorin. Einige Autoren schätzen S. schließlich auch als zugängliche Ansprechpartnerin und begegnen ihr mit Respekt, manchmal wird auch ihre Unterstützung bei der Arbeit an Texten gewünscht. Die Angriffe anderer Mitwesen, die ja gar nicht mal die Mehrheit der Gruppe darstellen, bestätigen eigentlich auch nur, dass man etwas kann. Einen toten Hund tritt man schließlich nicht.

Doch immer deutlicher zeigt sich, auch das vorgesetzte Wesen gehört nicht zu denen, die S. unterstützen. Und auch auf diesem kaum bezahlten, ehrenamtlichen Posten wird der Sturz klammheimlich vorbereitet. Gespannt erwarten diejenigen, die diese Zuspitzung von Anfang an beobachtet, die Situation von Anfang an manipuliert haben, was passieren wird. Wann wird S. einbrechen? Wird es eine gute Show geben?

KH Spiegelung

S. sieht nicht, was sich zusammenbraut, also schickt ihr das Licht einen Informanten. Ein Wesen noch im Würgegriff eigener finsterer Dämonen, noch innerlich unversöhnt und leidend an alten Konflikten. Und doch genau der richtige, und dabei perfekt getarnte Helfer, bzw. eine Helferin. Eine Vorgängerin von S., die auf genau demselben Posten mit genau der gleichen Begeisterung tätig war, und dann scheiterte. Wie auch schon einige andere, ebenfalls aus Behandlungszentren zur Gruppe Gestoßene. Bei denen man dann auch nicht genau nachfragte, nachdem sie wieder verschwunden waren. Es überrascht ja niemanden, dass ein seelisch labiles Wesen mal wieder nicht lange durchgehalten hat. Dieses Wesen allerdings weigert sich, stillschweigend unterzugehen, es zeigt Klauen und Krallen.

S. erlebt die Begegnung mit ihr dann auch als überhaupt nicht angenehm. Sie betreut gerade einen Infostand des Zeitungsprojektes bei einer Selbsthilfeveranstaltung[42], als plötzlich dieses energetisch sehr aufgeladene Wesen vor ihr steht und sie unvermittelt darüber informiert, dass ihr Vorgesetzter ein Arschloch[43] sei. Die so bezeichnete Lebenseinheit würde S. ausnutzen und dann rausschmeißen. Anerkennung würde sie null bekommen, prophezeit es weiter. Dann zeigt es ihr ein Foto des Redaktionsmitgliedes, das es verdächtigt, in Wirklichkeit die Fäden zu ziehen und alles zu kontrollieren.

Die eine große Dame. Doch diese hochsensible Künstlerseele kann sich S. nur sehr schwer als geschickte Fädenzieherin im Hintergrund vorstellen. Auch, wenn sie mit ihrem hysterischen Temperament sehr unangenehm werden kann, Aufmerksamkeit immer wieder mit dramatischen Szenen einzufordern versucht. Sicher hat dieses Wesen eine sehr ausgeprägte und ihr womöglich unbewusste - vielleicht aber auch doch bewusst eingesetzte – Fähigkeit, sich überall recht schnell unbeliebt zu machen. Wobei man ihr dann auch gestattet, was man S. verbietet: Unbequeme Positionen zu vertreten. Da S. vermutete, dass ein echtes Engagement für soziale Anliegen mal vorhanden gewesen sein musste, sah sie ihr so einiges nach. Erdwesen, die sich für eine bessere Welt einsetzen, geraten schließlich schnell in seelische Ausnahmesituationen und Verbitterung. S. hatte sehr viel mehr die Muttis gefürchtet – oder hatte sie da etwas falsch eingeschätzt?

Den Namen dieses Wesens, das sich da nun vor ihrem Stand aufgebaut hat, hatte sie jedenfalls auch schon mal gehört. Dieses Wesen hat Hausverbot an S. Arbeitsplatz, und sie kann auch wirklich Stress produzieren. Es rät S. mit Nachdruck, ihren Arbeitsplatz aufzugeben und dann mit ihr in Verbindung zu treten, um sich gemeinsam gegen die Behandlung auf dieser Stelle zu wehren. S. möchte ihr lieber erst einmal nichts zusagen. Etwas zu nachdrücklich tritt dieses Wesen für ihren Geschmack auf. Vor allem, als es noch ein zweites Mal zum Stand kommt, um S. weiter zu bearbeiten. S. hatte ihr ihren Namen mitgeteilt und bekommt kurz nach der Begegnung Nachrichten über eine Seite, die sich mit Hilfe der Schreib- und Ordnungsapparatur aufrufen lässt, einem sogenannten Portal, das Facebook[44] heißt.

S. hat Freude an den Möglichkeiten moderner Apparaturen, wie Nachrichten anderer Wesen zu empfangen. Die Nachrichten dieses Wesens, das sie über dieses Facebook leicht aufspüren konnte, beunruhigen sie aber. Fast ein bisschen Angst bekommt sie, als es ihr mitteilt, sie würde alle diese Zeitungsleute hassen, die noch immer Geld mit ihrer Arbeit machen. Nachrichten werden auch am nächsten Tag von der Apparatur am Arbeitsplatz in Empfang genommen. In diesen Mitteilungen wird S. zur Zusammenarbeit beschworen, aber auch beschimpft.

Dieses Wesen ist sehr im Ungleichgewicht, das ist offensichtlich. Eine Wirkung auf S. hat diese Begegnung gerade deswegen. Denn es kommt etwas aus einer Tiefe in S. Empfinden an die Oberfläche, und S. erinnert sich an die steuerungslosen Phasen in ihrem Leben. Sie muss jetzt unbedingt genauer wissen, wie der Gruppenleiter mit so einer Situation umgeht. Ihn auf diese Begegnung anzusprechen, scheint ein passender Anlass für ein gutes Gespräch, von dem sie sich Beruhigung erhofft.

Doch der Vorgesetzte gibt sich genervt und ungeduldig. Das ist nicht gegen S. gerichtet, aber ich bin bei dem Gespräch dabei. Und mit einem Alien pflegt er nun mal keinen vertraulichen Austausch. Zumindest nicht, bevor es sich ergeben hat. Wenn aber etwas richtig dargestellt ist in den Bildfolgen, die er so gerne schaut, dann, dass sich ein Alien niemals ergibt. Meinen kritischen Blick auf das zwischenmenschliche Wirken in seinem Projekt nimmt er wohl wahr und nimmt mir den auch sehr übel. S. ist zwar so ziemlich am Ende, aber ich noch lange nicht, und ich bin auch nicht überrascht, dass diese Lebenseinheit nicht mehr mitteilt, als unbedingt nötig. Und das eigene Verhalten im guten Licht dastehen lässt. Also, dass man sich nichts zuschulden kommen lassen hatte. Außer, sich zu wenig abgegrenzt zu haben. Was gleichzeitig als Rechtfertigung dafür herhalten soll, warum S. jetzt mit ihrer Bemühung um Klärung abprallen wird.

S. erfährt, dieses so aufgebrachte Wesen war zweieinhalb Jahre für das Zeitungsprojekt tätig und hatte dem Gruppenleiter schließlich auf einer größeren Veranstaltung, dem sogenannten Pressefest, öffentlich eine Liebeserklärung gemacht. Bei Anwesenheit seines Ehewesens. Es glaubte schließlich, alles besser zu können als er. Schließlich überschritt es seine Kompetenzen, als es das Zeitungs-Logo verwendet, um bei einem großen Autobauer eine Kampagne für ein emotionsgesteuertes Auto anzuregen. Kein schlechter Gedanke, das wird sicher kommen, aber da ist die Menschheit noch nicht. Da ist ein etwas übereifriges Alien am Werk, mit zu viel Ehrgeiz, kann niemand von uns sein. Ich werde S307 unterrichten müssen, dass hier der Schutz der irdischen Persönlichkeit vernachlässigt wird.

S307 ist mein väterlicher Berater und meine mütterliche Schutzgeberin, denn auch ich muss natürlich mal nachfragen und meine Position überprüfen. Für uns ist es nicht immer einfach zu erkennen, was unter den irdischen Bedingungen tatsächlich machbar ist. Auch sehr gute Ideen können nicht immer sofort von der Menschheit aufgegriffen und umgesetzt werden. Sie zu nachdrücklich und beharrlich durchsetzen zu wollen, ist oft der Grund für eine zwangsweise Unterbringung.

Bei uns ist so viel möglich, was hier eben nicht geht, und diese Erdbewohnerin hat dann auch in diesem Fall schmerzhafte Begrenzung erfahren. S. erfährt, dass es zu einer Kündigung und anschließend zu schweren Anschuldigen durch dieses Wesen kam. Das Gruppenleiterwesen habe ihr schließlich vorgeschlagen, ein sogenanntes internes Verfahren einzuleiten. Das geschah, und es wurde schließlich von seinen Kollegen als für nicht schuldig am Entstehen der vorgeworfenen Schwierigkeiten erklärt.

Die Anklägerin fiel also in Ungnade und verschwand erst einmal. Was in den Augen der Kollegenwesen wohl ohnehin ihre Bestimmung war. Da sie ja nun einmal, wie S., ein zwar gutausgebildetes, aber seelisch erkrankt erklärtes Wesen ist. Mit einer Verletzung von einer Schwere, die bereits eine Behandlung in einem dieser Behandlungszentren erforderlich machte. In das sie wohl auch trotz des bestehenden Ungleichgewichts nicht zurückkehren möchte. Und auch Medikamente verweigert, wie der Gruppenleiter zu wissen scheint. Auch, wenn wohl kein Kontakt mehr besteht zu der ehemaligen Mitarbeiterin.

Allerdings, immer mal wieder tritt dieses nicht geheilte Wesen in Erscheinung und macht damit aufmerksam auf die Tatsache, immer noch nicht geheilt zu sein. Bringt sich mit umfangreichen Nachrichtensendungen und unerwarteten Begegnungen in Erinnerung. Auch vor der Übersendung von Bildern, die es entblößt zeigen, soll es nicht zurückschreckt haben. Hatte es versucht, sich in seinem verzweifelten Ringen um Beachtung an die niederen Instinkte der ehemaligen männlichen Kollegenwesen zu wenden? Und mit oder ohne Erfolg? Nach dem Gespräch, oder besser Gesprächsversuch, sind mehr Fragen offen als vorher.

S. erfährt, es gibt einen Ordner, in dem diese Zusendungen aufbewahrt werden. Vielleicht sogar viele Ordner, mit Abbildungen vieler anderer Wesen? Die womöglich gar nicht mal so wirklich unaufgefordert und freiwillig entstanden sind? Ihre paranoide Veranlagung, oder einfach auch ihr Vorstellungsvermögen für das Abgründige im menschlichen Wesen, führt schließlich zu der Überlegung, dass man das seelisch erkrankte Wesen hier womöglich hasst. Sie erinnert sich an so manchen abfälligen Kommentar der alten „großen Dame" über Psychiatrie und seelisch Erkrankte, der da, mitten in der Gruppe Betroffener, so gemacht werden durfte. Dem man nichts entgegenstellen durfte. Und da S. weiß, dass Abwertung in der Regel Vorbereitung oder Rechtfertigung für übergriffliches Verhalten ist, lösten diese Bemerkungen so einiges in ihr aus.

Ihr Handy hatte diese Dame immer griffbereit.

Naja, man möchte sich als technisch versiert und auf der Höhe der Zeit präsentieren, hatte S. überlegt. Beschäftigt sich dieses Wesen eben lieber mit seinem Handy, als mit den Beiträgen der wenig geschätzten Mitwesen. Später entstehen in ihr dazu allerdings auch andere, ziemlich unangenehme Gedanken, die sofort wieder verscheucht werden müssen. S. hat so manche Erfahrung gemacht, die man diskriminierend nennen könnte, und sie weiß, dass das Verhalten eines in Steuerungslosigkeit geratenen Wesens es manch Mitwesen recht einfach machen kann, es abzuwerten und seine Persönlichkeitsrechte zu verletzen. Sie weiß nicht, ob dies diesem Wesen auf dieser Stelle so geschehen ist, und erst einmal bringt dessen Verhalten auch S. auf Abstand. Dennoch möchte sie diese Zuschriften, in denen Verzweiflung mitschwingt, nicht ignorieren. Sie teilt dem Wesen mit, dass dessen Arbeit nicht vergebens war, auch, wenn Anerkennung verweigert worden ist. Dass das, was ins Leben hineingegeben wird, auch zurückkehrt. Wenn auch an anderer Stelle, als man es erwartet. Dass es gut ist, loslassen zu können. Doch ist nicht auch S. Vertrauen in ihr Umfeld nun zerbrochen und eine Wiederherstellung aussichtslos? Sind diese Worte nicht eigentlich ein an sie selber gerichteter Rat?

KΘ Gutwesen – Böswesen

Es erscheint Euch sicher ein wenig merkwürdig, warum dieses Thema der freiwilligen oder nicht so freiwilligen Entblößung des Stoffkörpers S. so beschäftigt. Dies hängt damit zusammen, dass die Erdbewohner ihre Stoffkörper in der Öffentlichkeit nur verhüllt zeigen. Man allgemein der Auffassung ist, dass vor allem der weibliche Körper sich nur dem männlichen Ehewesen völlig unbedeckt zeigen sollte.

Das weibliche Wesen, das seinen Stoffkörper gut verhüllt und diese Verhüllung nicht allzu leicht aufgibt, hat im Verständnis manches Erdbewohners eine höhere Qualität als das weibliche Wesen, dass sich ohne viele Bedenken enblößt zeigt. Und das, obwohl, oder vielleich gerade weil, der entblößte weibliche Körper vom männlichen Erdwesen in der Regel sehr gerne betrachtet wird. Er weckt Begehren nach Annäherung, aber auch Angst vor tatsächlicher Nähe, die für weitere Annäherung gefordert sein könnte und auf die man sich nicht einlassen möchte. Durch nachweisbar aufreizendes Verhalten des weiblichen Wesens soll der Zugriff auf ihren Körper gerechtfertigt werden, ohne die von ihr häufig gewünschte seelische Verbindung eingehen zu müssen.

Natürlich kann die Darbietung oder Darstellung eines entblößten Körpers auch erschlichen werden. Nicht nur aus dem Grund, dass man ihn begehrt. Auch, um ein Wesen zu schwächen, das eine unbequeme Position vertritt. Öffentliches Ansehen ist von großer Wichtigkeit bei der Durchsetzung von Rechten und war auch bei S. Vorgängerin durch eine sogenannte psychiatrische Diagnose bereits stark beschädigt. Auch die Unterstützung anderer, zurückhaltenderer weiblicher Wesen ist schnell verspielt, vermuten diese, dass sich ein weibliches Mitwesen zu offensichtlich anbietet. Das männliche Wesen soll werben und verbindlich werden, um ein weibliches Wesen unverhüllt zu sehen und findet dies meist auch reizvoller. Ohne dabei immun zu sein gegen Reize, die sich außerhalb seiner bestehenden Verbindung bieten.

Macht- und Kontrollstreben, im Übermaß Signal großer Ängste und mangelndem Vertrauen in das Leben, machen insbesondere aus dem Liebeswerben der Erdbewohner eine komplizierte Angelegenheit. So einfach teilt man sich tiefere Gefühle oder ein Begehren nicht mit. Das Interesse der anderen Lebenseinheit soll zum Beispiel geweckt werden, indem man sich unnahbar gibt. Oder es sogar provozierend verletzt. Unnahbarkeit kann also in Wirklichkeit Interesse bedeuten, aber auch, dass tatsächlich keine Nähe gewünscht wird. Das interessierte Wesen geht in der Regel davon aus, das Ersteres der Fall ist. Je energischer das begehrte Wesen dann deutlich zu machen versucht, dass es tatsächlich fernbleiben soll, desto größer kann sein Interesse werden.

Manchmal kann vor allem die männliche Lebenseinheit mit energischem, hartnäckigem Werben das begehrte Wesen umstimmen, und manchmal nicht. Das weibliche Wesen hat in der Regel mit Verfolgung weniger Erfolg, eher mit einer geschickten Mischung aus Provokation und Unnahbarkeit. Manchmal versteht ein Wesen auch zu spät, dass tatsächlich kein Verschmelzungswunsch vorlag. Dass es, wenn es zum Beispiel männlich ist, die Vornahme der körperlichen Verschmelzung zu energisch durchgesetzt hatte. Oder, dies erlebt häufiger das weibliche Wesen, die vorgenommene körperliche Verschmelzung nicht der Beginn der erwünschten tieferen seelischen Verbundenheit bedeutet hat.

Häufiges erfolgloses Werben einer männlichen Lebenseinheit und mangelnde Bereitschaft, die Ursachen für diese Erfolglosigkeit zu erforschen – wie, sich eben überhaupt nicht zu fragen, warum man denn keinen Erfolg bei einem begehrten weiblichen Wesen hat - können auch dazu führen, dass Verschmelzungen ganz bewusst erzwungen werden, innerhalb und außerhalb bestehender Verbindungen. Das auf diese Weise unter Zwang gesetzte Wesen erlebt ein solches Vorgehen als sehr verletzend und verstörend. Anstatt einer Eroberung hat dann eine Zerstörung stattgefunden, die keines der beiden Wesen bereichert hat.

In der Regel wünscht eine männliche Lebenseinheit also, dass sein Partnerwesen sich nur ihm komplett entblößt zeigt und dem Rest der Welt gut verhüllt. Damit erwirbt das weibliche Wesen die Position des Gutwesens, das darauf hoffen darf, geschützt und verteidigt zu werden. Der Grad einer erwünschten Verhüllung hat dabei viel mit Kultur und religiösem Verständnis eines Wesens zu tun. Manchmal ist ein Grad von Verhüllung erwünscht, bei dem nur noch, hinter einem leicht transparenten Netz, die Augen eines weiblichen Wesens zu erkennen sind.

S. ist ein Wesen, das sich gerne einbringt, das bemerkt werden möchte. Deshalb macht sie sich Gedanken, ob es nicht eigentlich gemein und erniedrigend ist, ein weibliches Wesen durch Verschleierung ihres Körpers zur Unsichtbarkeit zu verdammen. Jedenfalls, wenn das Wesen dazu gezwungen wird. Sie weiß, dass für ein Wesen einer anderen Kultur auch die Verhüllung ihres Gesichtes ganz selbstverständlicher Ausdruck ihres religiösen oder traditionellen Verständnisses sein kann. Ein Feuerwesen wie S., dessen Auftrag es ist, Licht in die Welt zu tragen, würde sich allerdings unter schwerem, schwarzem Stoff erdrückt fühlen. Und solche Feuerwesen werden doch auch in diesen anderen Kulturen geboren?

Andererseits ist es beängstigend, wenn ein männliches Wesen ihrer Kultur sich berechtigt fühlt, sich in die Intimsphäre eines jeden weiblichen Wesens seines Interesses hineinzudrängen. Und beängstigt sie auch eine Mode und eine Darstellung des Weiblichen, die junge Mädchen entblößt und zu Objekten macht. Denen suggeriert wird, dass sie außer ihre Körper nichts einzubringen haben.

Alles hat seine zwei Seiten, und es wäre wiederum nicht schlecht, in Phasen besonders stark erhöhter Dünnhäutigkeit und Verletzlichkeit auf einen Schutz kompletter Verhüllung zurückgreifen zu können. Phasen, in denen die harten Augen anderer einen zu durchstechen scheinen. Oder dunkle

Phantasien im Blick eines anderen Wesens deutlich wahrnehmbar auf dem eigenen Körper liegen. In diesen dann häufig auch behandlungsbedürftigen Phasen hatte S. auch an heißen Sommertagen ihre dunkle Winterjacke getragen. Gut verschlossen, und bis zum Kinn zugeknöpft. Auch zu den Gesprächen mit Medizinkundigen, die dies belustigte. Es als ein typisches Zeichen von Verwirrtheit beurteilten.

Jede Form von Abwertung ist im Grunde ein Versuch, sich über die Persönlichkeitsrechte eines anderen Wesens hinwegzusetzen. Sich Vorteile zu verschaffen in einem Kampf um Revierbeherrschung oder in einem Dominierungsbestreben. Offen gezeigtes Interesse an einer begehrten Lebenseinheit ruft jede Menge Rivalität auf den Plan der ebenfalls offen oder auch nur insgeheim interessierten anderen Lebenseinheiten. Die im Grunde auch gerne eine Verbindung eingehen würden mit einer bestimmten gegenpolaren oder auch nicht-gegenpolaren Lebenseinheit. Rivalität zeigt sich nicht immer offen und unverhohlen. Das charmante, kultivierte männliche Zickenwesen hält manch weibliches Wesen für ihren besten Freund, durchschaut seine Angriffe nicht.

Diese Kollegin, die ein ungeschriebenes Gesetz verletzt hatte, musste dann also ziemlich isoliert gewesen sein. Auch, oder gerade, weil ihr provozierendes und selbstverletzendes Verhalten auf einem seelischen Ausnahmezustand beruhte. So nicht geschickt und trickreich zur Erringung von Beachtung eingesetzt werden konnte. Vielleicht hat man es ein wenig leichtsinnig und überheblich auf ein Kräftemessen mit dieser tatsächlich nicht wenig anstrengenden früheren Kollegin ankommen lassen? Während einige warme, verständnisvolle Worte sicher hätten entschärfen können? Jedenfalls vermutet S. das.

Die Erinnerung an unzählige verweigerte freundliche Worte und zahlreiche Weigerungen, S. einen Platz zuzugestehen - auch wenn Raum genug da zu sein schien - lässt Bitterkeit in S. hochsteigen. Und Sorge. Was könnte hier mit ihr geschehen, in einer nächsten steuerungslosen Phase? Denn eine mit Steuerungslosigkeit verbundene seelische Ausnahmesituation ist bei diesem Wesen deutlich zu erkennen. Und auch, dass die vermeintlich professionell seelenkundig geschulten Wesen, wie auch die selbst von seelischem Leid Betroffenen dieses Projektes, für dieses Wesen nur Spott und Ablehnung übrig haben. Wer immer etwas anders über die Situation denkt, äußert es jedenfalls nicht.

S. jedenfalls versteht, dass selbstenblößendes und selbstverletzendes Verhalten das Resultat einer Aberkennung von Würde ist, wie sie häufig sehr früh in der Entwicklung eines Wesens geschehen ist. Und wie sie mit einer psychiatrischen Diagnose dann besiegelt scheint. Eine Entwürdigung, wie sie in der Regel schon früh auch der sehr gefürchtete Gewalttäter in der Forensik erfahren hat. Der sich dem Bösen verschreibt, das sein frühestes Umfeld bereits in ihm hatte sehen wollen. Er unbewusst davon ausgeht, dass seine lichte Seite ohnehin keine Chance bekommt.

Die die Mitwesen erschreckende Tat ist ein Symptom, das mehr besagt, als dass ein Wesen jetzt die Kontrolle über sein Handeln verloren hat. Es ist ein Hinweis auf eine Welt voller Wesen unter Überdruck, deren Energie nicht anders nutzbar scheint, als sich am weniger gefestigten Mitwesen zu entladen. Wie es häufig auch ein Kind ist. Das nicht formulieren kann, oder nicht darf, was sich falsch und verletzend anfühlt. Sich unter den Mitwesen auch später noch unwohl fühlt, und bei seinen Versuchen dazuzugehören häufig scheitert. Ein Hassgeschwür wächst mit jeder weiteren Abweisung, das schließlich aufplatzt.

Überdruck ist sehr stark, wo es sich schwerer gestaltet, die eigene Existenz zu sichern. Die Versorger einer Familie überbeansprucht werden, um das Nötigste erwerben zu können. Das zunehmende Ungleichgewicht dieses Planeten, eine Aufspaltung in reich und arm, bedeutet eine Druckverlagerung zu Lasten der ärmeren Wesen einer Gesellschaft oder ärmerer Landteile. Die dann auch besonders instabil und krisengeschüttelt sind.

Überdruck ist aber auch sehr stark spürbar in S. Kultur, in der die meisten Wesen eine Grundversorgung zugesichert bekommen. Man stellt an sich den Anspruch, eine Vorbildgesellschaft zu sein, und viele Wesen wollen als vorbildlich wahrgenommen werden. Wobei sie dann häufig Druck schaffen für Wesen, die sie weniger tadellos einschätzen, die deshalb den Forderungen des sich vorbildlich einschätzenden Weses in der Lebenshaltung entsprechen sollen. Druck entsteht einem Wesen, wenn es etwas sein soll oder will, das es nicht ist. Vielleicht, weil seine Mitwesen ihm mehr oder weniger offensichtlich aufzwingen können, wie es zu sein hat, weil viele Statussymbole nötig scheinen, um die Mitwesen zu beeindrucken, weil Dazugehörigkeit häufig zu fordern scheint, über die eigenen Möglichkeiten hinauszugehen oder Teile des eigenen Menschseins zu verdrängen.

Unterdrücktes, Verdrängtes will an die Oberfläche und entlädt sich schließlich in Handlungen, für die das Wesen sich schuldig fühlt, wird es nun bestraft oder nicht. Es kann nach Bestrafung verlangen und dabei weiter an Selbstachtung verlieren. Häufig ist zu beobachten, dass die ungeliebten Seiten des Ich an einem Mitwesen festgemacht und dort bekämpft werden, also Druck geschaffen wird für das Mitwesen. In dem Versuch, mit einer vermeintlichen Fehlerlosigkeit seine Privilegien zu rechtfertigen, kann sich ein Wesen dann auch mit einem selbst auferlegten Perfektionsdrang regelrecht quälen.

Der Druck, gut sein zu müssen, als Forderung einer Außenwelt, die nicht sonderlich gereift und vorbildlich erscheint, lässt manch Erdwesen die gegenpolare Haltung zum Gutwesen einnehmen. Man bekennt sich zum Bösen, man bezeichnet sich womöglich als Satansverehrer. Die zerstörerische Macht in der Welt und in ihm selber ist ihm bewusst. In ein Gutwesen-Raster, das von ihm Überanpassung verlangt, lässt er sich nicht pressen. Er spielt mit dem Schablonendenken des Gutwesens – das allerdings auch sein Denken prägt. Da er Niederträchtigkeit nicht zu unterdrücken versucht, kann das Abgründige in ihm dabei weniger ausgeprägt sein als in manchem angespannten Vorzeige-Gutwesen.

Der Satansverehrer ist also nicht unbedingt besonders anfällig dafür, mit dem Gesetz in Konflikt zu geraten. Zumindest, so lange Straftaten an schwarzen Katzen ungeahndet bleiben. Wozu ich dann doch eine abgrenzende Haltung einnehme und anmerke, dass manche Handlungen des Satansverehrers schon recht dümmlich sind. Ist die schwarze Katze doch gefürchteter Unglücksbringer besonders naiver Gutwesen und müsste demnach seine Verehrung haben. Dies ist eben der Klumpfuß des Satans, er kann den Freund nicht erkennen und hat auch keine wahren Freunde. Denn auch ein vermeintlicher Freund wird bedenkenlos geopfert. Du hast einen Freund, für den du einstehst und auch etwas riskieren würdest? Dann bist du kein Satanist!

Die meisten Erdbewohner würden wohl aber sagen, die Rettung des Planeten ist einige Anstrengung wert. Dabei scheint es Aufgabe einiger weniger Staatslenker zu sein, durchgreifende Konzepte entwickeln und mit einem großen Aufwand an Geldmitteln umsetzen. Das Einzelwesen hat eine Meinung, welcher Geldmitteleinsatz sinnvoll erscheint, welcher nicht. Fühlt sich häufig aber machtlos gegenüber irdischen Dynamiken. Doch tragende Veränderungen beginnen im Kleinen, und bereits mit seinem Wirken in seinem kleinen Lebensfeld bewegt ein Erdbewohner viel. Eine Einsicht in irdische

Zusammenhänge, die zu dem Verzicht führen, ein Wesen in Not abzuwerten, hilft dem Mitwesen sehr, löst Druck auf und ebnet den Weg zu Lösungen, die der Gemeinschaft dienen.

Λ Helferwesen

Die Gefahr einer erneuten Krise scheint nun auch für S. nicht mehr so fernliegend, und diese Begegnung hatte ihr dies bewusst gemacht. S. glaubt jetzt, viele Augen auf sich zu spüren. Von Wesen, die sich nicht zeigen, aber genau verfolgen, was sie macht. Altbekannte Ängste, Lebenseinheiten aus ihrem Arbeitsfeld wären in ihrer Wohnung gewesen, melden sich und werden als alarmierendes Frühwarnzeichen wahrgenommen. S. hat Träume, in denen sie Redaktionsmitglieder in ihrer Wohnung aufsuchen und sich nicht zum Gehen bewegen lassen. Mit dem Verstand erklärt sich S., dass ihre Wohnung ihr erweitertes Ich ist, man ihre Grenzen in der Weise durchbrochen hatte, dass ihr Ich jetzt nicht mehr abwehren und abgrenzen kann. Weshalb diese alten Ängste plötzlich wieder in ihr aufsteigen.

Die Logik beruhigt, aber nicht genug. Vorübergehend nimmt S. etwas mehr von der klinischen Substanz, und diesmal ganz freiwillig. In die alte Stumpfheit unter einer zu hohen Dosis dieses Niedrigschwingungsmittels oder sogar regelmäßigen Injektionen will sie nicht zurück, und auch nicht schon wieder in das Behandlungszentrum. Nein, diesmal wird man nicht den Kopf verlieren. Schließlich braucht sie seit einiger Zeit nicht mehr so viel von dieser Substanz, und es geht ihr seitdem auch um einiges besser. Nach ihrer letzten Entlassung hatte S. sich geweigert, weiter die Injektionen des Mittels zuzulassen, zu dem die Mitarbeiter der Bürotherapie sie dann wieder überreden wollten. Sie wollte überhaupt keines dieser Mittel jemals mehr akzeptieren.

Der Grieche schließlich konnte sie überzeugen, einem Treffen mit der neurologischen Medizinkundigen zuzustimmen. Zu dem er sie dann auch begleitet und bei dem man sich einigt, dass S. eine geringe Dosis eines Mittels nehmen wird, das sie immer recht gut vertragen hat. Sie ist von Übermüdung inzwischen ziemlich aufgerieben, denn ihr Körper hat in all den Jahren verlernt, ohne eine Medikation zu Schlaf zu kommen. Injektionen muss es jetzt keine mehr geben, einigt man sich. S. körperliche und seelische Verfassung hatte sich dann schnell gebessert – doch jetzt scheint dieser erreichte Zuwachs an Lebensqualität in Gefahr. Eine erneute Krise und eine erneute Behandlung in diesem Zentrum könnten die Injektionen wieder ins Gespräch bringen. Und außerdem würde man sowieso nicht gleich in die Bürotherapie gelassen, in die sie sich gelegentlich zurückgesehnt hatte. Wo der Grieche seinen Bandscheibenvorfall ja inzwischen auskuriert haben müsste.

Nein, man sollte sich nicht dahin zurücksehnen. Erwartungen würden schnell wieder zu groß werden, und S. weiß inzwischen, wo die Grenzen dessen sind, was man erwarten darf. Viele Wesen in Helferberufen machen die Erfahrung, dass ein Wesen in Not von ihnen gerettet werden möchte. Was das Helferwesen nicht leisten kann. Es kann begleiten und Entwicklungswege sichtbar machen. So, wie wir es machen. Es kann auch den einen oder anderen notwendigen praktischen Hilfsgriff leisten und ordnende Funktion ausüben. Wie wir es nicht können.

Versucht es mehr als das, erklärt es die Errettung eines leidenden Wesens zu einem von ihm zu erreichendem Ziel, dann kann die Situation eines Kampfes entstehen. Das notleidende Wesen sperrt sich dagegen, das Bedürfnis eines Helferwesens nach einem vorzeigbaren Behandlungserfolg zu bedienen. Oder aber einem Zuwendundswunsch. Denn das Helferwesen hat natürlich ebenfalls Bedürfnisse, und um die geht es häufig auch sehr viel mehr, als ausgesprochen wird. Die zu hohen gegenseitigen Erwartungen werden also häufig nicht erfüllt, insbesondere vom Helferwesen nicht formuliert, und so rächt man sich, indem man dem anderen Wesen signalisiert, es sei so, wie es ist, nicht in Ordnung. Die heilende Haltung aber ist, das Mitwesen anzunehmen, so wie es ist. Es benötigt Verständnis, kein Mitleid oder Kritik.

Die Diagnose, die Unheilbarkeit bedeuten soll, nimmt vielen Wesen die Zuversicht, ihr Leben wieder auf eigene Füße stellen zu können. Ruft Helferwesen auf den Plan, die dies ebenso sehen und es bestätigen in seinem Erleben als ein Wesen, das von einer äußeren Welt physisch und emotional versorgt werden muss. Schnell kippt dann ein Behandlungserfolg auch wieder, damit das Helferwesen nachliefert. Sodass der Hilfsbedürftige eine große Last werden kann. Denn die Bedingungen, unter denen Helferwesen arbeiten müssen, haben sich dazu verschlechtert, und immer weniger Wesen sollen immer mehr leisten.

Auch das recht stabile Helferwesen kommt inzwischen an Grenzen, und Wesen mit Hilfsbedarf werden immer häufiger als Ärgernisse erlebt. Über dessen Persönlichkeitsrechte man sich auch schon mal hinwegsetzt, Zwangsbehandlungen androht, ohne es zu dürfen. Weil der Realitätsflüchtige dann alles schluckt und ruhig ist. Anders die vollbelegte Akutstation von einem Einzelwesen nicht betreut werden kann. Wie es oft sein muss, denn Krankheitsausfälle sind unter Helferwesen inzwischen auch sehr häufig.

Da sitzt der Realitätsflüchtige also wieder fest in so einem Verband, wie dem damals mit den überforderten Eltern. Muss einstecken, weil er mit seinen Wehwehchen einfach lästig ist. Schließlich jeder irgendwie sehen muss, wie er klarkommt. Es ist keine kleine Aufgabe, im Leben Gutes bewirken zu wollen, womöglich sogar beruflich. Im Dauerstress fehlt der innere Raum, Ideen zu entwickeln, den unterschiedlichen Einzelwesen eine auf sie zugeschnittene Hilfe zu bieten. Stattdessen droht die Gefahr, sich festzutreten in immer gleichen, starren Abläufen, die nicht zu Zufriedenheit mit dem eigenen Schaffen führen.

Wie es so anschaulich in S. Lieblingsfilm „Und täglich grüßt das Murmeltier" dargestellt wird. In dem ein mürrischer Fernsehjournalist jeden morgen erneut in einem kleinen, hinterwäldlerischen Ort aufwacht. Zu dem man ihn geschickt hat, um über den Murmeltiertag zu berichten. Was er nie tun wollte. Wo er auch nie hinwollte - aber von wo er nicht mehr fortkommt. Jeden Tag aufs Neue begegnen ihm die gleichen nervraubenden Wesen, die ihm jeden Tag das Gleiche erzählen. Auch Entführung des Murmeltiers und gemeinsamer Selbsttötung in einem herbeigeführten Autounfall nützen nichts. Jeden Tag wacht er erneut in der Pension von Punxsutawney auf, und es ist Murmeltiertag.

Schließlich lässt sich dieser menschenscheue Zyniker darauf ein, sich mit den hartnäckigen Plagegeistern auseinanderzusetzen, ihnen näherzukommen, Freundlichkeit zu schenken. Sodass er schließlich sehr beliebt wird, das Leben an diesem Ort recht angenehm. Und auch der unerreichbare Schwarm nun von ihm beeindruckt ist. Der inzwischen verstorbene Onkel hatte S. von dem Film erzählt, und als S. sich die Geschichte später anschaut, sieht sie den Onkel in Phil Connors. Für den das Leben eine positive Wende nimmt und gut ausgeht.

Auch Behandler und Behandelte erleben sich gegenseitig als Plagegeister und bringen sich gegenseitig, aber auch untereinander, an Grenzen. Viele Helferwesen haben so ihre Schwierigkeiten mit einem Wesen wie S., das den Stempel abhängig und minderwertig verweigert. Sich nicht unterordnen will und auch eine Erhöhung der Dosis von Niedrigschwingungsmitteln meist versucht abzulehnen. Schließlich hat S. erhöhten Hilfsbedarf, und schließlich kostet der Hilfsbedarf auch was. Aber schafft auch Arbeitsfelder. Und da irdische Wesen schließlich immer mit etwas beschäftigt sein müssen, also warum dann nicht mit helfen? Schwieriger, langwieriger als zerstören, natürlich, aber schließlich lohnender. Und von S. kann man auch was lernen.

Wobei dieser Standpunkt natürlich auch von so einigen Helferwesen wieder als ziemlich anmaßend empfunden werden dürfte. Die sich häufig ärgern über manche Realitätsflüchtige, wie sie den ganzen Tag im Bett zu liegen scheinen, während sie selber wie ein Uhrwerk funktionieren müssen. Was diese aber eben auch deshalb tun, weil ihre Stoffkörper eine große Menge Niedrigschwingungsmittel verarbeiten müssen. Es sich schon wie Sadismus anfühlt, von den gleichen Wesen, die einem unter Anwendung von Druck mit diesen Mitteln lahmgelegt haben, nun gescholten zu werden, gefälligst früher aus dem Bett zu kommen. Später ein ständig genervtes Betreuerwesen um sich zu haben, das immer wieder die Wichtigkeit der Medikamente betont, während es einem gleichzeitig hartnäckig zum Sport schicken will. Persönlich enttäuscht scheint, wenn dies nun einmal gerade nicht schaffbar ist.

Wie kommt man an diese Festigkeit und innere Sicherheit, nicht allzu sehr zu leiden unter Wesen, die, selber unter Druck, ständig angreifen? Ständig auf der Suche nach einem Entlastungswesen sind? Wie erreicht das Wesen, das noch im Hamsterrad einer irren Arbeitswelt kräftig treten muss und um sein berufliches Überleben kämpft, die Festigkeit, die es selber braucht? Um übergroßen Druck aus seinem Leben heraushalten zu können und nicht an die zu Betreuenden weitergeben zu müssen?

S. weiß von sich inzwischen, sie kann diese Festigkeit nicht so leicht erreichen, trotz all der Reflektion, all dem Verstehen, das sich seit unserer ersten

Begegnung entwickelt hat. Ihre Gedanken bekommen zum Beispiel gelegentlich immer noch die Stimmfärbung dominanter Wesen in ihrem Umfeld. Für S. bedeutet dies, sehr sorgfältig sein zu müssen, was die Auswahl näherer Bekanntschaften angeht. Das Arbeitsleben, in dem dies so nicht so einfach möglich ist, auf eine geringere Stundenzahl zu reduzieren. Nicht mehr danach zu streben, sich in den Mittelpunkt irdischer Dynamiken zu stellen. Sich stattdessen die notwendigen Zeiten des Alleinseins zuzugestehen. Noch ist es auch nicht überall so, dass nur mit Druck und Zwang gearbeitet wird. Auch sehr schöne Gespräche finden statt mit geschulten Helfern. Allerdings nicht mehr sehr häufig in den Behandlungszentren. Die Behandler wie Behandelte aufzureiben scheinen.

ΛA Mutprobe

Am neuen Arbeitsplatz, der genau der richtige Ort für die Auseinandersetzung mit diesen Inhalten sein sollte, ist der erwünschte Austausch einfach nicht herbeizuführen. Dazu muss S. feststellen, dass sie sich mit ihrem unbewusst immer noch großen Wunsch nach Anerkennung und Aufwertung durch eine äußere Welt auch hier verstrickt hat. Sicher auch ein berechtigter Wunsch - ein Wesen, das etwas leistet für ein gemeinschaftliches Anliegen, sollte dafür zumindest nicht mit seiner Selbstachtung zahlen müssen.

Dennoch, dieser Wunsch muss losgelassen werden, da wo er, aus welchen Gründen auch immer, nicht erfüllt werden kann. Es lässt sich nicht mehr verleugnen, unsere Zeit an diesem Ort ist um. Dies war ein äußerst interessantes und ergiebiges Studienfeld über Beziehungsgestaltung der Erdwesen in ihren beruflichen und privaten Welten, und den Auswirkungen von Vermischungen zwischen diesen beiden Welten. Jetzt gibt es hier nichts mehr zu tun, unser Auftrag ist abgeschlossen.

Allerdings, S. will nicht gehen. Sie versucht hartnäckig, nicht zu sehen, was sich im Licht ihres Bewusstseins immer deutlicher mitteilt. Schließlich gelingt es ihr dann aber nicht mehr, meine Mitteilungen stur zu ignorieren. Hier kann nichts mehr erreicht werden, als zunehmende seelische Orientierungslosigkeit. S. fühlt Bitterkeit, zu der sich große Enttäuschung gesellt. Neben der ersten Tätigkeit, die ihr Freude bereitet hat, und in der anfangs so viel möglich schien, ist auch die Aussicht auf Fortbildung und einem Arbeitsvertrag in diesem Projekt nicht mehr vorhanden.

S. schafft es dann also zu gehen - aber nicht, ohne vorher noch eine ausführliche Beschwerde über diesen Gruppenleiter zu verfassen. Gerichtet an das männliche Vorstandsmitglied der Institution, zu dem sie nach dem gescheiterten Gesprächsversuch zitiert worden war. Das damit so etwas wie der Vorgesetzte des Gruppenleiters ist. S. zwar kaum bekannt ist, aber immerhin charmant und kultiviert auftritt und hier vielleicht unterstützen kann. Dies soll also auch der Versuch einer letzten Wende in der Entwicklung der Dinge sein, bei der sich S. Hilfe erhofft. Allerdings, S. erscheint es gerade so, als wenn der Gruppenleiter all ihre Hoffnungen und Pläne mit boshafter Absicht zunichte gemacht hat. Dass dieses Wesen sie missachtet und geringschätzig behandelt. Obwohl vor allem ich es bin, den das Gruppenleiterwesen nicht in seine Gruppe lassen wollte.

Wir haben bereits intensiv darauf hingewirkt, dass S. verstehen lernt, von Bewertung oder gar Abwertung anderer Wesen abzusehen und bei der Bearbeitung von Konflikten immer sehr nahe bei sich zu bleiben. Sodass ich mich diesmal nicht gefordert sehe, schon wieder darauf hinzuweisen und mich entscheide, dass diese Situation vom menschlichen Wesen selbstständig bewältigt werden sollte. Mit der Folge, dass die Wortwahl der Beschwerde im Hinblick auf das Gruppenleiterwesen dann auch recht kritisch ausfällt.

Die Formulierungen, in denen S. herausstreicht, dass sie viele Aufgaben für das Zeitungsprojekt alleine übernommen hatte, ohne Möglichkeit auf Rücksprachen bei Schwierigkeiten - vor allem aber der Hinweis, dass ihre Persönlichkeitsgrenzen überschritten wurden, musste man ihr dann wohl sehr übelnehmen. Die eigene Leistung unverfroren herauszustellen, statt still im Hintergrund zu wirken, dabei anzumerken, nicht genug Respekt erhalten zu haben - dies empfinden schon die Kollegenwesen eines ganz normalen Schreib- und Ordnungswesen in der ganz normalen Arbeitswelt häufig als sehr anmaßend. Und auch, wenn man die Betroffenen hier gerne als Experten in der Krisenbewältigung bezeichnet, soll dies nun nicht unbedingt zu einem derart selbstüberzeugten Auftreten führen.

Jetzt ist dann auch endgültig Schluss mit einer gönnerhaften Haltung. Auch wenn man die Arbeitssituation durchaus aus der von S. dargestellten Perspektive betrachten kann. Es muss ja auch von S. hier nicht erwartet werden, die Perspektive aller Beteiligten zu berücksichtigen und nebeneinanderzustellen. Das wäre schließlich auch nicht der Sinn einer Beschwerde. Der Gruppenleiter bricht jedenfalls sofort den Kontakt ab und überlässt den weiteren Austausch in der Sache dem Vorstandswesen. Das S. zu einem Termin mit einer psychologischen Gutachterin drängt, den S. verweigert. Sie vermutet, sie soll psychotisch erklärt werden, damit ihre Anliegen möglichst schnell vom Tisch sind. Und auch mögliche zukünftige Anliegen, die im Zusammenhang mit ihren Persönlichkeitsrechten entstehen könnten.

Eine unbelastete Zusammenarbeit zwischen S. und dem Gruppenleiterwesen ist jedenfalls nun nicht mehr ohne Weiteres möglich, und S. sieht ein, dass die Stelle jetzt besser von ihr gekündigt werden sollte. Sie zieht sich zurück und begibt sich in die nun notwendige Auswertungs- und Bearbeitungsphase. Es vergehen drei Monate innerer Arbeit, und schließlich wagt S. sich wieder aus der Defensive. Nimmt wieder Kontakt auf, denn sie möchte gerne an dem kurz bevorstehenden Pressefest teilnehmen. Bei dem das Werk, für das sie sich so eifrig eingebracht hatte, vorgestellt wird und sie, wie einige andere Autoren, einen ihrer Texte lesen möchte. Doch das Gespräch mit der Gutachterin bleibt Bedingung, und da sie darauf nicht eingehen möchte, wird ihr die Teilnahme verwehrt.

Schlimmer aber ist, dass nun wohl auch die Möglichkeit, sich zur Genesungsbegleiterin ausbilden zu lassen, nicht mehr besteht. Dieses Projekt, es ist das einzige in dieser Stadt, das Menschen wie sie zum Experten in Krisenbewältigung ausbildet. Nur, man sollte es besser bereits sein, bevor man dort anfängt – oder ganz schnell werden. Die beiden „großen Damen" der Redaktionssitzungen vor Augen, wie sie in der Vorstellung von S. nach frischem Blut lechzen - und nicht nur die natürlich - dazu die Vorstellung, wie eine weitere, engagierte Lektorin voller Schwung und Einsatzfreude auf ein persönliches Fiasko zusteuert, lässt S. ziemlich den Kamm anschwellen. Obwohl es ja nicht sein muss, dass dieses Wesen ein Opfer wird. Zur Alternative steht schließlich auch die neue Leiterin des Zei-tungsprojektes. Der Gruppenleiter hatte bereits vor Monaten angekündigt, zum Jahresende die Leitung einer Nachfolge zu übergeben, was inzwischen geschehen ist.

S. ist tatsächlich ziemlich verärgert und bitter. Sie gehört nicht mehr dazu, der Preis für Solidarität scheint ziemlich hoch. Doch immerhin hat sie es geschafft, diese Herausforderung als solche zu sehen und zu überstehen. Was die neuen Besetzungen schließlich auch erreichen können. Und: Was einen nicht umbringt, macht ja bekanntlich stärker. Vielleicht ist es gelungen zu beleuchten, dass da etwas in Schieflage geraten ist. Vielleicht beschäftigen sich die verantwortlichen Wesen dieses Projektes auch bereits mit der besonderen Situation der ehrenamtlichen Mitarbeiterwesen? Wenn S. dazu auch offensichtlich nicht miteinbezogen werden soll. Dies also nicht überprüfen kann, und es auch nicht mehr möchte. Aber etwas in Bewegung gebracht zu haben, war diese anstrengende Auseinandersetzung vielleicht wert. Auch, wenn sie jetzt nicht weiter fortgesetzt werden sollte.

Es muss losgelassen werden, wenn dies auch nicht leicht fällt. Dass zum ersten Mal im Leben Arbeit Spaß gemacht hat, früh aufzustehen kein Problem war, bedeutet natürlich auch, dass nicht alles schlecht gewesen sein konnte. S. Kreativität ist ins Fließen gekommen, sie nimmt eine neu erwachte Freude am schriftlichen Ausdruck mit. Ihr wird schließlich bewusst, dass sie mit mehr Potential aus diesem Lebensfeld herausgeht, als sie mitgebracht hatte. Sodass ihr die Beschwerde schließlich leid tut. Dennoch war es richtig zu gehen, denn für eine Zusammenarbeit mit dieser Lebenseinheit hätte S. sehr viel stressresistenter sein müssen. Vor allem härter im Nehmen gegenüber den anderen weiblichen Wesen dort. Von denen deutlicher als vom männlichen Verfolger körperliche Gewalt angedroht worden war.

Immerhin, man hat etwas zu alter Form zurückgefunden. Nein, viel besser, man ist etwas Neues geworden, fast schon eine Persönlichkeit. Aber es bleibt ein Ärgernis, wie viele gute Ansätze doch in sinnlosen Konkurrenzkämpfen wieder erstickt werden. Wo doch jeder ohnehin im Leben nur das erreichen und halten kann, was ihm zusteht. Im heftigen Zerren an etwas, das nicht Seins ist, nur seine Energie vergeudet. Diese Anfeindungen, eigentlich sagen sie doch auch etwas Positiveres über die eigene Persönlichkeit aus, als eine übertrieben mitleidige Nachsichtigkeit für das zurückgebliebene Wesen, das man im Auge seiner Mitwesen sein soll. Nur, natürlich, diese Anfeindungen sind nicht ganz ungefährlich, mit nur körperlosen Schutzwesen in der Nähe. Und dem Entschluss, sich den Mitwesen nicht dauerhaft zu verschließen.

Verletzungen sind unvermeidbar, will man lebendig sein. Unverletzbar ist nur das bereits tote, gefühllose, aber noch auf dem Planeten wandelnde Wesen. Das nichts hat von der Fülle, die es umgibt. Oder aber das Wesen, das allen Mitwesen des Planeten so grenzenlos liebevoll verbunden ist, dass es Verletzung nur als Mitgefühl wahrnimmt. Im Verständnis für die Not desjenigen, der noch verletzen muss. Dieses Wesen kommt dem nahe, was man als heiliges Wesen bezeichnen könnte, denn es ist heil, und es lebt in der Fülle.

Als Wesen ohne Bedürfnis- oder Schmerzkörper bin ich nicht von Verletzung bedroht. Ich kann S. Welt betrachten, ohne mich mit ihr zu verstricken. Damit kann ich die Hilfe sein, die ich bin, und ich erwarte nicht, dass S. sofort umsetzen kann, was sich ihr zu erkennen gibt. Jedenfalls habe ich die Hoffnung, dass S. verstehen wird, dieses Ende der Mitarbeit, das jetzt auch bedeutet, von Veranstaltungen des Projektes dauerhaft ausgeschlossen zu sein, ist nicht das schlechtmöglichste Ende der Zusammenarbeit. Wie S. sofort einsieht, wenn ich auf die Gefahr speziell für sie angelegter Ordner hinweise.

Ich sehe es allerdings auch so, dass man etwas mehr erwarten kann von einem Projekt, das sich mit dem Begriff „Inklusion" schmückt. Da sollte doch etwas mehr drin sein, als der Anspruch einer Akzeptanz körperlicher Verbindungen zwischen nichtgegenpolaren Wesen, die ja wohl schon ein alter Hut sein dürfte. Aber da wir jetzt Zeit brauchen, S. diesen Bericht niederschreiben soll, hat diese Entwicklung der Dinge letztendlich auch ihren Sinn und muss nicht weiter beklagt werden. S. ist dann auch überrascht, wie schnell sich wieder neue Türen öffnen. Da gibt es zum Beispiel noch ein zweites, ähnliches Zeitungsprojekt in ihrer Stadt, viel näher an ihrer Wohnstätte, und sie ist willkommen. Ich glaube, ich auch, aber warten wir lieber erst einmal ab.

Die Erdwesen machen es sich unnötig schwer, wenn sie Veränderungen in ihrer Lebenssituation als Scheitern betrachten und zu lange herauszögern. Nur, weil eine einmal gut und sinnvoll gewesene Tätigkeit, Verbindung oder Vermögenssituation schließlich durch eine neue Lebenssituation abgelöst werden muss. Wenn wir dürfen, können wir die Verbindung zur Lichtquelle in ihren Herzen freilegen und Wege aufzeigen, die eine Weiterführung und eine Entwicklung bedeuten. Die Zusammenarbeit mit einem Lichtwesen wie mir führt zwar oft zu Unverständnis und Misstrauen der Mitwesen, aber auch zu der Stärke, damit umgehen zu können. Und einem nicht mehr allein sein müssen, denn ich bin immer da.

AB Gewissheit

Eine Schwingungsebene ist mir zwar aberkannt worden, mit der Begründung, dass ich mich wieder zu sehr eingemischt habe. Das ist mir aber egal. Dieses ganze Getue um die Schwingungsebenen finde ich sowieso ziemlich albern. Zu mir ist durchgesickert, dass sich wohl auch ein Erdwesen über mich beschwert hat, und es soll sich dabei um das Vorstandswesen dieses Projektes handeln. Wo soll das enden, wenn sich inzwischen jedes Erdwesen zweifelhafter Seriosität beschweren darf? Es sollen Sätze gefallen sein, wie, ob man denn „das da" nicht wieder abholen könnte. Und „das da" soll ich sein. Wieder diese naive Vorstellung von den UFOs. Ich bin inzwischen ein Teil von S. und werde erst mit S. den Planeten verlassen. Nun, zum Glück kenne ich ja auch jeden in Abteilung L Beschwerdemanagement Sonnensystem. Wir werden uns mal genauer anschauen, wie dieses Wesen so arbeitet.

Mein Heimweh der ersten Zeit ist inzwischen verflogen, Wirkungsmöglichkeiten in diesem irdischen Betätigungsfeld ergeben sich viele, und wir nehmen sie mit Freude wahr. Wir wissen natürlich, dass ihr spioniert und meinen Bericht an Reg. M305XV782/ Leitung Sonnensystem versuchen werdet abzufangen. Die abenteuerlichsten Apparate entwickelt ihr dafür, und unter Aufwendung großer Mengen an Geldmittel versucht ihr, Eure Nachbarplaneten und Monde zu bereisen. Der Aufwand und die Kosten scheinen gerechtfertigt, wenn ihr oder Euer unbemanntes Gefährt dann mit Gestein zurückkehrt, das dem Gestein Eures Planeten eigentlich ziemlich ähnelt, aber dann sehr viel Bewunderung hervorruft.

Natürlich plant ihr auch bereits die Platzierung Eurer Waffen und Überwachungsapparaturen außerhalb Eures Planeten. Da sind mir doch die unter Euch lieber, die ihre Apparaturen einsetzen in der Hoffnung, irgendwo in der Weite des Universums Gott aufzuspüren. Wenn man dann seiner habhaft werden könnte, und ihn, zurück auf der Erde, in einem Glaskasten ausstellen könnte, wäre seine Existenz endlich bewiesen. Ihr stellt gerne alles Mögliche in Glaskästen aus und kommt dabei auf ziemlich merkwürdige Ideen. Euer beständiges Forschen und Streiten, im Grunde ist es eine Suche nach Gott. Eure kleineren und größeren Gemeinheiten sind dann auch ein Euch manchmal völlig unbewusstes Provozieren des Göttlichen.

Auf Provokation reagiert das Göttliche aber nicht, sondern nur eine niedere dunkle Kraft, die schließlich zerstörerisch in Euer Leben zurückwirkt. Wobei sich Eure Sehnsucht nach Gott verstärkt und dann immerhin ein Heilbegehren in Euch wecken kann, das dann tatsächlich einmal Türen öffnet. Das Göttliche lebt in Euch, ihr müsst es nur aus dem Kerker Eurer Zweifel und Ängste befreien. Wir sind jederzeit bereit, mit Euch zu sprechen, wenn ihr Eure Herzen für unsere Botschaft öffnet. Wir richten uns dabei meist an ein Einzelwesen in einer ganz bestimmten Lebenslage, das ein ernsthaftes Heilbegehren entwickelt hat und sich auf der Suche nach einer weiterführenden Lösung in einem schwierigen

Konflikt befindet. Eher selten wenden wir uns mit Botschaften an die gesamte Menschheit.

In unserem MMMMCMLXVIII. Rat zu Fragen sensibler Gefahrenbereiche bei der Förderung irdischer Höherschwingung haben wir uns jetzt zu mehr Transparenz über unsere Aktivitäten entschieden. Die Menschheit soll über die Ergebnisse unserer Beobachtungen informiert werden. Wir werden unseren Bericht deshalb veröffentlichen und damit jedem Erdbewohner die Möglichkeit geben, ihn gegen Entrichtung eines geringen Entgelts zu studieren. Das von uns Festgestellte in Bezug auf sein eigenes Leben zu überprüfen und eigene Handlungswege aufzutun. Lösungskonzepte der Erdbewohner sollen in Zukunft ernsthaft geprüft werden, die besonderen Schwierigkeiten, die die Ausstattung mit einem Schmerz- und Bedürfniskörper mit sich bringt, Berücksichtigung finden.

Um mit uns zusammenarbeiten zu können, möchtet ihr verständlicherweise genauer wissen, wer wir eigentlich sind. Wer bin ich also? Ich versuche, mich zu umschreiben, sodass ich euch nicht mehr so fremd erscheine. Denn im Grunde bin ich das Fremde in Euch, das darauf wartet, vollständig integriert zu werden. Also wohl nicht das, was man sich unter einem Alien eigentlich so vorstellt. S. meint, es ist auch nicht möglich, mich, und damit sich, als Alien der Welt vorzustellen. Wir würden auf viel Ablehnung stoßen, meint S., denn für andere Erdbewohner wäre so ein Bekenntnis ein Indiz einer behandlungsbedürftigen, schizophrenen Erkrankung.

Jedenfalls sind wir in Kontakt gekommen, und S. weiß jetzt, dass es in ihrem Herzen einen unzerstörbaren Kern gibt, der in Verbindung mit einer universalen Lichtkraft steht. Sie weiß jetzt auch, dass die Herausforderungen des Lebens ein menschliches Wesen stärken und sogar die schwarze Schlange ein Lehrer sein kann. Ich bin ihre Fähigkeit zur Erkenntnis, die sie schließlich befreien wird, wie sie jedes irdische Wesen befreien kann. Mancher Erdbewohner würde vielleicht sagen, ich bin so etwas wie ein Schutzengel, oder sogar Gott. Für S. bin ich L587, und sie glaubt manchmal, sie hat mich erschaffen. Da gibt es viele Namen für mich.

Der Weg zum Licht birgt viele Gefahren, du kannst abstürzen, dich verletzen, dich verfangen in einem Netz, dass dich bei deinem Flug zur Sonne abfängt. Aber du kannst auch erleben, dass eine sanfte Hand dich immer wieder auffängt. Schließlich wirst du weitergehen und nicht in der Erstarrung eines Schreckerlebens verharren, denn du bist nicht zum Scheitern bestimmt. Du kannst eine Sonne sein, eine unerschöpfliche Energie, die für andere strahlt, ohne sich zu erschöpfen, wenn du dem Licht gestattest, dein Sein zu erfüllen. Du brauchst dich nicht länger zu fürchten, und ich liebe dich.

✋ **L587**

ΛΓ Nachtrag

Inzwischen entwickelt sich zwischen S. und einem anderen Wesen, das ebenfalls in zwei Welten zu Hause ist, eine engere Verbindung, die mir sehr aussichtsreich erscheint.

Glossar

zu häufig auftretenden

Begrifflichkeiten

irdischer Phänomene

Glossar

zu häufig auftretenden Begrifflichkeiten irdischer Phänomene

[1]Wohngemeinschaft (kurz: WG)
Zusammenschluss zweier oder mehrerer Wesen zur gemeinsamen Anmietung einer Wohnstätte und gemeinsamer Nutzung der Koch- und Reinigungsstätte bei häufiger Uneinigkeit über gewissenhafte Ausführung der gemeinsamen Reinigungspflichten

[2]Universität:
Ausbildungsstätte für lernbegabtes Wesen mit höherem Bildungswunsch bei Aussicht auf Erlangen von Tätigkeit hohen Ansehens und hoher Entlohnung - oder aber keiner Tätigkeit, da geistige Beweglichkeit, Fähigkeit zur Meinungsbildung und Gemeinschaftsbewusstsein schließlich zu hochentwickelt für Anpassung an irdische Arbeitswelt

[3]Telefon
Apparatur, benötigt von Erdbewohner für Kommunikation mit räumlich entfernt lebenden Mitwesen. Dient i. d. R. kurzem sprachlichen Austausch zwischen männlichen und längerem sprachlichen Austausch zwischen weiblichen Wesen

[4]Bankinstitut
Verwaltet Geldmittel. Gibt Geldmittel aus an Erdwesen, wenn vorher eingezahlt vom Wesen. Verleihung von Geldmittel gegen Aufpreis – Zinsen – bei Vorhandensein von Geldmitteln bei Entleiherwesen. Erlangung großen Reichtums von Bankinstitut in zurückliegenden Jahrzehnten. Gegenwärtig häufiger Verlust von Reichtum durch Aktivität genannt Spekulationsgeschäft. Sinn und Auswirkungen Spekulationsgeschäft nicht durchschaubar ohne vorherige Einweisung in irdische Geldmittelwelt. Danach auch nicht. Bei Ruin Beanspruchung großer Menge Geldmittel aus Gemeinschaftskasse von Erdwesen. Bei Androhung nicht mehr Ausführenkönnens von

Geldmittelverwaltungsaufgabe. Keine Verleihung auch von kleineren Geldmittelmengen an Wesen ohne eigenen Geldmittelbesitz wegen möglicher Nicht-Rückzahlung. Verleihung von großen Geldmittelmengen an Unternehmen, trotz möglicher Nicht-Rückzahlung, da Ausgleichszahlung aus Gemeinschaftskasse zu erwarten

[5]Landwirtschaft
Überbegriff von Tätigkeiten und Verfahren zur Ernährung der Erdbevölkerung. Unterliegt üblichem Druck irdischer Tätigkeitswelten, bei geringstmöglichem Einsatz von Aufwand und Geldmitteln höchstmögliche Menge von Erzeugtem zu erzielen. Früher häufig kleiner bäuerlicher Betrieb mit wenig Landbesitz und einigen freilebenden, glücklichen, als Besitz verstandener Wesen, genannt Tiere (s.[38]). Gegenwärtig häufig Ruin des kleinen Betriebes aufgrund Weigerung, manchmal auch Unmöglichkeit, der menschlichen Erdwesen, angemessene Geldmittelmenge für Nahrungsmittel zu entrichten. Folglich Zunahme großer Betriebe mit großer Menge an Landfläche, häufig bearbeitet mit gefährlichen Stoffen, und/oder großer Menge Besitz extremst beengt lebender, unglücklicher Tierwesen

[6]Nachbar
In räumlicher Nähe lebendes menschliches Wesen. In Dorfregion ausgeprägt freundschaftlich oder ausgeprägt feindselig verbunden mit anderem Nachbarwesen. In Stadtregion trotz größerer Nähe zu Mitwesen und häufiger Unterbringung in gleicher Wohneinheit meist unbekanntes Mitwesen, welches sich i. d. R. nur bei Belästigung durch Lärm oder Vernachlässigung gemeinsamer Reinigungspflichten zeigt

[7]Humor
Fähigkeit der intelligenten, unterhaltsamen und entschärfenden Reaktion auf schwierige Situation und/oder unangemessene Aggression. Entschleuniger bei Druck und Verbissenheit. Häufig verwechselt von sich sehr wichtig nehmendem, folglich nicht über Humor verfügendem, Wesen mit der wenig intelligenten und nicht-entschärfenden Ausdrucksform Gehässigkeit. Beispiel: S. Onkel vorgesetztes Wesen

[8]**Antreiberwesen**
Häufig auftretende Lebensform in S. Kultur mit hohem Interesse an leitender Position. Häufig tätig in irdischem Zentrum zur Behandlung akuter Nervenerkrankung. Hier eher in mittlerer oder unterer Position. Liest keine von außerplanetarischer Wesenheit verfasste Werke. Da Zeitverschwendung. Interesse außerplanetarischer Lichtwelt an Antreiberwesen ebenfalls gering. Langfristiger Nachteil bei Antreiberwesen

[9]**Medien**
Verfahren zur Produktion und Verbreitung von Schrift- und Tonwerken sowie von Bildfolgen mit Tonuntermalung. Ziel: 1. Produktbewerbung, 2. Unterhaltung und 3. Information der Erdwesen. Große Macht, da Beliebtheit von Wesen mit öffentlichem Auftrag, z. B. Politikwesen, wie Akzeptanz weiterführender oder beschränkender Weltauffassungen von Darbietung durch Medien stark beeinflusst. Häufiger Mittelpunkt des Medieninteresses: Politikwesen mit großem Einfluss oder Berühmtheit mit ansprechendem Stoffkörper. Seelisch erkranktes Wesen nur nach Vornahme der Mitwesen verstörender Gewalttat. Fehlerhafter Rückschluss besonderer Gefährlichkeit seelisch erkrankt Erklärter gewollt, da Bloßstellung von Randgruppenwesen (auch Arbeitsloser, Flüchtling etc.) für Entlastungsprojektion (s. [18]Projektion) gewünscht. Gelegentlich Bedienung Projektionswunsches von Randgruppenwesen durch Opferung angesehenen Politikwesens. Z. B. bei gelungenem Nachweis der Darstellung von Wissen eines anderen Wesens als das eigene durch Politikwesen in früherer Studienzeit

[10]**Opern-/Operettenführer**
Übersicht verschaffendes Verzeichnis über Welt musikalischer Kultur. Führerverzeichnisse erhältlich für verschiedene irdische Lebens- und Interessensbereiche, z. B. auch Reiseführer: Verzeichnis oder Wesen, welches über besondere Lebensweise und Sehenswürdigkeiten fremder Länder Auskunft erteilt. Nicht zu verwechseln mit ([30]) Führerwesen

[11]Kaffeegetränk
Milde Droge, ermöglicht Arbeit bei Müdigkeit, weshalb in fast allen Arbeitsstätten erlaubt und zur Verfügung gestellt

[12]Flughafen
Lande- und Startplatz flugfähiger Transportgefährte, entwickelt für schnellen, wenn auch artfremden Transport der Stoffkörper der Erdwesen zu Luft

[13]Religion
lateinisch religare: zurückbinden, Zurückbindung an Gott, bedeutet: Heutiges Erdwesen von Gott mehrheitlich losgebunden. Rückorientierungsversuche ausmachbar, hierzu Erforschung göttlichen Willens anhand von diesen darlegenden Schriften. Bei Uneinigkeit tatsächlich bekundeten Gotteswillen zu zahlreichen Formulierungen. Einigung zusätzlich erschwert durch Vorliegen unterschiedlicher Schriftwerke mit unterschiedicher Gott-Bezeichnung. Rückführung menschlichen Wesens zu Erschließung liebevoller Herzweisheit Hauptbestandteil universalen Rettungsplanes

[14]PC
entwickelt für schnelle Erstellung und übersichtliche Verwaltung von Schrift-, später auch Bildwerken. Inzwischen vorhanden in fast jeder Arbeits- und Wohnstätte. Besonders beliebt seit Entwicklung von Möglichkeit schnellen, einfachen Zugriffs auf globales Wissen. Wie auch schnelles, unkompliziertes in-Verbindung-Treten mit anderen PCs und zugehörigem Erdwesen durch Austausch virtueller Nachrichten (E-Mails). Hierdurch schnelle, unkompliziert herstellbare Verbindungen unter Erdwesen möglich. Mit ebenfalls Gefahr einer zwar nur virtuellen, aber dennoch unerwünschten Virenerkrankung

[15]Sekretär/in
Meist weibliches Erdwesen, zuständig für Erledigung von Schreib- und Ordnungstätigkeiten bei Erfordernis guter Kenntnis über Bedienung PC (s.[14]). Weiter zuständig für einwandfreie Verrichtung der Gesamtheit von Mitarbeiterwesen als lästig und/oder gering eingeschätzter Tätigkeiten bei Erwartung gleichzeitigem Überblicks aller Abläufe der Büroarbeits-

stätte. Wie auch großer Nachsicht gegenüber sich an ihr entlastender, häufiger chronischer Unzufriedenheit vorgesetzter Mitarbeiterwesen

[16]Therapeut/in
Geschultes Helferwesen mit ausgeprägtem Problembewusstsein. Bietet notleidendem Erdwesen Möglichkeit der Mitteilung sämtlicher sein/ihr Leben betreffender Schwierigkeiten an. Im Idealfall, ohne zu bewerten. Bietet in der Regel keine Freundschaft und/oder private Treffen an. Ermöglicht Beförderung unbewussten Seeleninhaltes an Licht des Bewusstseins und unterstützt so Auflösung unbewusst wirkender Verstrickungen

[17]Marketingabteilung
Tätigkeitsfeld des professionellen Anlockers

[18]Projektion/Projektionsfläche
Folge der für Menschenwesen nicht völlig vermeidbaren Identifikation der eigenen Persönlichkeit mit bestimmten Werten und Eigenschaften und folglich Ablehnung bestimmter anderer Werte und Eigenschaften. Damit Ausgrenzung und Abwertung von Werten und Eigenschaften aus ganzheitlichem Selbst und Verschiebung dieser auf ein bzw. mehrere andere Wesen. Häufig Verlagerung einer Bekämpfung abgelehnter Anteile im eigenen Inneren auf Bekämpfung dieser im anderem Wesen oder Wesensgruppe. Verdrängter, unterdrückter Menschheitsanteil im eigenen Ich oder im Außenich erhebt sich und entwickelt zerstörerische Macht im Widerstand

[19]Hawaii
auch: „Aloha-Staat". Sonnige Inselkette in der Südsee. Häufig bereistes Gebiet, da in Vorstellungen des Erdbewohners ähnlich dem zu Lebzeiten nicht zu bereisendem, und vielleicht auch später nicht zugänglichem, Paradies. Von manch männlicher Lebenseinheit in S. Kultur nie bereist, da heimatliches Nationalgetränk dort angeblich nicht zu erhalten

[20]Urlaub
Zeitperiode von 3 bis 6 Wochen im Jahr, die Erdwesen glücklich und unbeschwert zu sein beansprucht. Dafür Freistellung

aus in übrigen 40 Wochen zu verrichtenden, häufig die Gemütslage dämpfenden Tätigkeiten. Wird i. d. R. mit Urlaubsreise verbunden zu vermeintlich besonders paradiesischem Ort, in der Erwartung von Verrichtung anderer, angenehmerer Tätigkeiten (oder keiner) bei Begegnung anderer, angenehmerer Wesen und Erleben anderem, angenehmerem Wetters als am Heimatort

[21]BMW
Eine verschiedener Automarken von hoher Qualität und hohem Preis, deren Besitz Erdbewohner als Wesen mit besonders hohem Status zu erkennen geben soll

[22]Kaserne
Verwahrung zahlreicher junger männlicher Lebenseinheiten mit Kampfausbildung zur besseren Erreichbarkeit und Versammlung bei Eingehen plötzlichen Kampfauftrages. Wird bei Vorliegen von Kampfauftrag verlassen, wie auch für Übungszwecke. In den Zwischenzeiten ausgeprägtes Aufkommen von Langeweile und Nutzlosigkeitsgefühlen, mit in der Folge gegenseitiger Schikanen und schließlichem Ersehnen lebensgefährlichen Einsatzes

[23]PR-Managerin
Wesen geschult in der Kenntnis und Anwendung erfolgreicher Außendarstellung. Mehr Gewandtheit und Erfahrung in Beeindruckung und Anlockung männlicher Lebenseinheit zu vermuten als bei z. B. 18jährigem Schülerwesen. Weshalb S. trotz Nicht-Vorliegen persönlicher Bekanntschaft spontan unsympathisch

[24]Kohle
1. schwarzes oder bräunlich-schwarzes, festes Sedimentgestein, entstanden durch Karbonisierung von Pflanzenresten, zu 70 % des Volumens und 50 % des Gewichts bestehend aus dem Element Kohlenstoff
2. (hier vermutlich gemeint) umgangssprachlicher Begriff für Geldmittel

[25]Messestand
Infostand zur Information über Produkt/Produkte eines namenhaften Unternehmens, errichtet mit großem Aufwand und unter Einsatz großer Mengen von Geldmitteln (vgl. [42]Stand Selbsthilfeveranstaltung)

[26]Badeinrichtung
1. Ort der ungestörten Verrichtung von Reinigungs- und Entleerungsvorgängen des menschlichen Stoffkörpers
2. In öffentlichen Gebäuden, Vergnügungsstätten, Arbeitsplätzen einziger möglicher Rückzugsort bei Reizüberflutungserleben mit Begegnungsüberdruss wie auch plötzlichen starken Unglückseligkeits- oder Übelkeitsgefühlen.
3. Gelegentlich spontan gewählter Rückzugsort bei plötzlichem und/oder heimlichem Begehren anderer Lebenseinheit

[27]Café
Ort für Begegnung mit geschätzter Lebenseinheit zu nicht allzu fortgeschrittener Tageszeit zwecks kultivierten Austausches in angenehmer Atmosphäre bei häufiger Einnahme eines Kaffeegetränks (s.[11])

[28]Stammtisch
unbedingt freizuhaltender Platz mit Tisch und Sitzgelegenheit, regelmäßig belegt von Gruppe männlicher Wesen zwecks gemeinsamen Kartenspiels und Konsumierung besonders großer Menge an Flüssigsubstanz. Eingenommen während einer in Lautstärke zunehmenden und in Streit und Beleidigungen endenden Diskussion. Davon unbeeindruckt baldiges erneutes Treffen der Lebenseinheiten zwecks Herbeiführung erneuter Situation aggressiver Entladung

[29]Professor
Ausbilder von Wesen mit Begabung für höheren Bildungsweg. Für sehr wissend gehaltenes Wesen, häufig eingestuft als unfehlbare moralische Instanz und gern gesehen als Vertreter von in Medien verbreiteten Auffassungen, welchen besondere Seriosität zugeschrieben werden soll

³⁰**Führerwesen**
Einst begeistert verehrtes Wesen, da seinem Volk Überlegenheit und Unbesiegbarkeit aufgrund von Ausstattung mit besonders wertvollem Erbgut versprechend. Glaubwürdigkeit und Qualifikation von Führer als Führungswesen allgemein in Frage gestellt nach Führung von Volk in elendige Kriegsniederlage. Bei Vernichtung großen Anteils Träger wertvollen Erbgutes und häufig nicht mehr erfolgter Weitergabe wertvollen Erbgutes durch zu früh vernichtete junge Lebenseinheit

³¹**Fantasygeschichte**
in Schrift wie auch Bild- und Tonwerken zu verfolgende phantasievolle Darstellung eines Konfliktes zwischen Gut und Böse, als Ringen äußerer finsterer und lichter Mächte und der sich verschiedenen Mächten verschreibenden Wesen. Endet i. d. R. in einer in der irdischen Wirklichkeit nicht möglichen Vernichtung des Dunkel durch Sieg im Kampf

³²**Schimpanse**
Sympathischer, schlitzohriger, gelegentlich zu Streichen aufgelegter Erdbewohner von aber gutmütiger Natur und ohne Wissen über das Abgründige. Vom menschlichen Erdwesen als naher, aber weniger ausgereifter Verwandter und Vorstufe seiner Seinsform erklärt

³³**Konfirmation/Kommunion**
Abschluss einer ersten, i. d. R. sehr theoretischen Einweihungsphase zu Erfahrung des Göttlichen mit ursprünglichem Ziel der Hinführung zu einem Erleben inneren Reichtums durch Gottvertrauen. Für den jungen Aspiranten i. d. R. erstes Erleben von ersehntem äußeren Reichtum durch großzügige Beschenkung zur Weihung. Beschenkung im Verständnis des Geweihten häufig Ausgleichsleistung für als freudlos erlebte wöchentliche Einweihungsunterrichtung

³⁴**Dogge**
Großes, schwarzes Hundewesen mit häufig aggressivem Naturell. Beliebter Begleiter kleiner, zarter, unsicher auftretender Erdwesen mit ängstlichem Naturell, wie auch kräftig gebauter,

kurzhaariger, aggressiv auftretender Erdwesen mit ebenso ängstlichem Naturell

³⁵Konzernchef
Leiter eines großen Unternehmens oder Unternehmensverbandes mit häufig aggressivem Naturell

³⁶Krimi
Beliebte Form von Schrift- oder Bild- und Tongeschichte mit folgendem inhaltlichen Grundmuster: Tötung eines meist wenig sympathischen, wenig lebenstüchtigen oder sehr verruchten Erdwesens zu Beginn und späterer Herbeiführung von Gerechtigkeit durch besondere Intelligenz und/oder Gnadenlosigkeit von i. d. R. im Polizeidienst tätigen Ermittler. Mit manchmal schrulliger Eigenart, um Zuschauer als Identifikationsfigur zu dienen und nicht durch allzu unerträgliche Großartigkeit abzuschrecken. Häufig dabei Tötung eines wenig sympathischen, vorteilsbedachten Täterwesens, da dessen Verschwinden vom Zuschauer erwünscht. Erfolgt in Notwehr, da sympathischer Kollege von Ermittler oder aber liebreizende, hilflose weibliche Geisel, ersatzweise liebreizendes, hilfloses Kind, von Tötung durch Unsymphat bedroht. Möglicherweise auch Gefahr der Tötung großer Menge seriöser Erdwesen durch Sprengung von Gebäudekomplex. Erweiterung der Bedrohungsthematik und Erhöhung des Heldenstatus von Retterwesen durch Darstellung einer Vernichtungsgefahr gesamter planetarischer Existenz durch eine oder mehrere boshafte Existenzen.

³⁷Tiere
Häufig in Unfreiheit lebendes und zu Nahrungszwecken für menschlichen Erdbewohner herangezogenes Wesen. Beispiel: Schwein, Huhn/Hahn, Kuh/Ochse. Manchmal freilebend, da wenig nahrhaft oder nur freilebend für menschliches Wesen nützlich, z. B.: Schmetterling, Biene. Manchmal freilebend, aber für menschliches Wesen in unterschiedlichem Maße und unter bestimmten Umständen gefährlich, z. B. Bär, Löwe, giftige Schlange, giftige Spinne. Hier Vermeidung von unerwarteter Begegnung erstrebt, bei gelegentlichem Interesse, Tierwesen aufzusuchen und zu bewundern, wenn unterge-

bracht in hierfür vorgesehener Ansammlung an Käfigeinrichtungen (Zoo). Tierwesen manchmal Familienmitglied des Erdbewohners, vor allem, wenn mit Fell ausgestattet, z. B.:

Katzenwesen: geschmeidige, stolze, eigenwillige Tiernatur mit weiblicher Seele. Bietet liebevolle Zuneigung an, bei wenig Bereitschaft zur Akzeptanz menschlichen Wesens als Erzieherwesen

Hundewesen: i. d. R. treuer, unkomplizierter Kumpeltyp, bietet Freundschaft an, mit häufiger Bereitschaft, sich menschlichem Erzieherwesen unterzuordnen

Kaninchen: sehr viel Zartheit und Treue ausstrahlend, bei i. d. R. großem Vermehrungsinteresse mit Artgenossen und wenig gezeigtem Interesse an menschlichem Wesen. Bei duldsamer Bereitschaft, erhöhtes, unerfülltes Liebesbedürfnis bei menschlichem Wesen auszugleichen

Fisch: freilebend gejagt als menschliche Nahrungsquelle. Wenig Zärtlichkeitsgefühle auslösend, da ohne Fell und mit immer gleichem, starren, leicht arrogantem Blick - bedingt durch seinen Lebensraum im Wasser - weshalb häufig auch verzehrt von menschlichem Wesen, welches behauptet, keine tierische Nahrung zu sich zu nehmen. Manchmal als kleines Zierexemplar in einem wassergefüllten Glasbehältnis in Wohnraum von menschlichem Wesen lebend. Dort bewundert für seine schillernde Färbung und Ausstrahlung von Harmonie und Ruhe

I. d. R. kein Verzehr der mit Familie lebender Tierwesen, mit gelegentlicher Ausnahme Kaninchenwesen

[38]Risiko-Lebensversicherung

Variante zahlloser Geschäftseinfälle von Bankinstitut, an Geldmittel von Erdwesen zu gelangen, um diese gegen Aufpreis weiterzuverleihen. Vereinbarung über regelmäßige Zahlung kleinerer Mengen Geldeinheiten im Verlauf mehrerer Jahre, und Auszahlung größerer Mengen an Geldeinheiten nach Ablauf längerer, fest vereinbarter Zeitperiode. Fälligwerden von

Auszahlung größerer Menge von Geldeinheiten bei plötzlichem Versterben von Lebenseinheit. Lebenseinheit, bei welcher frühzeitiges Versterben nach statistischer Berechnung wahrscheinlich, folglich nicht erwünscht als Vertragspartner

[39]Astrologie
Deutung von astronomischen Ereignissen und Gestirnskonstellationen in Bezug auf irdische Verhältnisse und Vorgänge. Einst hoch angesehene Wissenschaft, betrieben von gelehrten männlichen Erdwesen in Babylonien und im Alten Ägypten. Angewandt zur Gewinnung tieferer Einsicht in universale Gesetze und schicksalshafte Abläufe. Klientel des Astrologen der Jetztzeit vorwiegend verunsichertes, eifersüchtiges weibliches Wesen mit Auskunftswunsch über vermutetes heimliches Tun von Liebespartner. Oder Aussicht auf Zurückeroberung von Liebespartner nach Verlust. In der Folge drastisches Sinken des Ansehens der Sternenkunde, insbesondere bei männlicher Lebenseinheit

[40]Praktikum
ursprünglich unbezahlte berufliche Tätigkeit, gedacht zum Sammeln praktischer Erfahrung durch junges Erdwesen in erster Anstellung nach längerer theoretischer Ausbildungsphase. Häufig zweckentfremdet als von Arbeitgeberwesen genutzte Möglichkeit, gut ausgebildetes Erdwesen ohne Bezahlung zu beschäftigen, welches bereits umfangreiche praktische Erfahrung aufweist. Häufig gewonnen im Verlauf bereits zahlreicher abgeleisteter vorheriger Praktika. Besonders große Einsatzbereitschaft von Praktikantenwesen zu erwarten bei Inaussichtstellung zu erwartender Festanstellung mit guter Entlohnung. Welche sich, für Praktikantenwesen überraschend, doch nicht realisiert. Mit Begründung unerwartet aufgetretener formeller Hindernisse, oder aber plötzlichem Erkennens unzureichender Leistungsfähigkeit des Praktikantenwesens kurz vor Ablauf der Einsatzphase. Entlohnung Praktikum inzwischen von höherer Stelle vorgeschrieben (Ausnahme: arbeitstherapeutisches Praktikum). Beschäftigungsform, welche - bei Aussicht auf unbefristete Anstellung - Bereitschaft von Mitarbeiterwesen zu Höchstleistung erwarten lässt – mit gleichzeitiger Möglichkeit schneller Entfernung von

Mitarbeiterwesen bei vorzeitiger Erschöpfung – inzwischen weitgehend abgelöst durch sogenannte befristete Beschäftigung bzw. Zeitarbeitsvertrag

[41]Science-Fiction-Bildfolgen
Bild- und Tonfolgegeschichte, enthält Fantasy-Elemente sowie Darstellungen aufwendiger technischer Konstruktionen, angelehnt am tatsächlich existierenden Raumschiff, aber ausgestattet mit umfangreicheren technischen Möglichkeiten und mehr Reisekomfort für das Erdwesen. Erdwesen begibt sich auf in einer zukünftigen Zeit problemlos möglichen Reise seines Stoffkörpers durch das Universum. Begegnet angenehmen, meist aber unangenehmen außerplanetarischen Seinsformen. Sinn der Reise erklärt sich bei Begegnung mit unangenehmer außerirdischer Lebensform und Enttarnen dessen kurz vor Vollendung stehenden Plans der Beherrschung des Universums sowie Unterdrückung und/oder Vernichtung der Erdbewohner. Üblicherweise rechtzeitige Vereitlung dieses Plans in letzter Minute durch Eingreifen todesmutiger Raumschiffsbesatzung, i. d. R. überwiegend bestehend aus Erdbewohnern. Vernichtungsgefahr Gesamtplanet tatsächlich vorhanden, aber ausgehend von Erdwesen. Neben gängigen Darstellungen äußerer Welten als gefährlich, bedrohlich und nur durch Vernichtung von schadhaftem Wirken abzubringen, auch frühe sensible Werke mit ungewöhnlicher Botschaft (Beispiel E.T.) und neuere Werke mit überraschendem Ausgang (Beispiel: Avatar) auszumachen

[42]Stand Selbsthilfeveranstaltung
Stand zur Information über Hilfsangebot bei seelischem oder körperlichem Leid, errichtet mit relativ kleinem Aufwand bei Einsatz kleiner Menge an Geldmitteln (vgl. [25]Messestand)

[43]Arschloch
1. Nicht unwichtige Körperregion menschlichem Stoffkörpers mit ausschließlicher Funktion des Ausscheidens überflüssiger, festerer Reststoffe
2. (hier gemeint) schlimmes Schimpfwort in S. Sprache. Verunglimpft so bezeichnetes Erdwesen als über kaum soziales Verhalten und/oder Gewissen verfügend

[44]Facebook
Mit Hilfe von PC oder tragbarem Sprechgerät aufrufbare, beliebte Seite - sogenanntes Portal - auf der Erdbewohner sich einander vorstellen, gegenseitig kontaktieren, Freunde sammeln und unbekannter, anonymer Macht private Daten übermitteln. Natur anonymer Macht als sehr finster vermutet von Facebook-Portal ablehnenden Erdwesen. Schwerreich gewordenes Gründerwesen ausgesprochen beliebt bei anderen Erdwesen, da offenbar bereit zur Abgabe großen Teils privaten Vermögens zur Verbesserung von Lebensbedingungen auf Planet Erde